Jürgen Reitemeier/Wolfram Tewes
Totensonntag

Zu diesem Buch

Nach einer Gasexplosion in einem Wohnhaus finden Kommissar Schwiete und seine Kollegen von der Paderborner Polizei eine verkohlte Leiche. Sie vermuten, dass es sich dabei um eine junge Frau aus der Ukraine handelt, die sich illegal in Deutschland aufhielt. Spuren führen ins Rotlichtmilieu. Hat sich die junge Prostituierte das Leben genommen? Oder hatte jemand noch eine Rechung mit ihr offen? Als ein gestohlener Sarg ausgerechnet vor der Haustür des erfolgreichen Bauunternehmers Wilfried Kloppenburg auftaucht, stellt der ehemalige Schützenoberst Willi Künnemeier eigene Ermittlungen an. Endlich wieder eine Aufgabe für den rüstigen Pensionär! Ist Kloppenburg in krumme Geschäfte verwickelt? Hat er etwas mit dem Tod der jungen Alicija zu tun? Schon bald kommen Künnemeier und seine Schützenbrüder den kriminellen Kreisen näher, als ihnen lieb ist ...

Jürgen Reitemeier, geboren 1957 im westfälischen Warburg, hat Elektrotechnik, Wirtschaft und Sozialpädagogik in Paderborn und Bielefeld studiert. Er arbeitet als Coach und Erwachsenenbildner in seinem Unternehmen modul b in Detmold.

Wolfram Tewes, geboren 1956 in Peckelsheim/Westfalen, arbeitete bei der Norderneyer Badezeitung und ist seit 1987 bei der Neuen Westfälischen Zeitung tätig. Heute lebt er in Horn-Bad Meinberg im wunderschönen Lipperland.

Jürgen Reitemeier
Wolfram Tewes

Totensonntag

Kriminalroman

PIPER
München Berlin Zürich

Mehr über unsere Autoren und Bücher:
www.piper.de

Von Jürgen Reitemeier und Wolfgang Tewes liegen im Piper Verlag vor:
Schützenfest
Totensonntag
Schweinebande

MIX
Papier aus verantwortungsvollen Quellen
FSC® C083411

Originalausgabe
1. Auflage Oktober 2013
3. Auflage Oktober 2016
© Piper Verlag GmbH, München/Berlin 2013
Umschlaggestaltung und -motiv: Hauptmann und Kompanie
Werbeagentur, Zürich
Satz: Satz für Satz, Wangen im Allgäu
Gesetzt aus der Janson Text
Druck und Bindung: CPI books GmbH, Leck
Printed in Germany   ISBN 978-3-492-30340-8

Prolog

Die Glocke des nahe gelegenen Domes schlug fünf Uhr morgens. Vor einer Stunde hatte ein feiner, eiskalter Sprühregen eingesetzt, der durch die Straßen und Gassen gepeitscht wurde von einem dieser unkalkulierbaren Novemberwinde, die urplötzlich da sind und alles durcheinanderwirbeln, um dann ebenso unvermittelt wieder einzuschlafen.

Totensonntag stand bevor, das Wetter rüstete sich, diesem Ereignis den passenden trübsinnigen Rahmen zu verleihen. Weder die Uhrzeit noch das Wetter hätten erwarten lassen, dass eine junge Frau mit klackernden Absätzen durch eine der dunklen Straßen des Paderborner Riemekeviertels ging. Sie trug einen Regenmantel mit Kapuze, die sie unter dem Kinn zusammenhielt, und machte kurze, schnelle Schritte – mehr hätten ihre hochhackigen Schuhe auch nicht zugelassen.

Als sie auf den Konrad-Martin-Platz kam, pfiff ihr der Wind noch heftiger um die Ohren. Links sah sie ein wenig einladendes Mehrfamilienhaus. Da musste die Frau wohnen, die sie besuchen wollte. Die vor einigen Tagen zu ihr gesagt hatte: Du kannst kommen, wann immer du Hilfe brauchst. Egal, ob früh oder spät.

Die junge Frau wischte sich den Regen aus dem Gesicht, um besser sehen zu können. Zögernd ging sie auf die Betonfassade des Hauses zu. Der Platz wurde zu dieser Uhrzeit nicht mehr beleuchtet, und die dichten Regenwolken ließen kein Mondlicht hindurch. Es war so dunkel, dass sie die Namen auf dem großen Klingelschild an der Eingangstür nicht lesen konnte. Sie kramte in einer ihrer Manteltaschen, zog ein Feuerzeug heraus und zündete es an. Sorgfältig leuchtete sie die lange Reihe ab, doch den Namen, nach dem sie suchte, fand sie nicht. Enttäuscht ließ sie das Feuerzeug ausgehen. Dann trat sie ein paar Schritte zurück und betrachtete die Fassade des großen Hauses noch einmal prüfend. Dabei erkannte sie eine zweite Haustür, einige Meter von ihr entfernt. Vielleicht hatte sie dort mehr Glück.

Während sie hinüberging, bemühte sie sich darum, leiser aufzutreten. Sie wollte auf gar keinen Fall Aufmerksamkeit erregen oder sogar gesehen werden. Das könnte für sie selbst, aber auch für die Frau, deren Hilfe sie suchte, gefährlich werden. Das war auch der Grund für diese ungewöhnliche Uhrzeit gewesen, denn jetzt war die Gefahr, bei ihrem Besuch gesehen zu werden, am geringsten.

Wieder stand sie vor einer langen Reihe von Klingelschildern. Wieder knipste sie das Feuerzeug an. Diesmal entdeckte sie ganz unten den Namen, den sie gesucht hatte. Doch auf einmal, so kurz vor dem Ziel, wurde sie unsicher. Konnte sie wirklich diese Frau einfach so aus dem Schlaf klingeln? Sicher, sie hatte es ihr angeboten, aber war es auch ernst gemeint gewesen? Oft schon hatte man ihr angebliche Hilfe angeboten – und viel zu oft war am Ende nichts als Enttäuschung geblieben. Warum sollte es diesmal anders sein?

Sie schluckte angestrengt. Um ihre Nerven zu beruhigen, wühlte sie eine Packung Zigaretten aus dem Mantel. Sie wollte eben erneut das Feuerzeug entzünden, als sie auf dem Platz Schritte hörte. Schwere Schritte. Männerschritte. Sie kamen schnell näher, wurden immer lauter.

Die junge Frau drehte sich um, schrie vor Entsetzen auf, als sie sah, wer auf sie zukam, und wollte davonlaufen. Aber der breitschultrige Mann mit der schwarzen Lederjacke stand schon direkt vor ihr. Er presste ihr seine riesige, schwielige Hand auf den Mund, um ihre Schreie zu unterdrücken. Zu spät merkte sie, dass er damit gleichzeitig einen Wattebausch auf ihre Lippen drückte. Sie roch und schmeckte die übel riechende Flüssigkeit, mit der dieser Wattebausch getränkt worden war, und sie spürte, in zunehmender Hilflosigkeit, wie sich der dunkle, kalte Platz um sie herum drehte, immer schneller, immer schneller.

1

Die Luft in dem kleinen Wohnzimmer war zum Schneiden. Den ganzen Tag über hatte niemand den Temperaturregler der Zentralheizung heruntergedreht. Walter Hermskötter seufzte erschöpft, aber zufrieden und knöpfte den obersten Knopf seines Hemdes auf. Die Idee, ein Fenster zu öffnen, kam ihm gar nicht. Schließlich war es Ende November, und draußen war es windig und rundum widerwärtig. Das feuchtkalte Herbstwetter war Gift für seine alten Knochen. Zum Glück konnte er einfach das Fenster geschlossen halten, die Heizung hochdrehen und seinem empfindsam gewordenen Körper die Illusion tropischer Wärme gönnen.

Er nahm die Fernbedienung des Fernsehers in die Hand und brachte das Gerät wieder auf die Lautstärke, die seinem schwächer werdenden Gehör entsprach. Seine Ehefrau, die nebenan in der Küche das Geschirr in die Spülmaschine räumte, sollte ruhig schimpfen. Da sie fast acht Jahre jünger und noch gut beisammen war, hatte sie ihm im Laufe der letzten Jahre mehr und mehr die Fäden aus der Hand genommen. Eine Entwicklung, die Hermskötter zwar bequem, aber auch leicht beunruhigend fand. Doch die Hoheit über die Fernbedienung würde er sich nicht aus der Hand nehmen lassen, mochte da kommen, was wollte.

Er rutschte in seinem Sessel so lange hin und her, bis er behaglich saß. Die Wetterfrau im Fernsehen kündigte mit strahlendem Lächeln für die kommende Woche die

Fortsetzung des nasskalten Wetters an. Walter Hermskötter brummte unzufrieden, als müsste er tatsächlich hinaus in die raue Natur und sich bei harter körperlicher Arbeit im Dauerregen den Tod holen. Dabei war er seit vielen Jahren Rentner und würde auch den morgigen Tag gemütlich im warmen Wohnzimmer verbringen. Wozu hatte er schließlich ein Leben lang geschuftet? Jetzt waren andere an der Reihe. Sein Leben war zwar alles andere als ereignisreich, aber genau so mochte er es. Und so sollte es auch bleiben bis ans Ende seiner Tage. Da sein Haus direkt neben dem riesigen Paderborner Westfriedhof stand, würde auch der allerletzte Weg nicht allzu anstrengend werden.

Als seine Frau Maria sich müde aufs Sofa fallen ließ, warf er ihr einen schnellen, forschenden Blick zu. Zum Glück wirkte sie nicht angespannt, sondern machte einen gelösten Eindruck. Nein, es würde keine atmosphärischen Störungen geben, während die beiden, wie jeden Sonntag, den *Tatort* schauten.

Der Vorspann hatte eben begonnen, da schrillte die Haustürklingel.

»Wer kommt denn jetzt noch?«, schimpfte Hermskötter, blieb aber ganz selbstverständlich sitzen. Seine Frau hievte sich mit fragendem Blick vom Sofa hoch, fuhr sich kurz mit beiden Händen durch die Frisur und strich ihr Kleid glatt. Dann ging sie zur Haustür. Nun hielt es Walter Hermskötter doch für seine Hausherrenpflicht, nach dem Rechten zu sehen. Ächzend drückte er sich hoch, schlüpfte in seine Pantoffeln und ging, leicht hinkend, hinter seiner Frau her.

Ein Windstoß drang wie eine Riesenwelle herein, als seine Frau die Tür öffnete. Er raubte ihnen fast den Atem, und es dauerte einige Sekunden, bis sie sich wieder orientiert hatten.

Vor der Tür stand eine junge Frau, die vom Regen völlig durchnässt war. Auf dem linken Arm trug sie eine ebenso nasse kleine Katze, der das rechte Ohr fehlte. Mit der rechten Hand hielt sie eine gut gefüllte Plastiktüte. Die Frau, die noch keine dreißig Jahre alt sein mochte, war mit ihrem dünnen Mantel für dieses Wetter völlig unzureichend gekleidet. Das Gesicht kam ihm bekannt vor, auch wenn er im ersten Augenblick nicht hätte sagen können, wann und wo er es schon einmal gesehen hatte.

Frau Hermskötter war eine warmherzige ältere Dame, die bei diesem Wetter niemanden draußen vor der Tür stehen ließ. Sie bat die Besucherin mit einem freundlichen, wenn auch leicht unsicheren Lächeln herein. Als Maria die Haustür wieder geschlossen und damit die ungemütliche Außenwelt ausgesperrt hatte, fiel Hermskötter auch wieder ein, woher er dieses hübsche Gesicht mit den großen, traurigen Augen kannte. Diese junge Frau hatte er schon mehrfach in das frei stehende Haus auf der anderen Straßenseite gehen sehen, wo sie offenbar wohnte. Aber miteinander gesprochen hatten sie noch nie. Nach Meinung der anderen Nachbarn war sie, wie auch die beiden anderen jungen Damen, die dort lebten, nicht ganz koscher, irgendwie anders. Man konnte nur mutmaßen, womit sie ihr Geld verdienten.

Die durchnässte junge Frau schüttelte abwehrend den Kopf, als Frau Hermskötter sie in das Wohnzimmer geleiten wollte.

»Danke«, sagte sie leise in einem osteuropäisch gefärbten Deutsch und streichelte der kleinen Katze über das feuchte Fell. »Aber ich möchte Sie nicht mehr als nötig belästigen. Mein Name ist Alicija. Wie Sie vielleicht wissen, wohne ich seit einem halben Jahr im Haus gegenüber. Ich muss heute noch dringend für einige Tage wegfahren und möchte Sie bitten, für diese Zeit auf meine Katze aufzupassen. Tut mir leid, wenn ich Ihnen damit zur Last falle, aber ich habe sonst niemanden und weiß wirklich nicht, wohin mit der Kleinen. Sie heißt Natascha. Ich habe ein bisschen Futter und Spielzeug für sie mitgebracht. Ansonsten geht sie gerne raus, Sie müssen sich also keine Gedanken um die Katzentoilette machen.«

Natascha schien sich bereits wie zu Hause zu fühlen, denn sie sprang vom Arm und machte sich munter daran, den Hausflur der Hermskötters zu untersuchen. Walter Hermskötter wollte energisch Nein sagen, aber seine Gattin kam ihm mit einem freundlichen »Meine Liebe, das ist gar kein Problem, wir helfen doch gern!« zuvor.

Er schluckte wortlos seinen Widerspruch herunter. Das Mädchen sieht tatsächlich ziemlich verzweifelt aus, tröstete er sich. Er betrachtete ihre blonden, schulterlangen Haare, ihren dünnen Mantel mit den auffälligen roten Knöpfen, sah die kleine Regenwasserpfütze, die sich um ihre hochhackigen Sommerschuhe herum bildete. Dann schaute er ihr ins Gesicht und sah in die dunklen, traurigen Augen. Diese junge Frau wirkte so verstört und hilfsbedürftig, dass sein Ärger darüber, ein paar Tage lang eine einohrige Katze ertragen zu müssen, augenblicklich verblasste.

Wortlos nahm er seiner Nachbarin die Plastiktüte ab und beobachtete mit zwiespältigen Gefühlen, wie seine Frau die Katze auf den Arm nahm und streichelte. Er persönlich mochte Katzen nicht, aber es wäre der falsche Zeitpunkt gewesen, dies zu sagen. Resigniert schlurfte er ins Wohnzimmer und ließ sich in den Sessel fallen. Von hier konnte er hören, wie seine Frau die Nachbarin verabschiedete und die Haustür hinter ihr schloss. Dann kam auch sie mit der Katze auf dem Arm zum Sofa.

»Das arme Mädchen!«, sagte sie mitleidig. »Hast du gesehen, wie verzweifelt sie wirkte? Wo sie wohl heute noch hinmuss? Hoffentlich ist es nichts Unangenehmes.«

Hermskötter verdrehte die Augen und schaute in den nächsten anderthalb Stunden schweigend der *Tatort*-Kommissarin zu, die wie immer ihren Fall souverän löste. Es war 22:15 Uhr, als er auf die Fernbedienung drücken wollte, um den Fernseher auszuschalten und nach diesem ruhigen Tag ins Bett zu gehen.

In diesem Moment brach die Hölle los.

Alles geschah gleichzeitig: Erst der infernalische Lärm einer Explosion, die das ganze Haus erzittern ließ wie bei einem Erdbeben. Die beiden Wohnzimmerfenster zersprangen, kleinere und größere Glasscherben flogen ihm um die Ohren. Dann traf ihn ein harter Schlag an der Stirn. Wie durch eine rote Nebelwand sah Hermskötter die kleine Katze panisch aus dem Wohnzimmer rasen, sah seine Ehefrau, die mit schreckensstarrem Blick zu ihm schaute, dann schwanden ihm die Sinne.

2

Heute war Totensonntag. Eine treffendere Bezeichnung gab es für einen solchen Tag nicht. Eine widerlich nasskalte, graue Atmosphäre hatte sich über Paderborn gelegt und schien die Stadt erdrücken zu wollen. Dieses Gefühl jedenfalls überkam Horst Schwiete, als er nach dem Aufstehen einen vorsichtigen Blick aus dem Fenster warf. Zum Glück konnte er dem Wetter auch etwas Positives abgewinnen: Seine gemütliche, warme Wohnung hatte bei einem solchen Sauwetter eine besonders angenehme anheimelnde Atmosphäre.

Horst Schwiete zog sich seinen Morgenmantel über, ging in die Küche und kochte sich einen Kaffee. Er legte ein Brötchen vom Vortag auf den Toaster, und nachdem es angenehm knusprig und warm war, bestrich er es dick mit Butter und Marmelade. Anschließend stellte er alles auf ein Tablett und trug es in sein Wohnzimmer. Hier setzte er sich an den Tisch vor dem großen Fenster, frühstückte in aller Ruhe und hing seinen Gedanken nach.

Er musste an die niedrige, dunkle Wohnküche denken, die der zentrale Raum in dem alten, kleinen Fachwerkhaus seiner Kindheit in Neuenheerse gewesen war. Hier war er als Sohn eines Waldarbeiters aufgewachsen. Seine Mutter war bei seiner Geburt gestorben. Dies war wohl auch der Grund, dass der kleine Horst schon sehr früh in seinem Leben Aufgaben im Haushalt übernehmen musste. Schon mit sechs Jahren war es sein Job gewesen, morgens den Ofen anzufeuern.

Er konnte sich noch genau an die Überwindung erinnern, die ihn das frühe Aufstehen gekostet hatte. Er hatte damals ein regelrechtes Ritual entwickelt. Jeden Morgen räumte er sich fünf Minuten ein, um sich mental auf den Zeitpunkt einzustellen, in dem er das warme Bett verlassen musste. Genau fünf Minuten! Während dieser Zeit ließ er seinen mechanischen Wecker nicht aus den Augen. Er lauschte. Tick! Tack! Tick! Tack! Und nachdem der kleine Sekundenzeiger sich fünfmal um die eigene Achse gedreht hatte, zählte Schwiete, um noch etwas Zeit zu gewinnen, laut bis zehn. Dann riss er die Bettdecke zur Seite, trotzte der Kälte, die ihn augenblicklich umklammerte, zog hastig seine Pantoffeln an und lief in die Küche. Mit der Zeit hatte er es zu einer wahren Perfektion beim Entfachen des Feuers gebracht. Und wenn dann die ersten Flammen am Holz leckten und die Brennkammer erleuchteten, wenn die erste Wärme noch zaghaft gegen die Kälte ankämpfte, dann hastete Schwiete zurück in sein Schlafzimmer, kroch eilig wieder unter die warme Decke und wartete darauf, dass es in der Küche erträglich warm wurde.

Ein nasses Ahornblatt wurde vom Wind gegen die Wohnzimmerscheibe geklatscht und blieb an ihr haften. Schwiete sah sich das Blatt eine Zeit lang gedankenverloren an. In diesem Moment läutete es an seiner Wohnungstür. Es war seine Vermieterin Hilde Auffenberg.

»Kommen Sie heute Abend doch zum Essen. Unser Nachbar Herbert Höveken wird auch da sein. Ich koche etwas Gutes, und wir machen eine schöne Flasche Wein auf. Vielleicht gelingt es uns ja so, der Tristesse der Jahreszeit zu entgehen«, meinte seine Hauswirtin mit einem freundlichen Lächeln.

Er führte kein schlechtes Leben, fand Horst Schwiete und dankte seiner Vermieterin für die nette Einladung. Dann trank er mit ihr noch eine Tasse Kaffee, bevor er seine Wohnung in Ordnung brachte. Eine Tätigkeit, die höchstens zwei Minuten in Anspruch nahm, denn Schwiete war Pedant. Unordnung gab es bei ihm nicht.

Nach dem Abwasch widmete er sich seiner Sonntagszeitung. Doch immer wieder wanderten seine Gedanken zurück in seine Kindheit. Mit seinem Vater hatte er sich immer gut verstanden. Doch als sein Lehrer vorgeschlagen hatte, ihn aufs Gymnasium zu schicken, war sein Vater strikt dagegen gewesen.

Seit Generationen seien die Männer in seiner Familie Waldarbeiter, hatte er gesagt. Das sei ein ordentlicher Beruf. Ständig an der frischen Luft, und Holz würde immer gebraucht. Außerdem habe so eine Arbeit noch keinem geschadet. Das gelte auch für seinen Sohn.

Doch der junge Lehrer war hartnäckig geblieben. Immer wieder hatte er den Vater aufgesucht, und letztendlich war es ihm doch gelungen, ihn zu überreden.

Schwietes Mund verzog sich zu einem Lächeln. Ja, er war aufs Gymnasium gegangen. Doch die Wurzeln waren für einen Holzfäller offenbar sehr wichtig, denn Horst Schwiete musste schon als kleiner Junge mit in den Wald. Hier hatte er alles über die Natur gelernt, was sein Vater ihm beibringen konnte. Auch das Holzfällen musste Schwiete lernen, und es hatte ihm ebenso viel Spaß gemacht wie das Büffeln in der Schule.

Als es nach dem Abitur ans Studieren ging, fehlte es am Geld, und ein Kredit kam weder für den Vater noch für den Sohn infrage. Also wurde Schwiete Polizist. Auch heute noch, nachdem er diesen Beruf seit über zwanzig Jahren ausübte, war er froh, ihn ergriffen zu haben. Klar, er war immer ein Sonderling gewesen. Am Gymnasium war er als Sohn des Holzfällers belächelt worden, doch er war schlau und stark. Das eine war nützlich im Klassenzimmer, das andere auf dem Schulhof. Die Mädchen mochten ihn, doch er war viel zu schüchtern, sich dies zunutze zu machen. Bis heute hatte er keine Freundin.

In der Polizeischule war er wieder ein Einzelgänger. Er soff nie und war immer leise. Manche seiner Kollegen nannten ihn einen Streber. Doch Schwiete hatte sich für einen Beruf entschieden, der ihm gefiel, den er sich ausgesucht hatte und der ihm, wie er fand, lag.

Er liebte es, an Fällen herumzuknobeln, er verfügte über so etwas wie Intuition und ließ bei der Polizeiarbeit auch seinem Gefühl den nötigen Raum. Manche Kollegen fanden ihn eigenbrötlerisch und verschlossen, manche sogar linkisch. Er passte eben an vielen Stellen nicht ins Bild. Aber er war mit sich im Reinen. Er hatte sich für einen Weg entschieden, der zwar schwierig war, aber es war seiner. Und das, was ihm der Vater beigebracht hatte, wenn sie Tiere beobachteten, das Warten, war eine seiner Stärken – damals im Wald und heute als Polizist. Doch das Wichtigste, was er bei der Waldarbeit gelernt hatte, war: Die Sicherheit steht vor allem.

Heute hatte sich in seinen penibel durchstrukturierten Tag eine unerwartete Eigendynamik eingeschlichen und jede Ordnung über den Haufen geworfen. Beim Grübeln und Zeitunglesen war die Zeit vergangen, ohne dass Schwiete es bemerkt hatte. Als er auf die Uhr sah, stellte er fest, dass er nur noch eine Viertelstunde hatte, um sich ausgehfertig zu machen.

Zwar musste er nur eine Etage tiefer gehen, nämlich in Hilde Auffenbergs Küche, doch das hinderte Schwiete nicht daran, sich zu duschen, einen Anzug und ein frisch gebügeltes

Hemd anzuziehen. Für ihn war es undenkbar, die Wohnung im Trainingsanzug oder in legerer Freizeitkleidung zu verlassen, wenn er eingeladen war, und sei es auch nur bei seiner Vermieterin.

Herbert Höveken, der Nachbar und Besitzer eines Beerdigungsinstitutes, war schon da, als Schwiete die Küche betrat, die so etwas wie das Kommunikationszentrum des Ükernviertels war.

Schwiete wunderte sich, dass der große Esstisch tatsächlich nur für drei Personen gedeckt war. Das war für Hilde Auffenbergs Verhältnisse eine wirklich überschaubare Gästezahl. Zwar hatte sie ihm morgens schon diese kleine Runde angekündigt, doch Schwiete wusste, dass der Tag lang war und seine Hauswirtin eine umtriebige Person. Da konnten innerhalb von ein paar Stunden schnell drei bis vier Personen dazukommen.

Vielleicht traute sich ja aufgrund des Sauwetters niemand auf die Straße, und so hatte es seiner Hauswirtin an Möglichkeiten gemangelt, weitere Gäste und Nachbarn einzuladen.

Hilde Auffenberg und Herbert Höveken waren schon seit Urzeiten Nachbarn. Und seit Schwiete hier wohnte, konnte er sich kaum an einen Tag erinnern, an dem Höveken nicht in Hilde Auffenbergs Küche gesessen hatte. Schon als er den Beerdigungsunternehmer zum ersten Mal gesehen hatte, war sein Eindruck gewesen, dass der Mann in seine Hauswirtin verliebt war. Bei diesem Verdacht war es die ganzen Jahre über geblieben. Die beiden, Hilde Auffenberg und Herbert Höveken, begegneten sich täglich, sie gestalteten gemeinsam ihre Freizeit, aber aus ihnen war bis heute kein Liebespaar geworden. Wahrscheinlich sehr zum Leidwesen von Höveken.

Als Schwiete die Küche betrat, unterbrach Hilde Auffenberg ihre Arbeiten am Herd. Sie begrüßte ihn freundlich, holte eine Flasche Wein aus dem Kühlschrank und bat Höveken, sie zu öffnen. Kurze Zeit später waren die Gläser und

Teller gefüllt, und die drei ließen es sich schmecken. Es gab dicke Bohnen in einer Schnittlauchrahmsoße, grobe Bratwurst und Bratkartoffeln und zum Nachtisch Schokoladenpudding.

Die Zeit verstrich. Sie plauderten über dies und das. Eine weitere Flasche Wein wurde aus dem Kühlschrank geholt. Es herrschte eine angenehme Stimmung.

»Ein Abend mit netten Leuten ist doch das Beste gegen eine Novemberdepression«, bemerkte Hilde Auffenberg und hob ihr Glas. Doch ihre kleine Ansprache wurde von einem dumpfen Dröhnen unterbrochen. Die Fensterscheiben vibrierten von einer Druckwelle. Selbst das Geschirr auf dem Küchentisch schepperte kurz. Was war das? Eine Explosion?

Schwiete trat ans Fenster und blickte hinaus.

Es hatte aufgehört zu regnen.

3

»Dieser verdammte Job!«, brummte Johnny Winter an diesem Abend schon zum wiederholten Male, obwohl ihm auch diesmal niemand zuhörte. Es war kurz nach zehn am Sonntagabend, und anstatt gemütlich in seiner Stammkneipe im Ükernviertel zu sitzen, verplemperte er nun wertvolle Lebenszeit damit, in seinem Taxi auf Fahrgäste zu warten. Dabei hatte er keine Zeit zu verschenken, fand er. Er war Mitte vierzig, im allerbesten Mannesalter. Und eigentlich war er auch kein Taxifahrer, sondern Musiker. Okay, seine kühnen Rockstarträume hatten sich in den vergangenen zwanzig Jahren nicht realisieren lassen, aber das musste ja nicht zwingend bedeuten, dass dies für alle Zeiten so bleiben würde. Er, der Gitarrist, hatte es drauf, davon war er zutiefst überzeugt. Er war aus demselben einzigartigen Holz geschnitzt wie seine großen Idole Clapton, Richards, van Halen und wie sie alle hießen. Nur hatte dies bislang noch niemand erkannt.

Aber von irgendwas muss der Mensch ja leben und seine Miete bezahlen. Vor allem die Miete war die Ursache dafür gewesen, dass er nun in Nachtschichten Taxi fuhr. Hilde Auffenberg, seine mütterliche Vermieterin, hatte ihn gedrängt, den Taxischein zu machen, und ihm auch diesen Job besorgt. Sie würde ihn ungern vor die Tür setzen, hatte sie gesagt, aber sie könne es sich auch nicht leisten, auf die Mieteinnahmen zu verzichten. Dabei hätte sie doch einfach ihrem anderen Mieter, diesem langweiligen Bullen Horst Schwiete, etwas mehr abknöpfen können, fand Winter. Der hatte doch ein gutes und festes Beamtengehalt.

Er schaltete den Scheibenwischer ein, um draußen etwas sehen zu können. Verärgert schaute er sich auf dem regennassen Vorplatz des Paderborner Hauptbahnhofes um. In den letzten Jahren hatte man den gesamten Bereich vor dem Bahnhof neu gestaltet, großzügiger, moderner. Nur an die Taxifahrer hatten diese Planungsfritzen nicht gedacht. Ihr Wartebereich war so eng, dass bereits mehrfach Außenspiegel und einmal sogar schon eine Fahrertür abgefahren worden waren. Denn auch die Autos, die vom normalen Parkplatz zurück auf die Bahnhofstraße wollten, mussten sich hier durchquetschen. Von den Bussen ganz zu schweigen. Ein unhaltbarer Zustand, schimpfte Winter innerlich.

Immerhin hatte Winter nun die Spitze der Warteschlange erreicht. Der nächste Fahrgast gehörte ihm. Hoffentlich nicht wieder so einer, der nur zwei Straßenecken weiter fahren wollte. Die brachten nichts ein, und man musste sich danach wieder ans Ende der Schlange stellen. Im Rückspiegel sah er eine Person mit einem Rollkoffer langsam näher kommen. Sie blieb beim Kollegen hinter ihm stehen und sprach ihn an. Gerade wollte Winter empört aus dem Auto springen und den Kollegen zurechtweisen, als dieser den Fahrgast an ihn weiterverwies. Winters Wutpegel war schon fast wieder komplett abgesackt, als der Fahrgast schließlich neben seinem Taxi stand: eine junge Frau, deren dicker, fellbesetzter Kapuzenmantel vor Nässe triefte. Diensteifrig sprang er aus dem Fahrzeug, riss die Heckklappe seines Mercedes auf und verstaute dort den Rollkoffer. Als er sich wieder hinter das Lenkrad klemmte, saß die Frau bereits auf dem Beifahrersitz. Sie hatte sich die Kapuze vom Kopf gezogen und lächelte ihn munter an. Hübsch war sie, fand Winter. Hübsch und selbstbewusst.

»Zum Flughafen, bitte!«, sagte sie mit zuckersüßer Stimme. Na, das lohnt sich doch endlich mal, dachte Winter und wollte eben den Motor anwerfen. Da gab es irgendwo draußen einen lauten, dumpfen Knall. Zuerst dachte Winter an einen Autounfall auf der Bahnhofstraße. Aber da war nichts zu sehen. Im Rückspiegel erkannte er, dass einige seiner Taxikollegen aus ihren Autos stiegen und aufgeregt miteinander sprachen. Offenbar hatten auch sie den Knall gehört und waren irritiert. Als auch Winter Anzeichen machte auszusteigen, sagte die junge Frau freundlich, aber bestimmt: »Ich habe es sehr eilig. Würden Sie bitte sofort losfahren? Vielen Dank!«

Johnny Winter hatte bereits den Abzweig zum Heinz-Nixdorf-Ring hinter sich gelassen, als ihm die ganze Absurdität dieser Fahrt klar wurde. Er räusperte sich und sagte dann, nach einigem Zögern: »Entschuldigen Sie bitte, wenn ich frage, aber eine Stunde vor Mitternacht ist am Flughafen nichts mehr los. Ich weiß nicht mal, ob das Abfertigungsgebäude überhaupt geöffnet hat. Sind Sie sicher, dass ...«

»Ja! Bin ich!«, kam es klar und eindeutig von der jungen Frau, die schon durch ihre Körpersprache keinen Zweifel daran ließ, dass sie sich nicht unterhalten wollte, auf gar keinen Fall aber über ihr Fahrziel zu diskutieren gedachte. Sie hatte den Kragen ihres Mantels nach wie vor hochgeschlagen, als stünde sie in einem Schneesturm. Nichts an ihr konnte einem armen Taxifahrer Mut machen, eine kleine unschuldige Plauderei zu wagen, ganz zu schweigen von laut geäußerten Zweifeln an der Sinnhaftigkeit dieser Fahrt. Aber ein Thema bewegte ihn so sehr, dass er das Schweigen erneut brach.

»Haben Sie auch dieses heftige Geräusch gehört, als Sie gerade zum Taxistand kamen? Dieses Wummern, wie bei einer Explosion? Was mag das gewesen sein? Vielleicht weiß einer der Kollegen was. Ich werde mal über Funk nachfragen. Ist das okay?«

»Nein! Fahren Sie bitte weiter, und zwar schnell!«

Für ein paar Sekunden war er sprachlos. Dann überlegte er, ob er sich nicht einfach über ihren Wunsch hinwegsetzen und trotzdem den Funk benutzen sollte. Aber irgendwie schüchterte diese Frau ihn ein.

»Alles klar!«, brummte er resigniert und gab Gas. Der Regen war nun so stark, dass der Scheibenwischer trotz Schwerstarbeit den Kürzeren zog. Er war irritiert, und wenn er irritiert war, fuhr er zu schnell. Prompt knallte ihm Sekunden später das Blitzlicht einer Radaranlage ins Auge. Wütend schlug Winter aufs Lenkrad. Seine Laune war nun endgültig im Keller. Dieser verdammte Blitzer würde so viel kosten, wie die ganze Nachtschicht einbrachte!

Aus dem Augenwinkel betrachtete er die Frau auf dem Beifahrersitz, die nach wie vor stur nach vorn schaute und so tat, als wäre er gar nicht da. Ein hübsches Profil, fand er. Und auch ansonsten war sie ziemlich attraktiv. Typisch, da hatte er ausnahmsweise mal eine hübsche Frau im Auto, und dann sprach sie kein Wort mit ihm. Okay, Johnny, tröstete er sich fatalistisch, du hast einfach keinen Schlag bei Frauen. Das war so ziemlich die einzige Eigenschaft, die er mit seinem Wohnungsnachbarn Horst Schwiete gemeinsam hatte. Auch an ihm sahen die Frauen regelmäßig vorbei. Aber auf diese Gemeinsamkeit hätte Johnny Winter liebend gern verzichtet.

Zehn Minuten später waren die Lichter des Regionalflughafens zu sehen. Winter hatte recht behalten: Hier war wirklich nichts mehr los.

»Zum Flughafenhotel, bitte«, sagte die junge Frau.

Winter hielt direkt vor dem Hotel, nannte seiner Kundin die Summe und schaltete den Motor aus. Die Frau kramte umständlich und lange in ihrer teuer aussehenden Handtasche herum, bis sie endlich ein großes Portemonnaie gefunden hatte und ihm einen Schein in die Hand drückte.

»Stimmt so«, sagte sie und wollte aussteigen, als Winter rief: »Da ist eben was aus Ihrem Portemonnaie gefallen!«

Sie griff unter sich, beförderte einen kleinen Zettel hervor und schaute ihn kurz an, ehe sie ihn achtlos zusammenknüllte und in die geöffnete Handtasche fallen ließ.

»War nicht wichtig«, sagte sie und stieg aus. »Nur ein Kassenbon.«

Winter verließ ebenfalls das Auto, öffnete die Heckklappe und zog ihren Koffer heraus. Als er sich anschickte, das Gepäck ins Hotel zu rollen, nahm sie ihm den Griff aus der Hand.

»Ist nicht nötig. Das schaffe ich schon allein.«

4

Die Regenpause war nur kurz gewesen. Nasse kalte Tropfen klatschten Schwiete ins Gesicht, als er die Haustür hinter sich ins Schloss zog. Es war ein so gemütlicher Tag gewesen in der warmen Wohnung und anschließend in Hilde Auffenbergs Küche.

Dann hatten die Fensterscheiben so merkwürdig gescheppert, und er hatte gleich so eine Ahnung gehabt, dass dieses Furcht einflößende Geräusch Einfluss auf die Gestaltung seines weiteren Abends nehmen würde.

Die angenehme Stimmung war augenblicklich vorbei gewesen, die amüsanten Gespräche waren verstummt und nicht mehr in Gang gekommen. Höveken sah immer wieder aus dem Fenster und entschloss sich nach einigen unsicheren Minuten dazu, doch lieber mal nach seinen Särgen zu schauen. Dann hatte es in Schwietes Jackentasche vibriert: das Signal, das dem Hauptkommissar eine lange Nacht ankündigte.

Im Lohfeld hatte es eine Detonation gegeben, die so heftig gewesen war, dass ein ganzes Wohnhaus in Trümmern lag. Da mit Toten zu rechnen war, wurde die Mordkommission prophylaktisch mit in das Geschehen einbezogen. Und so wartete Schwiete jetzt im schmalen Eingang des Auffenberg'schen Hauses auf den Streifenwagen, der ihn zum Ort der Explosion bringen sollte. Allmählich lief ihm Regenwasser in den Nacken, und er klappte den Jackenkragen hoch, um dem Eindringen der Nässe etwas entgegenzusetzen. Schwiete kramte schon nach seinem Handy, um dem Kollegen im Streifenwagen mitzuteilen, dass er im Haus auf ihn warten würde. Doch noch bevor er das kleine Telefon aus der Jackentasche gezogen hatte, glitten blaue Lichtreflexe durch die Pfützen. Schwiete lief zu dem Polizeiwagen, riss die Tür auf und war in der nächsten Sekunde im Inneren des Autos verschwunden. Er kannte den Fahrer von vielen Polizeieinsätzen und ließ sich während der Fahrt alles erzählen, was sein Kollege in Erfahrung gebracht hatte.

Am Unfallort standen mehrere Feuerwehrfahrzeuge und zwei Rettungswagen. Auch die Polizei war mit einigen Autos und einem Bulli vertreten. Es waren bereits einige Flutlichter in Position gebracht worden, die der ganzen Szenerie etwas Gespenstisches verliehen, die Trümmer des Hauses aber nur notdürftig beleuchteten. Zwischen den Mauerresten suchten mehr als ein Dutzend Männer nach Überlebenden.

Schwiete blickte angewidert durch die nasse Frontscheibe. Am liebsten wäre er im Warmen und Trockenen sitzen geblieben. Doch ihm blieb keine Wahl, auch er musste hinaus in den Regen, wo seine Kollegen und die Rettungsmannschaften eifrig ihrem Job nachgingen. Er lieh sich von einem der Feuerwehrmänner eine wasserdichte Jacke. So gegen den immer heftiger niederprasselnden Regen gewappnet, begab er sich in die Trümmer. Doch noch bevor er die ersten Mauerreste erklommen hatte, wurde seine Aufmerksamkeit auf einen Mann und eine Frau gelenkt, die wild gestikulierend auf einen Polizisten im Inneren des Bullis einredeten. Die beiden mussten schon recht alt sein, denn ihre Bewegungen wirkten steif und ungelenk. Der Mann war allem Anschein nach verletzt, denn er trug einen Kopfverband und hatte zusätzlich eine Hand mit weißem Mull bandagiert.

Der Polizist, der seinen Kopf nun ein wenig aus dem schützenden Inneren des Autos hielt, machte eindeutige Gesten, mit denen er die beiden Alten ärgerlich hinter das rot-weiße Flatterband trieb. Als er sich zurück in den Bulli verzog, erkannte Schwiete seinen Kollegen Kükenhöner. Der Hauptkommissar hatte das Geschehen aufmerksam beobachtet. Er hatte das Gefühl, dass dort etwas geschah, was bei der Aufklärung der Detonationsursache von Bedeutung sein könnte. Es war nur so ein Gefühl, das Schwiete hatte, eine Intuition. Doch solche Eindrücke nahm der Polizist stets ernst, auch wenn seine Kollegen ihn deswegen meist belächelten. Also entschloss er sich, nicht weiter in den Trümmern des Hauses zu suchen, sondern zum Polizeibulli zu gehen. Als er dort ankam, war von den beiden Alten nichts mehr zu sehen. Die Dunkelheit hatte sie verschluckt. Schwiete öffnete die Schiebetür des Transporters. Er hatte sie kaum zehn Zentimeter zur Seite gezogen, da hörte er schon die unfreundliche Stimme seines Kollegen.

»Horsti Schwiete! Hätte ich gewusst, dass du dich auch hierherbequemst, dann wäre ich mit dem Arsch im Bett geblieben«, bemerkte Kükenhöner und verzog die Mundwinkel zu einem bitteren Lächeln.

Schwiete schwieg.

»Was ist los? Hat es dir die Sprache verschlagen? Komm rein, und mach die Tür zu, oder hilf der Feuerwehr beim Wegräumen der Steine!«

Wortlos kletterte Schwiete in das Innere des Fahrzeugs und zog die Tür hinter sich zu. Er setzte sich Kükenhöner gegenüber und sah ihn längere Zeit aufmerksam an. »Was wollten die beiden alten Leute von dir?«

Kükenhöner winkte ab. »Ach, hör auf, neugierige Nachbarn von gegenüber, du kennst das doch, da sind so ein paar Alte, die langweilen sich den ganzen Tag zu Tode, und wenn dann endlich mal was passiert, dann stehen die gleich auf der Matte und labern dir ein Ohr ab. Aber nicht mit mir! Ich habe denen gesagt, dass sie morgen in die Polizeibehörde kommen sollen, um ihre Aussage zu machen. Wenn das wirklich wichtig war, was die beiden Alten zu sagen hatten, dann laufen die morgen früh bei uns auf. Wenn nicht, war es auch nicht wichtig.«

Schwiete schwieg. Es gefiel ihm nicht, wie sein Kollege sich verhielt. Der wurde von Jahr zu Jahr fatalistischer.

Die unangenehme Stille veranlasste den schlecht gelaunten Polizisten, weiter provokant draufloszubrabbeln.

»Ich weiß, du hättest dir den Sermon der Alten angehört, hättest einen auf verständnisvoll gemacht. Wie du es immer tust.

Aber das kannst du von mir nicht erwarten. Ich hab ja schon genug Stress zu Hause. Irgendwann hört das Verständnis für jedermann mal auf. Da muss ich mir nicht noch dieses Gelaber von ein paar Rentnern anhören, die nichts anderes zu tun haben, als überall ihre Nase hineinzustecken.«

Wieder herrschte längeres Schweigen. Schwiete räusperte sich. »Doch, Karl, das erwarte ich von dir! Ich verlange, dass du jedem, der sich in dienstlichen Angelegenheiten an dich wendet, aufmerksam und höflich zuhörst.«

5

Eigentlich war Miguel Perreira gern Polizist. Schon seitdem er als Vierjähriger mit seinen Eltern von Portugal nach Paderborn gezogen war, hatte ihm die Vorstellung behagt, in einer schmucken Uniform durch die Stadt zu laufen, von den Passanten respektvoll gegrüßt zu werden und dabei das zufriedenstellende Gefühl zu haben, einer guten Sache zu dienen. Später war die Hoffnung dazugekommen, damit Frauen zu beeindrucken. Er hatte es tatsächlich geschafft, diesen Kindertraum zu verwirklichen, war als Einwandererkind in der Mitte der Paderborner Gesellschaft angekommen und war mit sich und der Welt im Reinen. Da er seinen Dienst gewissenhaft versah und ein sonniges Gemüt hatte, war er bei den Bewohnern der Stadt und bei seinen Kollegen gleichermaßen beliebt. So schnell brachte ihn nichts aus der Ruhe.

Solche Jobs wie in dieser Nacht allerdings fand er öde. Er saß in seinem Dienstwagen und versuchte immer wieder, durch die verregnete Seitenscheibe einen Blick auf die noch immer rauchenden Trümmer des explodierten Hauses zu werfen. Das Einfamilienhaus neben dem riesigen Westfriedhof war nahezu restlos zerstört worden. Eine Hauswand war in den Garten gekippt, und keine Fensterscheibe war heil geblieben. Da, wo noch vor kurzer Zeit die Haustür ihren Platz gehabt hatte, war jetzt ein schwarzer Schlund zu sehen. Und was von dem Gebäude noch stand, erinnerte in der Dunkelheit an eine alte Ruine. Vermutlich war die Explosion durch den unsachgemäßen Umgang mit einer Propangasflasche ausgelöst worden. So viel schien jedenfalls nach den ersten Untersuchungen klar zu sein. Leider war zumindest ein Mensch dabei ums Leben gekommen. Perreira versuchte die Bilder der Nacht abzuschütteln – als die Leute von der Spurensicherung immer wieder auf neue Teile eines menschlichen Körpers gestoßen waren. Viel war nicht mehr zu erkennen gewesen, aber die Fachleute waren davon überzeugt, dass es sich dabei um eine Frau handelte. Näheres würde sich erst nach diversen Laboruntersuchungen sagen lassen. Bis dahin durfte niemand das Areal betreten. Das nämlich könnte wertvolle Spuren zerstören.

Außer ihm befanden sich zwei Männer von der Feuerwehr an der Brandstelle. Sie saßen in einem kleinen Feuerwehrauto etliche Meter hinter ihm und langweilten sich dort genauso wie er. Brandwache. Sie hatten darauf zu achten, dass nicht plötzlich wieder an irgendeiner Stelle ein Feuer auflodere. Perreira verdrehte die Augen. Als ob bei diesem Dauernieselregen eine Flamme eine Chance hätte. Aber wer wusste das schon, schließlich war er Polizist und kein Feuerwehrmann.

Verdrossen schob er sich einen Streifen Kaugummi in den Mund. Scheißjob! Als ob in dieser Nacht hier noch was passieren würde. Offenbar dachten die Feuerwehrleute genauso, denn sie hatten die Innenbeleuchtung ihres Fahrzeugs abgeschaltet und dösten vermutlich sanft vor sich hin.

Perreira hatte nicht geahnt, dass es im Stadtgebiet von Paderborn nachts so dunkel werden konnte. Klar, es war Ende November, das ist nun mal die finsterste Jahreszeit, aber hier sah man ja nicht mal die Hand vor Augen. In diesem kurzen Seitenarm der eigentlichen Straße gab es keine Beleuchtung, ebenso wenig wie nebenan auf dem Friedhof. Langsam und gleichmäßig stiegen aus der gelöschten, aber noch heißen Glut feine weiße Rauchfahnen empor, die sich kräuselten und zu einer einzigen milchigen Suppe verdichteten.

Die Sinne des Polizisten passten sich langsam der Dunkelheit an. Immer wieder ertappte er sich dabei, dass ihm die Augen zufielen. Perreira drehte die Lautstärke des Autoradios etwas höher, vielleicht half das gegen die Müdigkeit. Gerade als er wieder wegzudämmern drohte, riss er erschrocken die Augen auf. Hatte er es sich eingebildet, oder hatte sein innerer Bewegungsmelder eben etwas wahrgenommen? Wahrscheinlich nur eine streunende Katze. Alles wieder zurück auf Stand-by. Miguel Perreira sackte wieder weg in den wohligen Schwebezustand, der dem eigentlichen Schlaf vorausgeht.

Als er das nächste Mal durch ein ungewöhnliches Geräusch aufgeschreckt wurde, hatte er nicht den leisesten Schimmer, wie lange er weggetreten war. Aber er wusste sofort, dass an der Brandstelle etwas war, was dort nicht sein sollte. Er zwang sich, die Augen aufzureißen und angestrengt ins Dunkle zu starren. Gleichzeitig ließ er die Seitenscheibe etwas herunter, um etwas hören zu können. Ein Schwall kühler, feuchter Luft drang ins Auto und ließ ihn frösteln. Endlich sah er ein Licht. Der schwache Lichtkegel einer kleinen Taschenlampe tänzelte über die Fassade des verbrannten Hauses. Dann blieb das Licht kurz an einer Stelle stehen, um dann wieder zuckend ins Innere des Hauses vorzudringen.

Das geht jetzt aber gar nicht!, dachte Perreira und gab sich einen Ruck. Er griff sich ebenfalls seine Taschenlampe, zog den Autoschlüssel ab und öffnete die Fahrertür. Sofort schlug ihm der feine Nieselregen ins Gesicht. Er fluchte leise und machte sich auf den Weg zum Haus.

Das vagabundierende Licht war mittlerweile verschwunden. War der Besucher wieder gegangen? Oder befand er sich in den Ruinen? Vorsichtig schlich sich Perreira heran, wobei er immer wieder gezwungen war, herumliegenden Gegenständen auszuweichen. Kurz vor dem zerstörten Haus schaltete er die Taschenlampe ab. Sollte er die Kollegen anrufen und auf Verstärkung warten? Ach was, dachte er. Wahrscheinlich ein Penner, der einen Übernachtungsplatz sucht. Mit dem würde er schon klarkommen. Von dem entsetzlichen Rauchgestank wurde ihm schlecht. Am liebsten wäre er wieder zurück zum trockenen Auto gegangen und hätte sich in den Sitz gekuschelt. Stattdessen machte er einen entschlossenen weiteren Schritt auf die Trümmer zu und blieb dort stehen, wo vor der Explosion einmal eine Haustür gewesen war. Er horchte angestrengt hinein. Es war nicht zu überhören, dass jemand in den Ruinen herumging. Perreira zog seine Dienstwaffe, drehte die Taschenlampe auf die kleinste Stufe, holte tief Luft und drang leise in das stinkende Haus ein. Vorsichtig schlich er einen Flur entlang. Auch hier lagen Möbel und diverse Gegenstände herum, denen er ausweichen musste. Die Wände waren von der Löschaktion noch triefnass, auf dem Fußboden stand der Schlamm zentimeterdick.

Er kam nur langsam vorwärts, tastend. Seine Taschenlampe hielt er in der Hand. Immer wieder hörte er aus dem Stock über ihm Schritte und Geräusche, als wenn Möbel hin- und hergeschoben würden. Zum Glück war die Treppe aus Beton und hatte den Brand gut überstanden. Vorsichtig schlich er eine Stufe nach der anderen nach oben und stand schließlich vor einem Raum, aus dem die Geräusche kommen mussten. Dieser Raum hatte erstaunlicherweise noch eine Tür, die aber offen stand.

Perreira lehnte sich mit dem Rücken an die Außenwand des Raumes, entsicherte seine Dienstwaffe und konzentrierte sich auf das, was nun kommen musste. Dann bewegte er sich blitzschnell, schaltete seine Taschenlampe ein. Er drang mit erhobener Waffe durch die Tür und schrie: »Polizei! Hände hoch!«

Die Gestalt wenige Meter von ihm entfernt riss reflexhaft die Arme hoch. Als Perreira sie im Licht seiner Lampe genauer in Augenschein nahm, stellte er fest, dass eine junge, gut aussehende Frau vor ihm stand. Sie wirkte so zerbrechlich, beinahe durchsichtig, dass er augenblicklich seine Waffe sinken ließ. Die Frau war für das Wetter völlig unpassend gekleidet. Ihr viel zu dünner Mantel war nicht zugeknöpft, und das Kleid darunter ähnelte eher einem Fetzen. In der linken Hand hielt sie einen Beutel, der bei ihr wohl als Handtasche fungierte. An den nackten Füßen trug sie hochhackige rote Schuhe.

Ein Wunder, dass sie sich damit in den Trümmern noch nicht die Beine gebrochen hat, dachte Perreira. Die junge Frau löste in ihm Hilfsbereitschaft aus. Am liebsten hätte er sie an die Hand genommen und gestützt. Also richtete er die Taschenlampe nicht mehr in ihr Gesicht, sondern auf das Chaos von Backsteinen und Betonbrocken, das ihm den Weg zu ihr so beschwerlich machte. Vorsichtig suchte er mit seinem rechten Fuß nach einem sicheren Tritt, machte einen Schritt nach vorn, rutschte aus, stützte sich mit der freien Hand an einem Mauerrest ab und kam wieder auf die Füße. Von seinem neuen Standort aus leuchtete Perreira wieder zu der Stelle, an der eben noch die völlig durchnässte junge Frau gestanden hatte. Die war ihm einen Schritt entgegengegangen und befand sich nun seitlich von ihm.

Als Perreira sie mit dem Lichtkegel seiner Taschenlampe erfasste, blieb ihm für den Bruchteil einer Sekunde das Herz stehen. In der rechten Hand hielt die Frau jetzt eine Pistole, mit der sie aus nicht einmal einem Meter Entfernung auf sein Gesicht zielte.

Mit weit aufgerissenen Augen starrte er in das schwarze Mündungsloch der Waffe. Er wollte etwas sagen, wollte die Frau überzeugen, dass sie von ihm nichts zu befürchten habe, doch er brachte nur ein heiseres Krächzen über die Lippen. Zum ersten Mal in seinem Leben sah er in die Fratze des Todes. Er wollte nicht sterben. Verzweifelt hob er die Hand und wollte sie, obwohl er wusste, dass das der größte Schwachsinn war, schützend zwischen sich und den Pistolenlauf bringen. Doch er hatte die Bewegung noch nicht zu Ende ausgeführt, da brannte sich ein widerlich heller, weißer Blitz in seine Netzhaut ein. Perreira wollte schreien, doch ein wahnsinniger Schmerz sorgte dafür, dass nicht einmal mehr der kleinste Laut über seine Lippen kam.

6

Die Kaffeemaschine sorgte für brodelnde und zischende Geräusche. Das Ergebnis war eine braune Brühe, die Tropfen für Tropfen in einer Tasse landete. Gleichzeitig breitete sich dieser wunderbare Duft in der Küche aus, der, so empfand es jedenfalls Kükenhöner, die angenehme Seite des Lebens repräsentierte.

Es war eine Scheißnacht gewesen. Er hatte nur eine Stunde geschlafen, und jetzt saß er schon wieder in seiner Küche und musste sich um die eigene Brut kümmern. Und das Ganze nur, weil seine Frau sich auf einem Egotrip befand. Es war einfach zum Davonlaufen.

Doch der Kaffee versöhnte ihn ein bisschen. Wie schrecklich wäre es, sinnierte er, wenn er den Geruchssinn verlöre und ihm der Duft von frischem Kaffee verwehrt bliebe?

»Papa, auch wenn die Dortmunder nicht mehr deutscher Meister werden, gewinnen die bestimmt die Champions League, da wette ich drauf.« Sein zehnjähriger Sohn stand in der Tür. Kükenhöner war stolz auf ihn. Der Junge war einer der Besten in der E-Jugendmannschaft des FC Dahl/Dörenhagen.

Seine Frau ging seit August wieder arbeiten und versuchte ihn seitdem dazu zu bewegen, die Hälfte der Verantwortung für die Familie und die Hälfte der Hausarbeit zu übernehmen. Das führte im Moment zu ständigen Streitereien. Wenn er es sich recht überlegte, musste er sich eigentlich immer dem Diktat der weiblichen Familienmitglieder unterwerfen. Kükenhöners Argument, er besorge schließlich das Geld, von dem die ganze Familie gut leben könne, entlockte seiner Frau und seinen Töchtern lediglich ein verächtliches Lächeln.

Christine, seine Älteste, wurde nächsten Monat achtzehn und ging meist ihre eigenen Wege. Kükenhöner hatte es aufgegeben, ihr erzieherisch zur Seite zu stehen. Seitdem kam er einigermaßen mit ihr aus.

Die fünfzehnjährige Maren hingegen steckte mitten in der Pubertät. Bemalt wie ein Sioux-Indianer und ausgestattet mit einem Parfümgeruch, der die Blumen auf der Fensterbank erblassen ließ, betrat sie die Küche.

»Oh Mann, ey, schon wieder kein Müsli da?«, moserte sie. »So ein Fuck, ey.«

Kükenhöner musste sich zusammenreißen. »Dann iss ein Butterbrot!«, versuchte er seine aufsteigende Wut zu unterdrücken.

»Nee, das macht dick!«, entgegnete sie patzig.

»Dann eben nicht.«

»Haste mal einen Zehner?«

»Nee!«

»Oh, fuck, ey, Papa! Ich brauch Geld für Passbilder!«

»Wozu brauchst du Passbilder?«, fragte Kükenhöner trotzig. Er wollte dieser verzogenen Göre nicht schon wieder Geld in den Rachen schmeißen. Vielleicht hatte es doch sein Gutes, überlegte er, dass er bei seinen Kindern mal die Möbel gerade rückte. Seine Frau ließ ihnen einfach zu viel durchgehen.

»Für einen Schülerjob!«

Hatte Kükenhöner richtig gehört? Wollte seine Tochter etwa arbeiten? Begann heute der erste Schritt in Richtung Erwachsenwerden?

»Schülerjob? Was für ein Schülerjob?«

»Beim ASP«, kam es genervt über Marens Lippen.

»ASP?«, hakte Kükenhöner nach und kramte nach seinem Portemonnaie.

»Abfall- und Stadtreinigungsbetrieb Paderborn, Grüne Tonnen kontrollieren«, antwortete seine Tochter in einem Tonfall, der Kükenhöner vermuten ließ, dass sich Eisblumen auf dem Küchenfenster bilden würden, sollte er weiter insistieren.

Kopfschüttelnd legte er einen Zehner auf den Tisch. Eigentlich wollte er noch sagen: »Ziehe ich dir vom nächsten Taschengeld ab«, doch als er aufsah, um Blickkontakt aufzunehmen, waren Geldschein und Tochter schon im Hausflur verschwunden.

7

In seinem Kopf breiteten sich höllische Schmerzen aus. Es fühlte sich an, als wollte der Schädel zerplatzen. Dann fingen seine Augen an zu tränen, und der Schmerz verlagerte sich dorthin.

Fühlte sich so der Tod an? Perreira hatte immer geglaubt, wenn er das Leben hinter sich gelassen hätte, wäre es vorbei mit den Schmerzen. Bislang war er der Meinung gewesen, dass das Sterben zwar schrecklich sei, aber das, was danach kam, umso wunderbarer. Und jetzt das! Diese unerträglichen Schmerzen! Sollte er sich so geirrt haben? Dann fiel ihm die Hölle ein. War er etwa in der Hölle gelandet? Das konnte doch nicht sein. So ein schlechter Kerl war er nun auch wieder nicht gewesen.

Oder war er etwa gar nicht tot? Perreira tastete mit seinen Händen die Umgebung ab. Er fühlte nassen Stein, Dreck und Matsch. Er lebte! Zu den Tränen, die ihm diese höllischen Schmerzen verursachten, kamen jetzt die Freudentränen. Ja, er lebte! Er fühlte, wie ihm widerliche, dicke, eiskalte Regentropfen in sein Gesicht klatschten. Was für ein wunderbares Gefühl.

Plötzlich wurde ihm klar, was geschehen war: Die Frau hatte gar keine echte Knarre, nur eine Gaspistole. Mit der hatte sie auf ihn gezielt, und mit der hatte sie ihm eine volle Ladung ins Gesicht verpasst.

Diese Schlampe! Von jetzt auf gleich wurde Perreira wütend. Er hatte ihr helfen wollen, hatte sich Sorgen um sie gemacht. Doch sie hatte seine Gutmütigkeit bestraft. So etwas machte man nur einmal mit ihm. Er trug immer noch den unermesslichen Stolz seiner portugiesischen Vorfahren in sich. Wer den verletzte, dem gnade Gott. Trotz der höllischen Schmerzen, die seine Augen und vielleicht auch sein Kopf verursachten, suchte er nach seinem Handy. Der Alten würde er die gesamte Armada Paderborner Streifenwagen auf den Hals hetzen. Die würde nicht entkommen! Und wenn sie die Schlampe erwischt hatten, würde er sie sich höchstpersönlich zur Brust nehmen. Und dann würde sie singen, singen wie eine Nachtigall. Er riss den Reißverschluss seiner warmen, wasserdichten Schutzjacke auf, kramte in seiner Uniformjacke weiter, bis er das Telefon gefunden hatte.

Gut, jetzt hatte er zwar ein Handy, auch eines, das funktionierte, aber wie sollte er wählen? Bei dem kleinsten Versuch, die Augen zu öffnen, potenzierten sich die Schmerzen. Perreira jaulte auf, als er versuchte, den Tastenblock zu erkennen, doch selbst als er sich sein Handy direkt vors Gesicht hielt, konnte er nichts sehen.

Verzweifelt drückte er auf den verschiedenen Tasten herum. Plötzlich hörte er, dass sich eine Verbindung aufgebaut hatte. Es dauerte eine endlos lange Zeit. Niemand nahm ab.

Perreira überlegte. Wen hatte er als Letztes angerufen? Klar, seine Frau Carla. Keine Chance, dachte er. Die steckte sich seit Jahren Stöpsel in die Ohren, um sein Schnarchen nicht zu hören. Dies Verhalten war bei ihr zur Gewohnheit geworden. Ohne diese Dinger in den Ohren konnte Carla gar nicht mehr einschlafen.

Irgendwann veränderte sich die Tonabfolge. Die Verbindung war automatisch beendet worden. Auch wenn sein Unterfangen zu neunundneunzig Prozent keinen Erfolg bringen würde – Perreira versuchte es erneut. Er verfluchte sein Schnarchen, verfluchte die Sensibilität seiner Frau, die nachts das kleinste Geräusch nicht ertragen konnte. Zukünftig würde er ihr verbieten, sich diese Dinger in die Ohren zu stopfen, wenn er Dienst hatte. Wieder war die Zeit, in der die Verbindung gehalten wurde, abgelaufen.

Mittlerweile hasste er jeden und alles auf der Welt. Trotzig drückte er erneut die Wahlwiederholung. Und endlich hörte er eine Stimme.

»Carla Perreira«, sagte seine Frau schlaftrunken.

Perreiras Wut verwandelte sich augenblicklich in Freude. Lachend sagte er zu seiner Frau: »Carla! Carla, ruf sofort bei der Wache an!«

»Miguel, bist du es? Was ist los mit dir?« Der Tonfall seiner Frau war ärgerlich. »Hast du sie nicht mehr alle, oder bist du betrunken? Warum lachst du? Wieso weckst du mich um diese Zeit? Und außerdem, kannst du nicht selbst bei deinen Kollegen anrufen?«

»Carla, ich bin überfallen worden! Ich kann nichts sehen! Man hat mir mit einer Gaspistole ins Gesicht geschossen! Ruf die Kollegen an!«

»Oh Gott!«, hörte Perreira seine Frau noch sagen, dann war die Leitung unterbrochen.

Nun begann ein endloses Warten. Perreira hasste nichts mehr als das. Jetzt kam zu den Schmerzen auch noch seine Hilflosigkeit hinzu. Dieser Zustand war für einen Mann wie ihn die Hölle. So eine Demütigung! Um die Zähigkeit der Zeit nicht ertragen zu müssen, bemühte er sich, einen Weg aus den Trümmern des Hauses zu finden. Tastend versuchte er, die Umgebung zu erforschen. Machte einen ersten Schritt, rutschte aus und schlug sich das Knie an einer Steinkante. Er schrie auf und versuchte aus einem Reflex heraus, die schmerzenden Augen aufzureißen.

»Was für ein verdammtes Scheißleben!«, schrie Perreira.

Resigniert richtete er sich auf und setzte sich auf einen Mauerrest. Er hob den Kopf und versuchte zu blinzeln. Doch bevor er die ersten Blitze des Blaulichts erahnte, hörte er glückshormondurchströmt den durchdringenden Ton des Martinshorns.

Jetzt war es schon zehn Uhr dreißig. Die Besprechung hatte vor einer halben Stunde angefangen, und bis auf Karl Kükenhöner waren alle anwesend. Schwiete ärgerte sich über seinen Mitarbeiter.

»Frau Klocke, bitte tun Sie mir einen Gefallen!«, sagte er. »Rufen Sie doch bitte den Kollegen Kükenhöner an, und machen Sie ihn darauf aufmerksam, dass wir alle seit mehr als einer halben Stunde auf ihn warten. Ich bin gleich wieder da.«

Dann verließ der Hauptkommissar den Raum und ging in sein Büro. In seinem Inneren brodelte es. Er setzte sich an seinen Schreibtisch und ordnete die Utensilien, die auf der Tischplatte lagen, neu. Bei Horst Schwiete gab es eigentlich keine Unordnung, denn auf seinem Tisch lagen alle Bleistifte nach Größe geordnet in Reih und Glied.

Doch jetzt, da er sich ärgerte, kam es zu einer Übersprungshandlung, die ihn dazu veranlasste, die perfekte Ordnung zu zerstören, um alles anschließend wieder in die gewünschte Systematik zu bringen. Irgendwann war auch der kürzeste Bleistift wieder an seinem Platz. Schwiete hatte seine innere Ruhe wiedergefunden.

Er atmete tief durch und ging zurück zu den Kollegen. Und siehe da, ein schlecht gelaunter Karl Kükenhöner lümmelte sich auf seinem Stammplatz. Schwiete wusste, dass er nur darauf wartete, auf sein Fehlverhalten angesprochen zu werden. Doch den Gefallen würde er ihm nicht erweisen. Jedenfalls nicht jetzt!

Das Team hatte an verschiedenen Flipcharts alles gesammelt, was es bisher an Informationen über die Detonation des Hauses und die damit verbundenen Ereignisse und Personen gab.

»Erstens: Wir haben die Leichenteile einer Frau gefunden. Das ist bis zum jetzigen Zeitpunkt die einzige Tote«, fasste Schwiete zusammen. »Zweitens: Die Ursache für die Explosion war wahrscheinlich eine zerbeulte Gasflasche, die mittlerweile sichergestellt wurde. Drittens, und das finde ich sehr ungewöhnlich: Das Einwohnermeldeamt hat niemanden registriert, der in dem Haus wohnte. Mittlerweile wurde eine Frau festgenommen. Laut dem Protokoll, das die Kollegen vom Streifendienst erstellt haben, hatte ein Polizist die Aufgabe, den Explosionsort abzusichern.«

»Klar, das war Perreira, den habe ich selbst angewiesen!«, posaunte Kükenhöner los.

Schwiete ignorierte ihn und fuhr fort: »Als der Kollege jemanden auf der Ruine herumklettern sah, hat er nicht etwa Kollegen zur Hilfe geholt, sondern ist auf eigene Faust in die Trümmer gestiegen, um die Person zu stellen. Die Frau war mit einer Gaspistole bewaffnet, von der sie auch Gebrauch gemacht hat. Nachdem sie unseren Kollegen ausgeschaltet hatte, ist sie geflüchtet. Als wir sie später festgenommen haben, behauptete sie, in dem Haus am Lohfeld ein Zimmer gemietet zu haben. Von unserem Kollegen habe sie sich bedroht gefühlt. Bei dem Hausbesitzer handelt es sich übrigens um einen gewissen Hatzfeld.«

Kükenhöner stieß einen leisen Pfiff aus. »Werner Hatzfeld? Das ist doch einer der Schönen und Reichen hier in Paderborn. Außerdem ist der Typ mal mit mir in eine Klasse gegangen. Der war damals schon was Besseres. Den nehme ich mir vor, Horsti! Man trifft sich eben immer zweimal im Leben.«

Kükenhöner grinste süffisant und malte sich in den schillerndsten Farben aus, wie er seinen Lieblingsfeind von einst ein bisschen peinigen könnte. Doch dann wurden seine Gedanken jäh unterbrochen.

»Tut mir leid, Karl, aber da habe ich eine ganz andere Idee. Diesen Hatzfeld übernimmt Linda Klocke. Du hast heute schon einen Termin mit zwei älteren Herrschaften. Doch bevor du dich um diese netten Menschen kümmerst, haben wir beide noch ein ernstes Gespräch zu führen. Komm bitte gleich nach der Sitzung in mein Büro!«

Das war zu viel für Kükenhöner. Was bildete sich dieser Schwiete überhaupt ein? Seitdem er vor etwas mehr als einem Jahr von der scheidenden Polizeidirektorin zum Chef des Kommissariats befördert worden war, wurde er in Kükenhöners Augen von Tag zu Tag größenwahnsinniger.

»Jetzt bleib mal auf dem Teppich, Horsti! Ich habe dir doch schon letzte Nacht gesagt, dass diese beiden Alten nur aufgeblasene Wichtigtuer sind. Die kommen heute Morgen doch sowieso nicht. Dafür würde ich fast meine Monatsbezüge verwetten. Und wenn doch, dann könnte doch Linda die netten älteren Herrschaften verarzten. Dieser Hatzfeld ist genau meine Kragenweite.«

Doch Schwiete schwieg, bis sich Kükenhöner geschlagen geben musste.

»Okay, Horsti, dann beschwer dich aber nicht, wenn du die Alten, nachdem ich sie in der Mangel hatte, unter deiner Bürotür herschieben kannst. Und beschwer dich vor allem nicht, wenn Linda, unser Küken, von meinem lieben Freund Hatzfeld nicht einmal hereingelassen wird.«

In Linda Klockes Augen machte sich ein wütendes Funkeln breit, und Kükenhöner wurde augenblicklich klar, dass er das »Küken« noch bereuen würde.

9

Hier wohnen wirklich die besseren Leute, schoss es Linda Klocke durch den Kopf, während sie ihren kleinen Fiat in die Mallinckrodtstraße lenkte. Vor einer Villa im Baustil der Zwanzigerjahre stellte sie ihren Wagen ab – neben einem schwarzen Mercedes. An diesem Haus schien einfach alles stilsicher zu sein. Selbst der Türgriff der Eingangspforte und der Knopf der Hausklingel waren im Stil des Art déco gehalten. Kaum hatte Linda Klocke die Klingel betätigt, ertönte ein eindrucksvoller Gong.

Kurze Zeit später wurde die Tür von einer älteren Dame in schwarzem Kostüm und weißer Schürze geöffnet. Linda Klocke überreichte ihr eine Visitenkarte und bat darum, Herrn Hatzfeld sprechen zu dürfen. Daraufhin wurde sie von der Hausdame in eine eindrucksvolle Bibliothek geführt und gebeten, einen Augenblick zu warten. Kaum hatte sie sich in einen der schwarzen Ledersessel gesetzt, da betrat ein großer breitschultriger, elegant gekleideter Mann den Raum und füllte ihn augenblicklich aus. Linda Klocke kam sich neben dem Hausherrn klein und unscheinbar vor. Doch dieses Gefühl behielt sie für sich.

Der Mann kam auf sie zu und begrüßte sie fast überschwänglich. Diese Begeisterung hatte Linda Klocke noch nie erlebt, wenn sie in ihrer Eigenschaft als Polizistin Hausbesuche machte.

»Was für einen Grund gibt es, dass mich die Polizei in meinem bescheidenen Haus aufsucht?«

Linda Klocke erhob sich und reichte ihm freundlich die Hand, bevor sie zum Wesentlichen kam und erklärte, dass sie wegen des explodierten Hauses im Lohfeld einige Fragen an ihn habe.

Hatzfeld tat verwundert. »Haus im Lohfeld? Mit der Aussage kann ich nun gar nichts anfangen. Da müssen Sie mir schon etwas auf die Sprünge helfen, Frau Kommissarin.«

Linda Klocke hatte mit allem gerechnet. Mit Leugnen, mit Verärgerung oder mit Gezeter, jedoch nicht mit dieser für sie aufgesetzten Ahnungslosigkeit.

»Nun bin ich es, Herr Hatzfeld, die verwundert ist. Ein Haus von Ihnen wird durch eine gewaltige Explosion nahezu komplett zerstört, und Sie tun so, als hätten Sie von nichts eine Ahnung.«

»Habe ich auch nicht!« Hatzfeld sah auf die Visitenkarte, die ihm seine Hausdame in die Hand gedrückt hatte. »Es tut mir wirklich leid, Frau Klocke, ich war ein paar Tage auf Sylt. Ich habe da ein bescheidenes Haus in Kampen, und immer wenn es meine Zeit zulässt, versuche ich mich auf dieser wunderbaren Insel etwas zu zerstreuen. Ich bin erst gestern spätabends zurückgekommen. Was während des Wochenendes hier in Paderborn passiert ist, entzieht sich meiner Kenntnis. Ich habe außerdem keine Ahnung, von welchem Haus im Lohfeld Sie reden. Da müssen Sie sich schon mit meinem Büro in Verbindung setzen. Allein im letzten Jahr habe ich über fünfzig Häuser gekauft und sicher ähnlich viele verkauft. Sollte wirklich ein Haus von mir durch eine Explosion zerstört worden sein, werde ich Ihnen selbstverständlich alle Details liefern, die Sie benötigen.«

Ein Reicher, wie er im Buch der Vorurteile steht, dachte Linda Klocke. Ein Hauskauf war für diesen Mann vermutlich dasselbe wie für normale Leute das Trinken eines Schlucks Wasser. Ihr gefiel diese Metapher, und sie dachte noch einen Moment darüber nach.

Auf Hatzfeld wirkte Linda Klocke, die kurz ihre Gedanken schweifen ließ, dadurch erstaunlich gleichgültig. Er vermutete, dass die junge Frau vor ihm trotz ihres jugendlichen Alters mit allen Wassern gewaschen war oder dass sie ebenfalls aus Verhältnissen stammte, wo ein Hauskauf zum Tagesgeschäft gehört. Wie auch immer, Linda Klocke hatte für Hatzfeld etwas reizvoll Undurchschaubares.

Linda Klocke erkundigte sich, wer ihr denn die gewünschten Auskünfte geben könne. Hatzfeld kam kurz ins Stocken. Dann hatte er sich wieder im Griff und vermittelte erneut den Eindruck von Eleganz und einer Idee Überheblichkeit.

Kükenhöner war stinksauer! Langsam, aber sicher ging ihm dieser aufgeblasene Affe auf die Nerven.

»Damit das klar ist, Karl, du machst nicht wieder deine Alleingänge«, hatte Schwiete nach der Besprechung zu ihm gesagt. »Ich erwarte dich um zwölf Uhr dreißig bei mir im Büro. Wir müssen ein ernstes Gespräch führen.«

Kükenhöner konnte sich noch genau an den Tag erinnern, als Schwiete zum Chef ernannt wurde. Kein Problem, von einem Horsti Schwiete lasse ich mir gar nichts sagen, hatte er damals gedacht. Im Nachhinein musste er sich eingestehen, dass er auch ein bisschen neidisch, ach was, ziemlich neidisch auf seinen Kollegen gewesen war. Ihn, Kükenhöner, der genau die gleiche berufliche Laufbahn absolviert hatte wie Schwiete, hatte man nämlich einfach übergangen.

Am selben Tag, an dem Schwiete zum Kommissariatsleiter ernannt wurde, war auch Linda Klocke zu ihrem Team gestoßen. Diese magersüchtige, zwanghafte Ziege war Kükenhöner von Anfang an suspekt gewesen.

Kükenhöner sah auf die Uhr. Noch eine Stunde bis zum Gespräch mit diesem verdammten Schwiete. Das Klopfen an der Tür hinderte ihn daran, sich weiter über seine Kollegen und seine momentane Situation zu ärgern. Noch bevor er auf das Geräusch reagieren konnte, betrat Kollege Krügermeyer vom Streifendienst das Büro.

»So, Karl, es gibt Neues von der Lady, die Perreira so übel mitgespielt hat«, plauderte Krügermeyer los. »Sie heißt angeblich Olga Solowjow und arbeitet, so behauptet sie jedenfalls, im Bordell in der Marienloher Straße. Sie hatte aber keinen Ausweis oder andere Papiere, mit denen sie sich hätte ausweisen können. Hier ist das Protokoll.«

Der Kollege hielt Kükenhöner ein paar Blätter hin.

»Sag mal, Karl, was ist eigentlich bei euch los? Wir nehmen eine Prostituierte fest, die einen Kollegen mit der Waffe bedroht und schwer verletzt hat. Darüber hinaus hat sie vielleicht sogar einen Mord begangen, und obwohl wir sie schon vor mehreren Stunden verhaftet haben, hat sich noch keiner von euch um die Tatverdächtige gekümmert.«

»Frag nicht mich, frag unseren Chef«, entgegnete Kükenhöner verächtlich.

Krügermeyer wollte sich nicht an einem Lamento über Schwiete beteiligen. Daher zuckte er lediglich mit den Schultern und verließ kopfschüttelnd das Büro.

»Na, dann wollen wir doch mal sehen, was die Kollegen aus dieser Olga Solowjow herausgequetscht haben«, murmelte Kükenhöner und las sich die Ergebnisse der Vernehmung durch. Na, viel ist das ja nicht, dachte er. Und wenn sich keiner die Mühe macht, sich um die wesentlichen Dinge des Falles zu kümmern, dann werde ich das wohl tun müssen.

Kükenhöner legte das Protokoll auf Schwietes Schreibtisch und schrieb ihm eine Notiz. Dann griff er sich seine Jacke und verließ das Büro.

Keine zehn Minuten später stand er vor der Eingangstür eines Gebäudes, das mehr einer Fabrikhalle als einem Erotiketablissement ähnelte, und drückte auf den messingfarbenen Klingelknopf. Nach fast einer Minute Dauerschellen wurde die Tür aufgerissen, und ein kräftiger Mann machte

Anstalten, sich auf Kükenhöner zu stürzen. Gerade noch rechtzeitig gelang es dem Polizisten, dem verärgerten Kerl seinen Ausweis unter die Nase zu halten.

»Nun mal ganz langsam mit den jungen Pferden«, sagte Kükenhöner. »Du wirst doch nicht etwa einen Polizisten verprügeln wollen? Wenn du mich auch nur ansatzweise berührst, bringe ich dich schneller in den Knast, als du dir das je vorgestellt hast, mein Junge.«

Der Türsteher ließ sich jedoch in keiner Weise provozieren.

»Würde ich doch nie machen, mich an einem Polizisten vergreifen«, meinte er mit einem schiefen Grinsen. »Ich dachte, es wären wieder die Nachbarsjungen, diese kleinen Drecksäcke. Die machen nämlich andauernd Klingelmännchen bei uns. Ich bin schon richtig genervt. Aber kommen Sie doch erst mal herein, Herr Wachtmeister. Dann sehen wir, was ich für Sie tun kann.«

Der untersetzte Mann machte eine einladende Handbewegung, einen übertriebenen Diener und einen Kratzfuß. Er wies auf das Innere des Gebäudes.

Was sollten denn diese blödsinnigen Gesten?, dachte Kükenhöner. Wollte der Kerl ihn etwa veralbern? Der Hauptkommissar war sich unsicher. Er machte drei Schritte in den Flur. Dann wandte er sich wieder an den Türsteher.

»Wo ist denn hier der Oberzuhälter? Den möchte ich nämlich sprechen.«

»Zuhälter? So was haben wir hier nicht. Wir vermieten Zimmer. Jede der Damen, die hier wohnen, zahlt Miete und ist ansonsten ihre eigene Chefin.«

»Eigene Chefin? Dass ich nicht lache! Also, wer ist hier der Boss von dem Laden? Oder habt ihr noch eine Puffmutter? So eine dicke, ausgediente Nutte mit Riesentitten, die den ganzen Tag Zigarren raucht«, versuchte Kükenhöner ihn weiter zu reizen.

»Ich kann Sie zu unserem kaufmännischen Leiter bringen. Mit dem können Sie dann alles Weitere klären. Ich bin nur derjenige, der die Türen aufhält und kleine Jungen vertreibt, wenn sie frech werden«, sagte der Türsteher ohne jede Gefühlsregung und ging vor dem Polizisten her zu einer massiven Tür, die eine zusätzliche Polsterung aufwies und so vermutlich nicht den geringsten Ton aus dem dahinterliegenden Zimmer durchließ.

Dort drückte er auf einen versteckten Knopf. Keine zwei Sekunden später war ein Summer zu hören. Der Türsteher drückte die Tür auf und bedeutete Kükenhöner einzutreten.

»Herr Rademacher, hier ist jemand von der Polizei, der Sie sprechen möchte«, kündigte er den Besuch an.

Hinter einem riesigen Schreibtisch saß ein schlaksiger junger Mann mit einer schwarz eingefassten, markanten Brille auf der Nase. Er erhob sich und begrüßte Kükenhöner formvollendet höflich und bot ihm einen Platz an.

»Möchten Sie einen Kaffee, ein Mineralwasser oder sonst etwas zu trinken?«

Kükenhöner lehnte ab. »Nein danke, das Einzige, was ich möchte, ist, dass alle Ihre Pferdchen hier antanzen! Und wenn ich alle sage, dann meine ich auch alle.«

Rademacher runzelte die Stirn. »Wie bitte, Herr ...? Wie war doch gleich Ihr werter Name?«

»Hauptkommissar Kükenhöner!« Der Polizist zog eine Karte aus der Jackentasche und warf sie despektierlich auf den Schreibtisch.

»Herr Kükenhöner, noch einmal, womit kann ich Ihnen helfen?«

»Ich möchte mit allen Ihren Nutten sprechen!«

Peinliches Schweigen erfüllte den Raum. Nach einigen endlosen Sekunden ergriff Rademacher das Wort.

»Hören Sie mir bitte einmal genau zu, Herr Kükenhöner, Sie haben jetzt genau zwanzig Sekunden Zeit, mir Ihre Legitimation zu zeigen, die Sie dazu berechtigt, hier Ihre Unverschämtheiten zum Besten zu geben. Sollten Sie dazu nicht in der Lage sein, haben Sie wiederum genau zehn Sekunden Zeit, den Raum zu verlassen. Sollte Ihnen auch das nicht gelingen, wird Ihnen Mike gerne dabei behilflich sein. Den haben Sie ja schon kennengelernt. Im Übrigen wird das Ganze ein Nachspiel haben. Darauf können Sie sich verlassen. Wir sind hier nämlich nicht unter vier, sondern mindestens unter fünf Augen.«

Rademacher wies mit dem Zeigefinger der rechten Hand auf eine Kamera, die aus einer Ecke des Zimmers genau auf seinen Stuhl gerichtet war.

Den Kuchen hatte Hilde Auffenberg selbst gebacken, das war eine Frage der Ehre. Sie deckte den Tisch und warf die Kaffeemaschine an. Es gab natürlich Filterkaffee. Keinen Cappuccino aus einer dieser Hightechmaschinen.

Nur wenige Momente später hatte der Duft, der aus Hilde Auffenbergs Küche in die Welt hinausschwebte, die Wohnung von Johannes Winter erreicht. Der schlief sich aus, denn so eine Nachtschicht als Taxifahrer verlangte ihren Tribut. Doch das Kaffeearoma, das sich nun in Winters Schlafzimmer breitmachte, weckte ihn innerhalb von Sekunden.

Als er wenig später frisch geduscht und rasiert die Küche seiner Hauswirtin betrat, waren die anderen Gäste schon anwesend. Herbert Höveken, der Bestatter, und Willi Künnemeier, der Rentner und Schützenoberst a. D.

»Komm, Johnny, setz dich an den Tisch, und iss erst mal ein leckeres Stück Kuchen. Dazu trinkst du 'ne schöne Tasse Kaffee. Dann sieht die Welt schon ganz anders aus«, meinte

Künnemeier jovial und bot dem noch ziemlich verschlafen wirkenden Musiker und Nachtarbeiter einen Stuhl an.

Nachdem der sich gesetzt hatte, wurde er von Künnemeier aufmerksam gemustert. Dann sagte der Schützenoberst a. D.: »Sag mal, Junge, wie alt bist du jetzt eigentlich?«

Winter fixierte ihn aufmerksam. Wenn er solche Fragen stellte, dann hatte er in der Regel Hintergedanken, das hatte der Musiker bei dem Paderborner Urgestein jetzt schon mehrfach erlebt.

»Ich werde im Sommer zweiundvierzig Jahre alt. Wieso fragst du, Willi?«

Der Alte sah versonnen durch das mit Regentropfen übersäte Küchenfenster. »Ach, ich habe gerade darüber nachgedacht, wann jemand erwachsen wird und woran man das erkennen kann.«

Winter runzelte die Stirn. »Verstehe ich nicht. Und was hat das mit mir zu tun?«

Die Andeutung eines verschmitzten Lächelns umspielte Künnemeiers Mund. »Die meisten Menschen haben irgendwann einen vernünftigen Beruf, heiraten und bekommen Kinder. Das ist für mich ein Hinweis darauf, dass ich es jetzt mit einem gestandenen Mann zu tun habe. Andere hingegen tragen immer noch dieselbe Frisur wie mit fünfzehn, haben keinen Beruf, jobben oder wie auch immer das auf Neudeutsch heißt, und leben so in den Tag hinein.«

Winter starrte Künnemeier an. Was wollte der von ihm? Was redete der denn?

»Ja, und eben, als ich dich so sah, Johnny, so verschlafen, mit deinen ungekämmten, langen Locken, da dachte ich, wie man sich doch täuschen kann. Vor einem Jahr, als man dich mit der Polizei gesucht hat und wir Schützenbrüder dich quasi bei Hövekens Herbert im Sarglager festgenommen haben, da hattest du so schöne kurze Haare. Das sah richtig gediegen aus.«

Künnemeier setzte wieder diesen versonnenen Bick auf, als wäre er in eine andere Welt entrückt. Dann führte er seine Überlegungen weiter aus: »Damals dachte ich noch: Sieh mal einer an, jetzt ist der Winter vernünftig geworden. Aber heute läufste wieder mit diesen langen Haaren herum, und eine vernünftige Arbeit hast du auch noch nicht, von Frau und Kindern ganz zu schweigen. Jetzt stelle ich mir die Frage: Biste nun ein Kindskopf, oder sieht das nur so aus?«

Winter öffnete den Mund, schloss ihn aber gleich wieder. Dann setzte er zu einer Gegenrede an. Doch noch bevor die erste Silbe über seine Lippen kam, ging Hilde Auffenberg dazwischen.

»Haare hin oder Haare her, das ist jetzt nicht das Thema. Ich habe euch zu diesem Kaffee eingeladen, weil ich etwas mit euch besprechen möchte. Unser guter Freund und Mitbewohner Horst Schwiete wird fünfzig Jahre, und ich habe mir überlegt, dass wir eine Party organisieren sollten.«

»Gute Idee!«, rief Künnemeier. »Wenn wir das nicht in die Hand nehmen, dann wird das sowieso nichts. Unser Schwiete merkt doch nicht mal, dass er Geburtstag hat. Ich wette, der hat den schon so oft vergessen, dass er glaubt, er würde jetzt bald zwanzig.«

»Glaube ich nicht«, konterte Winter. »Dann hätte Horst noch längere Haare.«

Auf diese Antwort wäre Künnemeier natürlich liebend gerne eingestiegen. Doch Hilde Auffenberg übernahm wieder das Wort.

»Es soll selbstverständlich eine Überraschungsparty sein. Das bedeutet natürlich, dass keiner der hier Anwesenden etwas ausplaudert.«

Dann setzte sie ihr charmantestes Lächeln auf und wandte sich an Höveken. »Wir haben bis jetzt noch keine geeigneten Räumlichkeiten. Klar, man könnte natürlich in irgendeiner

Gaststätte feiern. Das ginge. Doch das Geld muss man ja nicht dem erstbesten Wirt in den Rachen schmeißen.«

Hilde Auffenberg ließ einige Sekunden verstreichen, um die Spannung zu steigern. »Ich habe mir über einen geeigneten Ort Gedanken gemacht und bin schließlich auf dein Sarglager gekommen, mein lieber Herbert.«

Der Bauunternehmer Wilfried Kloppenburg hatte an diesem Montagmorgen ungewöhnlich lange geschlafen. Eigentlich war er einer dieser militanten Frühaufsteher, die zu dem Zeitpunkt, wenn ein normal veranlagter Mensch zum ersten Mal genervt auf seinen Wecker einschlägt und sich wieder umdreht, bereits den Schweiß vom morgendlichen Joggen abgeduscht und bei einem kräftigen Frühstück den Wirtschaftsteil ihrer Tageszeitung konsumiert haben. Jedenfalls konnte sich Wilfried Kloppenburg nicht daran erinnern, jemals bis fast zehn Uhr geschlafen zu haben. Doch am Vorabend war es spät geworden. Das Flugzeug war in Madrid, wo er sich mit einem wichtigen Geschäftspartner getroffen hatte, mit Verspätung abgeflogen und mit noch größerer Verspätung in Düsseldorf angekommen. Als er endlich zu Hause in seinem Bett in Bad Lippspringe lag, war es schon fast zwei Uhr nachts gewesen.

Nun saß er beim Frühstück und hatte die Tageszeitung vor sich. Als sein Blick auf das Foto vom explodierten Einfamilienhaus im Lohfeld fiel, erschrak er. Es hatte nur noch zu einer kurzen Nachricht auf der Titelseite gereicht, denn für einen ausführlichen Bericht war es gestern Abend schon zu spät gewesen. Als bedeutender Bauunternehmer kannte er eine Menge Häuser, hatte sie bauen oder umgestalten lassen, gekauft und wieder verkauft. Aber mit diesem Haus verband ihn etwas Besonderes.

»Aktuelles über die Explosionskatastrophe finden Sie auf dem Onlineportal dieser Zeitung«, las er aufgewühlt. Er sprang auf und lief zur Garderobe, wo in seiner Jackentasche das Smartphone steckte. Hektisch rief er die Internetseite auf und ließ sich im Wohnzimmer in einen Sessel fallen. Die Onlineredaktion seiner Lokalzeitung hatte bereits ihre Hausaufgaben gemacht und einen ausführlichen Beitrag über das Geschehen, weitere Fotos und sogar ein Video von den rauchenden Trümmern ins Netz gestellt. Auch ein erstes Interview mit dem Leiter der Paderborner Feuerwehr und einem Vertreter der Polizei wurde angeboten.

Hektisch tippte Kloppenburg auf seinem Handy eine Telefonnummer, wartete nervös auf die Verbindung und warf schließlich das Telefon achtlos auf den Couchtisch, als ihm mitgeteilt wurde, dass eine Verbindung nicht möglich sei.

Aufgedreht lief der massige Mann durch das luxuriös ausgestattete Wohnzimmer. Wäre er in diesem Zustand seinem Hausarzt unter die Augen gekommen, hätte dieser ihm sofort ein Mittel zur Blutdrucksenkung verschrieben. Diese Nachricht traf ihn schwerer, als sie ihn eigentlich hätte treffen dürfen. Und so riss er sich mit aller Kraft zusammen, als seine Gattin in den Raum trat. Irritiert starrte er die Frau an, mit der er bereits seit zwanzig Jahren zusammenlebte. Selten zuvor hatte er ihre Anwesenheit als so störend empfunden wie in diesem Augenblick. Dabei war Brigitte Kloppenburg durchaus eine attraktive Erscheinung. Obwohl schon Mitte vierzig, gab ihre Figur noch mancher Zwanzigjährigen allen Anlass zum Neid.

»Was ist denn mit dir los?«, fragte sie mehr schnippisch als besorgt und stellte ihre Kaffeetasse auf das Sideboard. »Geht's dir nicht gut?«

»Doch, doch«, brummte er kurz angebunden. »Alles okay.«

Während seine Frau einen Schluck Kaffee nahm, schaute sie ihn prüfend an.

Kloppenburg fühlte sich bedrängt. »Es ist wirklich nichts. Nur der Jetlag.«

»Jetzt mach dich nicht lächerlich! Von Madrid nach Düsseldorf? Da gibt's keinen Jetlag. Aber wenn du meinst, dann behalt doch deine Probleme für dich. Ich bin ja nur deine Ehefrau.«

Verblüfft starrte er sie an. Diese Front konnte er überhaupt nicht gebrauchen, er musste sofort eine Friedensinitiative starten, sonst würde ihm alles über den Kopf wachsen. Er hob die Tageszeitung auf, die zerknüllt auf dem Fußboden lag, und drückte sie ihr in die Hand.

»Hast du was von der Explosion in Paderborn mitbekommen?«

»Nein, jedenfalls nicht direkt. War ja viel zu weit von hier entfernt. Aber kurz vor Mitternacht hat meine Kollegin Gerda angerufen, wegen einer Unterrichtsvorbereitung für heute, sie hatte da was Wichtiges vergessen. Aber egal, ihr Mann ist ja ein hohes Tier bei der Feuerwehr, und deshalb hat sie mir erzählt, was passiert war. Was hat denn das Ganze mit dir zu tun?«

Kloppenburg druckste herum. »Das Haus war mal in meinem Portfolio. Ich habe es erst vor einem Jahr verkauft.«

»Und?«, fragte sie zunehmend misstrauisch. »Was hast du denn noch damit zu tun? Das ist doch alles nicht dein Problem. Oder hast du das Geld noch nicht bekommen?«

»Doch, das schon. Es ist nur so ein sentimentales Bauchgefühl. Denk dir nichts, ist schon wieder vorbei.« Dabei lächelte er gekünstelt, ging zu seiner Frau, gab ihr einen flüchtigen Kuss und wandte sich zur Tür. »Ich muss ins Büro. Zum Mittagessen bin ich wieder zurück. Versprochen!«

Er war schon auf dem Flur, als seine Frau hinter ihm herrief: »Du hast dein Handy auf dem Tisch liegen lassen.«

Als er zurück ins Wohnzimmer kam, hielt sie das Mobiltelefon in den Händen und schaute interessiert auf das Display.

»Wer ist denn diese Alicija, die du gerade anrufen wolltest?«

Es war wirklich zum Verrücktwerden. Ein Haus war in die Luft gesprengt worden. Es hatte mindestens eine Tote gegeben. Eine Frau hatte einen Polizisten schwer verletzt. Doch das alles musste warten, denn bevor sich Schwiete um die wesentlichen Dinge der gerade passierten verbrecherischen Ereignisse kümmern konnte, verlangten der Leiter der Kreispolizeibehörde und der Landrat einen detaillierten Bericht. Umgehend! Mündlich! Und von ihm persönlich!

Also tat Schwiete, was von ihm verlangt wurde. Alles schien seinen gewohnten Gang zu gehen. Der Hauptkommissar berichtete, und seine beiden Vorgesetzten hörten, so machte es jedenfalls den Eindruck, gelangweilt zu. Das Ritual wurde jedoch jäh unterbrochen, als Schwiete den Namen des Hausbesitzers nannte: Hatzfeld. Durch den Landrat ging ein Ruck, und er nahm, so schien es, augenblicklich Haltung an.

»Das ist ein honoriger Bürger, Schwiete«, sagte er dann. »Sie müssen natürlich tun, was getan werden muss, aber da ist umsichtiges Handeln angesagt. Keine Schnellschüsse, Schwiete, keine Schnellschüsse. Der Mann hat Kontakte. Dem gehört die halbe Stadt.«

Hatzfeld war offenbar nicht irgendjemand, Hatzfeld war ein heißes Eisen. Gut, dass ich Kükenhöner nicht zu dem

Mann geschickt habe, dachte Schwiete. Nicht auszudenken, was hier oben los wäre, wenn Kükenhöner die alte Rechnung beglichen hätte, von der er geredet hatte.

Nachdem Schwiete seiner Berichtspflicht nachgekommen war, machte er sich er auf den Weg ins Vernehmungszimmer. Er fand eine durchgefrorene, junge Frau vor, die verängstigt und eingeschüchtert wirkte wie ein geprügelter Hund. Furchtsame Augen sahen ihn für den Bruchteil einer Sekunde an, um dann wieder durchs Zimmer zu huschen. Die Frau unternahm keinen Versuch mehr, Blickkontakt aufzunehmen, als sich der Polizist ihr gegenüber auf einen Stuhl setzte.

Was hatten die Kollegen nur mit ihr angestellt? Gut, dachte Schwiete, wenn jemand einem Polizisten mit einer Gaspistole ins Gesicht schoss, dann wurde die Person bei der Vernehmung nicht gerade mit Samthandschuhen angefasst. Aber bei dieser Frau mussten die Kollegen jede Verhältnismäßigkeit außer Acht gelassen haben.

So geht das nicht, dachte Schwiete. Alles hat seine Grenzen. Er räusperte sich, sagte: »Einen Moment, bitte«, und verließ noch einmal den Raum. Auf dem Flur kam ihm Krügermeyer entgegen. Über den Arm hatte er eine Trainingsjacke des Polizeisportvereins hängen.

»Ah, Schwiete, da bist du ja endlich«, sagte er jovial. »Ich habe schon gedacht, dich interessiert unser Häftling gar nicht. Ich habe mir die Dame schon mal vorgenommen. Das Protokoll liegt bei Kükenhöner.«

Schwiete stieg die Zornesröte ins Gesicht, und an seinen Schläfen wurden ein paar dicke Adern sichtbar. »Sag mal, Krügermeyer, bist du eigentlich wahnsinnig? Auch wenn diese Frau einem Kollegen auf das Übelste zugesetzt hat und auch wenn du vielleicht der Meinung bist, man müsse einer Prostituierten nicht unter allen Umständen besondere Höflichkeit entgegenbringen – aber so wie du oder wer auch immer der Frau zugesetzt hat, das geht zu weit!«

Krügermeyer sah Schwiete einen Moment regungslos an. In der nächsten Sekunde wurde er leichenblass und dann puterrot. Die Verärgerung, die Schwiete eben an den Tag gelegt hatte, war ein laues Lüftchen gegen den Sturm, der jetzt über den Hauptkommissar hereinbrach.

»Ich soll der Frau auf das Übelste zugesetzt haben? Bist du noch ganz gescheit?«, entgegnete Krügermeyer zornig. »Ich war die Höflichkeit in Person! Bevor du hier jemandem etwas unterstellst, lies deine Berichte und Protokolle, du Nase! Die Frau war schon so drauf, als wir sie aufgegriffen haben. Ich habe gerade eine Mitarbeiterin von der Organisation Theodora angerufen und sie gebeten, sich der Frau anzunehmen. Und jetzt kommst du und machst mich hier an? Sag mal, hast du sie nicht mehr alle?«

Schwiete hob abwehrend die Hände. »Entschuldigung, Entschuldigung, Entschuldigung, ich habe die Frau gerade gesehen und …«

»… und hast dir gedacht, ich hätte ihr heimgezahlt, was sie unserem Kollegen Perreira angetan hat«, fiel ihm Krügermeyer, immer noch verärgert, ins Wort. »Nee, nee, Schwiete, so nicht! Das vergiss mal! Auch wenn ich nur ein doofes Streifenhörnchen bin, ein bisschen was kannst du uns auch zutrauen.«

»Bitte, Krügermeyer, es war blöd von mir, aber als ich diese Frau da wie so ein Häufchen Elend sitzen sah, da habe ich wirklich gedacht, ihr hättet sie euch so richtig vorgenommen.«

Krügermeyer hatte sich wieder etwas beruhigt. Er sah durch die verspiegelte Scheibe in den Vernehmungsraum und wischte sich mit der Hand über seinen Dreitagebart.

»Okay, Schwiete, wenn ich die so sehe«, sagte er jetzt etwas versöhnlicher, »dann kann ich deinen Wutanfall sogar ein bisschen verstehen. Dennoch wäre ein bisschen mehr Vertrauen in unsere Kompetenz nicht schlecht.«

Schwiete nickte kleinlaut.

»Ich gebe der Frau jetzt erst mal diese Jacke«, sagte Krügermeyer und zeigte auf die Trainingsjacke, die er dabeihatte, »dann sollten wir sie etwas zur Ruhe kommen lassen und abwarten, was die Sozialarbeiterin sagt.«

Schwiete nickte noch einmal und klopfte Krügermeyer versöhnlich auf die Schulter. Der brummte etwas Unverständliches, ging ins Vernehmungszimmer und ließ Schwiete auf dem Flur zurück.

Eine Mitarbeiterin von der Organisation Theodora, überlegte Schwiete. Von dieser Einrichtung hatte er noch nie etwas gehört. Er überlegte. Theodora, war das nicht eine byzantinische Kaiserin gewesen? Als sein Kollege wenig später auf den Flur trat, ging Schwiete auf ihn zu.

»Theodora? Habe ich nie gehört, Krügermeyer. Was ist das für eine Einrichtung?«

Sein Mitarbeiter wuchs um mindestens fünf Zentimeter.

»Ja, guck mal an, die Kollegen von der Abteilung Mord und Totschlag. Immer eine große Klappe, aber wenn es um Prävention oder konkrete Hilfestellung geht, dann sind sie Analphabeten.«

Krügermeyer machte eine Kunstpause.

»Theodora«, erklärte er dann, »ist eine Organisation, die ihren Sitz in Herford hat. Sie bietet Prostituiertenberatung und Ausstiegsunterstützung für Mädchen und junge Frauen in Ostwestfalen-Lippe an. Die Mitarbeiterinnen beraten und begleiten die Mädchen und Frauen, die in Clubs, Bars, Wohnungen oder Kneipen sexuelle Dienstleistungen anbieten. Karen Raabe ist Sozialarbeiterin, wohnt in Paderborn und ist in vielen Fällen unsere Ansprechpartnerin, wenn es um konkrete Hilfe geht, die Frauen aus dem Milieu benötigen.«

Mit dieser faulen Ausrede würde sich seine Frau auf Dauer nicht abspeisen lassen, das wusste Wilfried Kloppenburg nur zu gut. Aber es war ihm nichts Besseres eingefallen, als ihr zu erklären, dass diese Alicija die Sekretärin eines langjährigen Geschäftspartners sei, mit der er immer wieder Termine abstimmen müsse. Außerdem sei sie bereits eine ältere Dame.

Er hatte seiner Frau keine Zeit gelassen, diese Erklärung infrage zu stellen, war fluchtartig aus dem Haus gestürmt, in seinen Mercedes gestiegen und Richtung Paderborn gefahren. Nun war er auf dem Weg quer durch die Paderborner Innenstadt. Als seine Telefonanlage einen Anruf seiner Frau anzeigte, ignorierte er ihn. Er stoppte erst wieder in der von Gewerbe- und Industriebetrieben geprägten Marienloher Straße, bog ab auf einen kleinen Parkplatz hinter einem eingeschossigen Gebäude, das in einem früheren Leben das Bürogebäude einer mittelständischen Firma gewesen sein mochte. Es hatte über ein Jahr lang leer gestanden, bevor es eine Nutzung erfuhr, mit der die Erbauer des Hauses sicher nicht glücklich gewesen wären. Heute gingen hier junge Frauen einer uralten Tätigkeit nach und sorgten dafür, dass auch nach Feierabend in dieser Straße der Arbeit und des Handels noch Betrieb war.

Kloppenburg warf die Fahrertür zu und machte einige schnelle Schritte zur Eingangstür, über der ein kleines rotes Herz leuchtete. Er drückte energisch auf die Klingel. Der junge, bullige Türsteher kannte ihn gut und zögerte keine Sekunde, ihn einzulassen. Kloppenburg war hier nicht nur Stammgast, man glaubte auch zu wissen, dass er mit dem obersten Chef des Hauses gut befreundet sei. Er konnte es sich leisten, einfach grußlos hereinzuplatzen und dabei den

Aufpasser sogar etwas zur Seite zu stoßen. Atemlos schaute er sich um und fragte dann unfreundlich:

»Was ist mit Alicija?« Als der junge Mann nicht sofort antwortete, ging Kloppenburg auf ihn los, baute seine vollen hundertachtundachtzig Zentimeter vor ihm auf und schrie: »Los, Mann, rede schon! Oder habt ihr Scheißkerle alle Dreck am Stecken?«

Der Türsteher, der zwar nicht ganz so groß, aber dafür breiter und kräftiger war, wischte mit stoischer Ruhe Kloppenburgs Hand, die vor seinem Gesicht herumwedelte, weg und brummte: »Mitkommen!«

Dann führte er den aufgebrachten Bauunternehmer den langen, schummrig beleuchteten Flur entlang. Rechts und links befanden sich kleine Zimmer. Vor einigen Türen standen junge Frauen in Unterwäsche und beobachteten interessiert die Auseinandersetzung zwischen Kloppenburg und dem Türsteher. Auch sie kannten diesen Mann, der häufig kam, aber immer nur Augen für ihre Kollegin Alicija hatte. Da sie wussten, dass sie für Kloppenburg nicht interessant waren, schauten sie ihm gelangweilt nach, als er mit dem Bulligen den Flur entlanghastete.

Über einer Tür am Ende des Gangs prangte auf einem Messingschild das Wort »Geschäftsführer«. Kloppenburg wartete nicht, bis er hereingebeten wurde, sondern drückte die Tür auf und stand in einem chaotischen Raum, der wohl eine Art Büro sein sollte. Der junge Mann mit der dicken, schwarzen Brille hinter dem übervollen Schreibtisch starrte ihn erschrocken an. Er sah aus, als wäre er der Stadtverbandsvorsitzende der Jungen Liberalen. Wie vom Himmel gefallen wirkte er in diesem rauen Milieu. Doch als der junge Mann aufstand, musste Kloppenburg feststellen, dass er ihn um etliche Zentimeter überragte. Dabei sah er aber so unbeholfen aus, dass niemand, erst recht nicht der vor Wut schäumende Kloppenburg, Respekt vor ihm hätte haben können.

»Was ist mit Alicija passiert?«, schrie der Bauunternehmer. »Wenn mir jetzt nicht sofort einer erklärt, was los ist, dann lasse ich diesen ganzen Laden hochgehen. Ich weiß genug über eure krummen Touren. Los, rede endlich! Und wo ist eigentlich Irina? Führt sie diesen Scheißladen nicht mehr?«

Der Brillenmann hatte sich in der Zwischenzeit etwas gefangen und entgegnete tapfer: »Mein Name ist Rademacher. Ich bin seit vorgestern die Urlaubsvertretung für Irina. An sich arbeite ich in einem anderen Club. Und ich weiß nichts von krummen Touren. Falls Sie aber von der Explosion gestern Abend reden, dann kann ich nur sagen, dass auch wir nichts Genaues wissen, außer dass gestern spätabends das Haus, in dem diese Alicija wohnt, die ich übrigens auch nicht persönlich kenne, in die Luft geflogen ist. Aber das ist mehrere Kilometer von hier passiert. Keiner von uns war dabei. Wir wüssten auch gern mehr. Irina wird in zwei Wochen aus dem Urlaub zurück sein. Vielleicht sollten Sie dann noch einmal mit ihr sprechen.«

Kloppenburg schien diese Antwort ganz und gar nicht zu zufriedenzustellen. Er machte einen schnellen Schritt um den Schreibtisch herum, fasste dem Geschäftsführer mit beiden Händen ans Revers und brüllte: »Die Polizei hat eine Frauenleiche in den Trümmern gefunden. Wenn das ... wenn das Alicija sein sollte, dann mache ich hier alles platt! Und wenn ich selbst mit dem Bagger komme und keinen Stein auf dem anderen lasse. Euch Drecksäcken werde ich's zeigen!«

Bevor er handgreiflich werden konnte, wurde er an der Schulter herumgerissen. Er sah sich dem Türsteher gegenüber, der nach wie vor seelenruhig, aber umso entschlossener wirkte. Kloppenburg war nun nicht mehr zu halten und schlug zu. Aber er schlug ins Leere. Im nächsten Augenblick bekam er einen mächtigen Schlag in den Bauch, sackte zusammen und fand sich auf dem schäbigen Teppichboden wieder.

Wilfried Kloppenburg hustete sich die Seele aus dem Leib. Der Schlag hatte präzise und hart seinen Magen getroffen, und er hatte große Mühe, den Würgereiz zu bekämpfen. Das hätte auch noch gefehlt, dass er sich vor diesen beiden jungen Wichtigtuern übergab. Er schluckte mehrmals, schüttelte sich und zog sich ächzend am Schreibtisch hoch. Als er stand, wurde ihm erst recht schwindelig. Aber er kämpfte gegen seine Schwäche an, versuchte, seine Gedanken zu fokussieren, und schließlich fing er sich wieder.

Der Türsteher stand nun wieder im Türrahmen und schaute ihn so freundlich-entspannt an, als hätten sie sich eben gegenseitig ihre Träume offenbart.

»Danke, Mike!«, murmelte der Geschäftsführer und nickte dem Schläger zu. Dann wandte er sich an den nach wie vor keuchenden Kloppenburg. »So, nun reden wir mal wie vernünftige Geschäftsleute miteinander. Mein Name ist Patrick Rademacher, und ich bin hier der Geschäftsführer. Und wer sind Sie?«

Kloppenburg musste immer wieder husten, als er sich mit dürren Worten vorstellte. Er konnte aber nicht umhin, noch nachzulegen: »Ich bin ein alter Geschäftsfreund von Ihrem Boss, denken Sie daran. Ich kenne ihn schon lange, und ich weiß, wie er zu seinem Geld gekommen ist. Er soll sich vorsehen. Dass die Explosion gestern Abend ein Unfall war, glaubt euch vielleicht die Polizei. Aber ich habe das Gefühl, dass ihr in dieser Geschichte mit drinsteckt. Und ich sage euch noch mal: Wenn ich herausfinde, dass ihr was mit dem Tod von Alicija zu tun habt, dann lasse ich diesen ganzen Verein auffliegen. Dann geht auch euer Boss in den Knast.«

Aber Rademacher hatte nun offenbar seine Selbstsicherheit wiedergefunden. »Was haben Sie denn für ein Interesse an Alicija? Was geht Sie das Ganze überhaupt an?«

Bevor Kloppenburg antworten konnte, mischte sich der Türsteher ein: »Er ist ihr Stammkunde. Dieser Mann kommt fast täglich hierher und nimmt sich immer nur Alicija. Irina dachte erst, er wolle sie abwerben, wir hatten uns schon auf Gegenmaßnahmen vorbereitet. Aber ich persönlich denke, er ist einer dieser Spinner, die sich in eine Nutte verknallen und denken, sie hätten die große Liebe ihres Lebens gefunden. Armer Irrer!«

Fast wäre Wilfried Kloppenburg wieder in die Luft gegangen, aber die Erinnerung an den hammerharten Schlag hielt ihn davon ab, sich auf diesen Kerl zu stürzen. Das erwartungsfrohe Grinsen des Türstehers zeigte ihm deutlich, dass ihm eine zweite Runde nur recht gewesen wäre.

Rademacher lachte schallend. »Okay, jetzt verstehe ich alles! Die alte *Pretty-Woman*-Geschichte. Reicher Paderborner Unternehmer zieht arme, aber wunderschöne ukrainische Prostituierte aus dem Sumpf des Rotlichtmilieus. Das ist ja zum Schießen!«

Kloppenburg schimpfte laut, während er zurück durch den endlos langen Flur lief. »Ihr werdet noch von mir hören! Verlasst euch darauf!«

Die drei Frauen, die zu dieser frühen Uhrzeit schon im Dienst waren, schauten ihm leicht verunsichert hinterher.

Anscheinend lief heute alles aus dem Ruder. Schon morgens bei der Besprechung hatte Kükenhöner sein typisches egozentrisches Verhalten an den Tag gelegt. Er war zu spät gekommen, hatte schlechte Laune verbreitet und sich nicht an Absprachen und Anweisungen gehalten. Schwietes Ärger darüber hatte letztlich dazu geführt, dass er sich gegenüber Krügermeyer ungerecht verhalten hatte. Das konnte so nicht weitergehen, fand er.

In diesem Moment klingelte das Telefon. Am anderen Ende der Leitung war ein sehr wütender Herr Rademacher, der sich als Geschäftsführer des Clubs Oase vorstellte. In den nächsten Minuten ließ er seinem Ärger über den Besuch von Kükenhöner freien Lauf. Schwiete hörte zu, entschuldigte sich aufrichtig und versprach, mit dem Kollegen zu reden. Nach dem Gespräch hätte er den Hörer am liebsten aufgebracht aufs Telefon geknallt, doch er zwang sich zur Ruhe. Atmete dreimal tief durch. Dann griff er sich seinen Mantel und stürmte ins Freie. Er musste hier raus – der Laden machte ihn wahnsinnig!

Am Eingang der Kreispolizeibehörde stieß er mit einer blonden, fast hager wirkenden Frau zusammen, die ihn mit ihren grünen Augen durch eine altmodische Nickelbrille ansah. Sie trug einen schwarzen, langen Mantel und rote Handschuhe. Ihr ganzes Erscheinungsbild erinnerte Schwiete an die Mode der Achtzigerjahre.

Umständlich entschuldigte er sich, und die Frau gab ihm mit einem charmanten Lächeln zu verstehen, dass sie ihm den Rempler längst verziehen hatte. Während sie im Gebäude verschwand, sah Schwiete ihr noch eine Weile gedankenverloren nach.

Dann trat er ins Freie. Es nieselte, doch das nahm er kaum wahr. Eigentlich wollte er darüber nachdenken, wie er künftig mit Kükenhöner umgehen sollte, doch das Gesicht dieser Frau ging ihm nicht aus dem Kopf. Nach einigen Minuten war er im Riemekepark. Hierher kam er oft zum Nachdenken. Meist stellte er sich unter einen Baum, von wo aus er auf einen kleinen See blicken konnte, der vor Urzeiten einmal angelegt worden war.

Die Regentropfen, die auf die Wasseroberfläche fielen, bildeten ständig neue konzentrische Kreise, die sich ausbreiteten und dann wieder verschwanden. Schwiete wusste nicht, wie lange er das Schauspiel auf der Seeoberfläche beobachtet hatte, doch als der Regen irgendwann direkt vor seinem linken Auge von der Kante seines Hutes nach unten tropfte und so eine ganz neue Choreografie entstehen ließ, wurde Schwiete aus seiner Trance zurück ins Hier und Jetzt geholt. Im nächsten Augenblick bemerkte er die klamme Kälte, die von seinem durchnässten Mantel ausging, doch seine Gefühle waren geordnet.

Auf dem Rückweg zum Büro nutzte er die wenigen Minuten, um über den aktuellen Fall nachzudenken. Wie war es nur zur Explosion gekommen? Eine solche Gasflasche, die die Detonation offenbar verursacht hatte, durfte eigentlich nicht in geschlossenen Räumen zum Einsatz gebracht werden. Wie war sie in das Haus gekommen und warum? Vielleicht hatten die Kollegen ja mittlerweile eine Erklärung dafür gefunden.

In der Kreispolizeibehörde zog Schwiete sich den nassen Mantel aus und hängte ihn sorgfältig auf den Bügel. Auf seinem Schreibtisch lagen schon seine wohlgeordneten Unterlagen, die er für die anschließende Besprechung benötigte.

Als er etwas zu früh den Sitzungsraum betrat, war Kükenhöner schon da. Er vermittelte den Eindruck, ein schlechtes Gewissen zu haben. Anscheinend wollte er nun Schadensbegrenzung betreiben, denn kaum hatte Schwiete die Tür hinter sich zugezogen, da sprach Kükenhöner ihn schon an.

»Hör zu, Horsti, ich hab Stress zu Hause. Meine Frau arbeitet wieder. Sie ist seit Ende der Sommerferien im Schuldienst. Jetzt schafft sie ihre Hausarbeit natürlich nicht mehr und verlangt von mir, dass ich meinen Teil übernehme. Ich drehe echt am Rad. Mir sind einfach die Nerven durchgegangen.«

Entweder hat Kükenhöner noch mehr Mist gebaut, von dem ich noch nichts weiß, dachte Schwiete, oder es geht Kükenhöner verdammt dreckig, wenn er hier so zu Kreuze kriecht.

»Karl, darüber und über ein paar weitere Punkte reden wir nach der Besprechung in meinem Büro!«

Zu Schwietes Verwunderung nickte Kükenhöner devot. Er wollte noch etwas sagen, doch da trat Linda Klocke ein. Die Polizisten setzten sich auf ihre gewohnten Plätze. Anschließend wurden die neuen Ergebnisse zusammengetragen.

»Dieser Hatzfeld muss Geld ohne Ende haben«, erzählte Linda Klocke. »Der wusste nicht einmal, dass ihm das Haus im Lohfeld gehörte.«

»Die Hatzfelds sind eine alte Immobilienmaklerdynastie in Paderborn. Denen gehört die halbe Stadt«, bemerkte Kükenhöner mit einer gewissen Boshaftigkeit.

Linda Klocke berichtete, dass sie inzwischen trotzdem die wichtigsten Informationen beisammenhabe. Das Anwesen habe eine gewisse Irina Koslow gemietet. Sie selbst wohne aber nicht im Lohfeld, sondern sei in der Marienloher Straße gemeldet.

Als Linda Klocke die Hausnummer vorlas, sprang Kükenhöner aufgeregt auf. »Das ist doch die Adresse von dem Puff, in dem ich war. Ich habe schon immer geahnt, dass Hatzfeld Kontakte zum Rotlichtmilieu unterhält.«

»Nun mal langsam, Karl«, ergriff Schwiete das Wort. »Du kannst doch nicht davon ausgehen, dass Hatzfeld seine Finger im Rotlichtmilieu hat, nur weil diese Frau Koslow ein Haus von ihm gemietet hat. So wie ich das sehe, gibt es bei Hatzfeld keinerlei Ansatzpunkte für irgendwelche Gesetzesverstöße, oder sehen Sie das anders, Frau Klocke?«

Die Polizistin schüttelte den Kopf.

»Gut, kommen wir zu dem Club Oase, den du dir netterweise vorgenommen hattest, Karl.«

Kükenhöner zuckte mit den Schultern. »Ich habe mit einem gewissen Rademacher gesprochen, das ist vielleicht ein Milchbubi. Schwer zu sagen, an wessen Tropf der hängt.

Wenn ihr mich fragt, ist er eine Marionette. Ansonsten das Übliche, jedes Pferdchen arbeitet in die eigene Tasche und so weiter. Zuhälter gibt es nicht. Ihr kennt das ja, immer dasselbe. Diese Koslow ist mir allerdings nicht über den Weg gelaufen. Da muss ich dann wohl noch mal hin.«

»Gut, und was ist mit den beiden alten Leuten, Karl? Hast du mit denen gesprochen?«

Kükenhöner wand sich wie ein Aal. »Nein, die habe ich verpasst. Die waren wohl im Laufe des Tages mal da, sind dann aber wieder gegangen, nachdem sie mich nicht angetroffen haben. Die Adresse der beiden habe ich. Da kann ich ja dann morgen oder so mal hingehen.«

Schwiete merkte, wie er wieder wütend wurde. Doch er riss sich zusammen und nickte nur. »Gut, dann noch ein paar weitere Informationen von mir: Die Frau, die wir im Lohfeld festgenommen haben, wird noch psychologisch betreut. Zweckdienliche Informationen gibt es von dieser Frau Solowjow noch nicht.«

»Psychologisch betreut, dass ich nicht lache!«, bemerkte Kükenhöner. »Diese Nutten können mit so einer Behandlung doch gar nicht umgehen. Einen an die Fresse, das ist doch das Einzige, was diese Weiber verstehen.«

Linda Klocke und Schwiete versuchten sich auch diesmal nicht provozieren zu lassen.

»Die Leichenteile, die wir in dem Haus im Lohfeld gefunden haben, konnten noch nicht identifiziert werden«, fuhr Schwiete fort. »Es handelt sich um eine unbekannte DNA. Bis jetzt sind sich die Kollegen von der Spurensicherung und die Helfer von der Feuerwehr sicher, dass sich zum Zeitpunkt der Explosion in dem Haus nur eine Person befand, nämlich die Tote. Das war es.«

Schwiete schloss den Deckel seiner Akte, und Kükenhöner machte Anstalten, den Raum zu verlassen.

»Moment, Karl, wir beide haben noch etwas zu klären.«

Linda Klocke nickte den beiden Männern zu und schloss die Tür hinter sich.

»Jetzt erzähl mal, Karl, deine Frau arbeitet also wieder?«

Kükenhöner nickte und raufte sich die Haare. »Sie ist auf einem Egotrip, Midlife-Crisis oder so. Sie macht ihr Ding, und es ist ihr völlig egal, wie ich damit klarkomme. Als sie die Anstellung an der Schule in der Tasche hatte, hat sie mir eines Abends einen Zettel hingelegt, auf dem stand, was sie zukünftig im Haushalt zu tun gedenkt und was ich zu erledigen habe. Und als ich ihr sagte, dass ich die Aufteilung nicht gerecht fände, da sie ja mittags schon zu Hause sei, da hat sie mir mein Bettzeug vor die Schlafzimmertür gelegt und mich drei Wochen auf dem Sofa schlafen lassen. Und meine Töchter, diese Grazien, lassen sich von uns durch die Gegend kutschieren. Ansonsten legen sie ihre Füße auf meinen Tisch, sind rotzfrech und stinkfaul.«

Schwiete schwieg eine Weile. Er konnte sich gut vorstellen, wie diese neue Situation seinem Kollegen zusetzte, der bis dato wahrscheinlich nie irgendwelche Hausarbeiten übernommen hatte. Doch das gab ihm noch lange nicht das Recht, seine Launen auf der Arbeit auszuleben, geschweige denn seinen Job zu vernachlässigen. Schwiete erklärte ihm, was er von ihm erwartete, und Kükenhöner hörte sich die Meinung seines Chefs schweigend an. Dabei versuchte er einen reumütigen Eindruck zu vermitteln, den ihm Schwiete allerdings nicht ganz abnahm.

»Noch was«, fuhr er fort und berichtete Kükenhöner von Rademachers Anruf und seiner Beschwerde. »Um im Club Oase etwas zu deeskalieren, nehme ich dich da aus der Schusslinie. Und das Gespräch mit den beiden alten Leuten führe ich.«

»Alles klar.« Kükenhöner sah nervös auf die Uhr. »Aber jetzt muss ich wirklich los. Ich bin sowieso schon spät dran. Ich muss meine pubertierende Tochter zu einer Party bringen. Jahrelang war die Göre die Unpünktlichkeit in Person, aber wenn es um solche Dinge geht, macht sie einen Aufstand um jede Minute, die ich zu spät bin.«

Was hatte Irina sich nur gedacht? So eine Schau abzuziehen. Derart mit Kanonen auf Spatzen zu schießen. Hatzfeld schlug wütend mit der Faust auf seine Schreibtischplatte.

Dabei war der Auftrag denkbar klar gewesen. Irina sollte Alicija etwas Angst einjagen, sie einschüchtern, mehr nicht. Diese kleine Schlampe war in den letzten Tagen eindeutig zu frech geworden. Hatte ihm sogar gedroht. Wollte ihn beim Finanzamt anschwärzen und bei der Polizei gleich mit. Herrgott, musste er sich so etwas gefallen lassen? Von einem Flittchen, das froh sein konnte, bei ihm Lohn und Brot gefunden zu haben? War das der Dank für alles?

Er kramte nervös in einer Schreibtischschublade herum und zog schließlich eine Schachtel Zigaretten heraus, seine Reserveration für harte Zeiten. Mit zittrigen Fingern zündete er sich eine an und inhalierte mit einer Leidenschaft, die sofort einen heftigen Hustenanfall auslöste. Nachdem er sich erholt hatte, kehrten seine Gedanken zu Alicija zurück. Angeblich hatte sie Informationen über den Bereich seiner Geschäfte, von dem niemand, erst recht nicht das Finanzamt, etwas wissen musste. Er hatte keine Ahnung, von wem ihre Informationen stammten, aber die kleinen Kostproben, die sie geliefert hatte, waren überzeugend gewesen. Offenbar war ihre Quelle gut informiert. Also war er schon vorgewarnt gewesen, als sie mit ihrem Erpressungsversuch zu ihm kam. Sie wolle ihre Papiere zurückhaben, hatte sie gesagt, das sei ihr gutes Recht.

Unglaublich, wer konnte ihr nur diesen Floh ins Ohr gesetzt haben? Er hatte schon einen Verdacht, doch darum würde er sich später kümmern. In diesem Moment war das Bedürfnis, Irina in der Luft zu zerreißen, schier übermächtig. Alles andere trat dahinter zurück.

Der Mann klopfte sich Asche von seinem eleganten grauen Anzug und fluchte, als er dabei mehr Schaden als Nutzen anrichtete. Einen Denkzettel hatte sie Alicija einjagen sollen, mehr nicht. Schließlich war sie eines seiner besten Pferde im Stall. Kaum ein Mädchen brachte so viel Geld ein. Ein verdammt hübsches Ding, musste er sich eingestehen. Auch Irina war mal so hübsch gewesen, doch als sie die Fünfunddreißig überschritten hatte, war sie für den Liebesdienst nicht mehr zu gebrauchen. Da sie aber sein Vertrauen hatte und so etwas wie Führungspersönlichkeit mitbrachte, machte er sie zu seiner Stellvertreterin im »Geschäft«.

Drei Jahre hatte Irina ihren Job gut gemacht, der Laden lief prächtig. Als ihm klar geworden war, welche Bedrohung Alicija für ihn darstellte, beschloss er, sie zum Schweigen zu bringen. Er selbst wollte sich allerdings auf keinen Fall die Finger schmutzig machen. Dafür hatte er Irina, die nicht nur auf ihre Art klug, sondern auch völlig skrupellos war. Großmütig gestattete er ihr, die Mittel und Wege zur Zähmung Alicijas selbst zu bestimmen. Von diesen unfeinen Kleinigkeiten wollte er gar nichts wissen. Alles Mögliche war denkbar gewesen. Am Montagmorgen wollte Irina zwei Wochen Urlaub auf Mallorca machen. Vorher sollte sie das Problem Alicija regeln.

Doch als er Sonntagnacht die Nachricht von dem explodierten Haus und der noch nicht identifizierten Frau bekam, hatte er seinen Ohren nicht getraut. Was war das denn? Hatte die Frau gleich ein ganzes Haus in die Luft gejagt! Mit einem solchen Knall, dass jeder, aber auch wirklich jeder in diesem gottverlassenen, bigotten Kaff davon etwas mitbekam und sich das Maul zerriss. Oh, wenn er Irina jetzt in die Finger bekäme, dann ... Vor Wut wurde ihm fast schwindelig.

Weiß der Teufel, was das alles auslösen wird?, dachte er. Wenn die Polizei erst einmal damit begonnen hat, ihre Nase in alles hineinzustecken, dann wird es für mich ziemlich kritisch. Irgendetwas musste er tun, jetzt, sofort. Er fischte sein Handy vom Schreibtisch und wählte, zum x-ten Mal an diesem Vormittag, Irinas Mobilnummer. Als er auch diesmal keine Verbindung bekam, warf er das Gerät zornig auf den Schreibtisch zurück. Da kam ihm plötzlich ein neuer unangenehmer Gedanke: Womöglich hatte diese Schlampe sich abgesetzt!

Wahrscheinlich hatte sie auch noch Geld mitgehen lassen. Das musste er gleich kontrollieren. Danach würde er sich um den Mann kümmern, den er im Verdacht hatte, Alicijas Quelle gewesen zu sein. Eigentlich kam dafür nur einer infrage.

Olga drückte mit zitternden Fingern ihre dritte Zigarette aus und lehnte sich im Stuhl zurück. Dann hob sie den Kopf und blickte mit geröteten Augen die Frau an, die ihr gegenübersaß und geduldig wartete. Eine komische Frau, dachte Olga. Ganz anders als die Frauen im Milieu, aber irgendwie hatte sie auch etwas Vertrautes, Bekanntes in den ausgeprägten Gesichtszügen der Mittvierzigerin gefunden. Was genau das war, hätte Olga nicht sagen können. Die Frau war keine feine Dame, keine kaltherzige Behördenschranze, aber auch keiner von diesen Gutmenschen.

Karen Raabe, so hatte sich die Frau vorgestellt, die in ihrem leicht abgenutzten Blazer, nicht gerade blitzsauberen

Jeans und auffallend hochhackigen roten Stiefeletten in keine dieser Welten so richtig passte. Olga hatte nicht alles verstanden, was Karen Raabe gesagt hatte, so gut war ihr Deutsch auch nach zwei Jahren in diesem Land noch nicht, aber ihr war klar geworden, dass diese Frau gekommen war, um ihr zu helfen. Eigentlich hatte Olga einen starken Abwehrreflex entwickelt, wenn sich jemand zu sehr für sie interessierte. In der Vergangenheit hatte dies für sie immer nur unangenehme Folgen gehabt. Aber bei dieser Frau Raabe ließ der Reflex sie jetzt im Stich. Die Frau hatte etwas an sich, dem Olga nichts entgegensetzen konnte. Nach einer Viertelstunde und zwei Zigaretten war sie endlich bereit gewesen, auf Frau Raabes Fragen zu antworten.

Auch Olga hatte in diesem explodierten Haus gewohnt. Zusammen mit zwei anderen Mädchen. An dem Abend, an dem das Haus in die Luft geflogen war, hatte Olga mit Alexandra, einer ihrer Mitbewohnerinnen, Dienst im Bordell gehabt und war nicht zu Hause gewesen. Alicija, die Dritte im Bunde, hatte an diesem Tag Frühschicht gehabt und deshalb … Olga bekam feuchte Augen und musste eine Pause machen. Dann fasste sie sich wieder und sprach weiter.

»Alicija habe ich in Odessa kennengelernt. Sie ist in der Stadt aufgewachsen. Ich bin auf dem Land groß geworden und nach Odessa gekommen, um Arbeit zu finden. Damals war ich siebzehn. Kellnerin wollte ich werden, in einem guten Restaurant. Aber ich habe immer nur Jobs als Aushilfskellnerin in schäbigen Hafenbars bekommen. Eines Tages kam eine Frau zu mir und machte mir ein tolles Angebot. Sie hat gesagt, dass in Deutschland gute Kellnerinnen gesucht würden. Ich könnte dort in einem Monat mehr Geld verdienen als in der Ukraine in einem Jahr. Und die Aufstiegschancen seien dort auch wesentlich besser. Ich war sofort begeistert. Aber ich war ja erst siebzehn und konnte nicht so einfach in ein anderes Land ziehen. Deswegen müsse man etwas tricksen, sagte die Frau. Mir war das alles egal – ich wollte nach Deutschland. Meinen Eltern habe ich davon nichts erzählt, die hätten mir das sowieso nicht erlaubt. Ich habe alles dieser Frau überlassen. Sie hat mir vorübergehend eine Wohnung besorgt. Zwei Tage später kam ein anderes Mädchen dazu – Alicija. Sie war ein ganz anderer Typ als ich, aber wir haben uns immer gut verstanden.«

»Hat Alicija denn etwas über sich erzählt?«, wollte Karen Raabe wissen.

»Na ja, wie gesagt, sie war in Odessa aufgewachsen. Darüber hat sie ein bisschen was erzählt. Und über ihren Vater. Vor allem über ihren Vater.«

»Was war denn mit Alicijas Vater?«

»Alicijas Mutter ist gestorben, als Alicija zwölf Jahre alt war«, erzählte Olga und wirkte dabei etwas geistesabwesend. »Ihr Vater war Seemann und nur selten zu Hause. Der Mann im Haus war eigentlich ihr älterer Bruder. Niemand hat sich für Alicija interessiert, niemand hat sie irgendwie gefördert. Aber das war bei mir daheim auch nicht anders. Als sie sechzehn war, wurde ihr Vater durch einen Unfall arbeitsunfähig und blieb zu Hause. Erst hat Alicija sich darüber gefreut, endlich mit ihrem Vater zusammenleben zu können. Aber dann stellte sich sehr schnell heraus, dass dieser Mann sich nur um sich selbst kümmerte. Er soff wie ein Loch. Und in Alicija sah er nicht die Tochter, sondern nur die ungewöhnlich hübsche junge Frau. Alicija hat nicht erzählt, was in dieser Zeit alles vorgefallen ist. Aber sie hat zugesehen, dass sie so schnell wie möglich von diesem Vater wegkam. Und so landete sie wie ich in dieser Wohnung und wartete darauf, nach Deutschland gebracht zu werden. Weil sie auch noch nicht volljährig war, hatte sie Angst, wieder zu ihrem Vater zurückgeschickt zu werden.«

»Und wie seid ihr nach Deutschland gekommen?«, fragte Karen Raabe.

Karen Raabe stellte fest, dass Olga nicht mehr an die Decke starrte, sondern ihr direkt in die Augen sah, während sie ihren Bericht weiterführte. Alicija und sie waren eines Tages auf ein Schiff gebracht worden. Sie mussten sich dort in einem kleinen, geschlossenen Raum aufhalten. Es könne passieren, dass der ukrainische Küstenschutz das Schiff routinemäßig durchsuchen und sie finden würde, hatte man ihnen gesagt. Dann würden sie, weil sie noch nicht volljährig seien, wieder zu ihren Eltern zurückgeschickt, und aus wäre es mit ihrem Traumziel Deutschland. Also hatten die beiden Mädchen sich zwei Tage lang still verhalten. Dann kamen sie in einem fremden Hafen an. Es war die Stadt Varna in Bulgarien. Weiter ging es mit einem Kleinbus.

Mittlerweile waren noch andere junge Frauen, beide aus Georgien und in ihrem Alter, dazugekommen. Da Bulgarien seit Neuestem der EU beigetreten war, gab es keine Schwierigkeiten, als der Bus nach einer tagelagen Fahrt in einer großen Stadt anhielt und man ihnen erklärte, dass sie in Deutschland seien, dass diese Stadt München heiße und dass sie von hier aus weiter zu ihren vorgesehenen Arbeitsplätzen gebracht würden. Olga und Alicija waren zu ihrer Erleichterung zusammengeblieben und kurz darauf in einer Stadt mit Namen Paderborn gelandet. Sie hatten sich gefreut, endlich angekommen zu sein, und darauf gebrannt, ihre Kellnerinnenausbildung in einem guten Restaurant zu beginnen. Beiden wurde eine ganz nette Wohnung in der Straße Im Lohfeld zugewiesen. Für ihre Verhältnisse war es eine fürstliche Unterkunft, und sie waren guter Dinge.

Bis sie am nächsten Tag Mike kennenlernten und sich alles schlagartig änderte.

Er hatte den Zeitpunkt so lange wie möglich hinausgezögert, aber irgendwann musste Wilfried Kloppenburg sich doch mal zu Hause blicken lassen. Wie erwartet, war seine Frau allerschlechtester Laune gewesen und hatte ihn mit Vorwürfen und Fragen überschüttet. Kloppenburg war standhaft geblieben, hatte alle Verdächtigungen abgestritten. Nach einem trostlosen Abendessen, bei dem kein Wort gesprochen worden war, saßen die beiden Eheleute nun in verschiedenen Räumen: sie im Wohnzimmer, er in einem behaglichen Raum, der eine Mischung aus Büro, Bibliothek und Bar darstellte. Dies war sein Reich, hier war er unantastbar.

Erschöpft stützte er den Kopf auf beide Hände und starrte die Wand an. Was war nur mit ihm geschehen? War er wirklich ein Spinner, wie Rademacher gesagt hatte? Einer, der Professionalität mit Zuneigung verwechselte? Wilfried Kloppenburg konnte sich dieser bitteren Wahrheit nicht völlig verschließen. Er hatte sich tatsächlich, gegen jede Vernunft, in dieses Mädchen verliebt. Die Abstände zwischen seinen Besuchen bei ihr waren immer kürzer geworden. Anfangs sehr sporadisch, dann wöchentlich, zum Schluss täglich, wenn es sein Terminkalender erlaubte. Zuletzt auch einige Male in Alicijas Wohnung. Dadurch fiel es ihm leichter, sich ein echtes Liebesverhältnis vorzulügen. Außerdem behielt sie die komplette Summe, die er ihr zahlte, für sich. Ihr Arbeitgeber hatte davon natürlich nichts wissen dürfen.

Sein Verhältnis zu Alicija hatte sich schon fast zu einer Sucht entwickelt. Und nun sollte alles vorbei sein? Er sollte sich einfach so damit abfinden, dass Alicija tot war? Vielleicht, wenn es nachweislich ein Unfall gewesen wäre. Aber daran glaubte Kloppenburg keine Sekunde. Hier hatte jemand die Finger im Spiel gehabt, und er glaubte auch zu wissen, wer das war.

Mitten in diese Überlegungen hinein klingelte sein Telefon. Kloppenburg hielt es für einen deutlichen, ja unmissverständlichen Wink des Schicksals, dass genau der Mann am Apparat war, dem er die Schuld an Alicijas Tod gab.

»Ich habe gehört, dass du uns heute besucht hast«, sagte Hatzfeld. »Normalerweise freue ich mich über deine Besuche. Aber man hat mir berichtet, dass dein Verhalten sehr ungewöhnlich gewesen sein soll. Gelinde ausgedrückt. Was ist los? Was wirfst du mir vor?«

Kloppenburg holte tief Luft und legte dann los: »Ich weiß genau, dass du hier was gedreht hast. Du wolltest sie loswerden, davon hatte sie mir erst vorgestern erzählt. Sie hat nicht so gespurt, wie du das gern wolltest. Hat sich gewehrt. Aber sie hat sich mir anvertraut. Sie hat dir deine krummen Touren vorgeworfen und gedroht, dich hochgehen zu lassen. Ich weiß alles. Und dann hast du sie aus dem Weg geräumt. Was bist du für ein Schwein!«

»Was redest du denn da? Ich habe niemanden aus dem Weg geräumt. Ich war zur Zeit der Explosion weit weg. Auf Sylt. Das können dir zig Leute bestätigen. Mensch, Wilfried, mach die Augen auf! Siehst du denn nicht, was hier passiert ist? Sei ehrlich zu dir! Wir wissen doch beide, dass dieses Mädchen depressiv war. Weder die Feuerwehr noch die Polizei zweifelt daran, dass diese Explosion von ihr selbst herbeigeführt worden ist. Kapierst du nicht? Es war Selbstmord!«

Kloppenburg schnappte vor Empörung nach Luft. »Ich glaube dir kein Wort. Aber wenn es wirklich Selbstmord gewesen sein sollte, dann hast du sie dazu getrieben. Wer hat sie denn wie eine Sklavin gehalten? Doch wohl du, deine widerliche Puffmutter Irina und dein Zuschläger. Ihr gehört doch alle hinter Gitter.«

»Sklavin?« Schallendes Gelächter drang durch das Telefon. »Was für ein romantischer Quatsch. Es ist doch immer dasselbe mit diesen Mädchen. Sie hocken in einem gottverlassenen Dorf in der Steppe oder im Sumpf und wollen raus. Raus in die große weite Welt. Was sehen, was erleben, Geld verdienen. Dann kommen sie nach Deutschland. Sie können nichts, sie wissen nichts. Aber viele von ihnen sind jung und sehen verteufelt gut aus. Und um die Beine breitzumachen, muss so ein Mädchen keine Ausbildung haben. Das liegt denen im Blut. Und so kommen sie dann zu uns. Wenn sie einen guten Job machen, können sie eine Menge Geld verdienen.«

»Geld verdienen? Welches Geld meinst du denn? Das Geld, das du ihnen nach Schichtende wieder abknöpfst? Weil du es angeblich für sie aufbewahrst oder weil du das Geld angeblich für die Deckung deiner Unkosten brauchst? Lächerlich. Du quetschst sie aus wie eine Zitrone, und wenn sie verbraucht sind, dann jagst du sie zum Teufel. Mach mir nichts vor, wir kennen uns lange genug. Aber ich werde das nicht mehr dulden, ich ...«

Hatzfelds Stimme wurde wieder drohend. »Gar nichts wirst du. Du wirst schön die Füße stillhalten, oder ich mache dich fertig. Mag sein, dass du das eine oder andere über mich weißt, was das Finanzamt nicht wissen sollte. Oder die Sitte. Aber damit stehst du nicht allein. Auch ich habe dich in der Hand und kann dich jederzeit zerstören.«

»Was kannst du denn schon gegen mich in der Hand haben? Du hast doch die miesen Dinger gedreht. Meine Firma hat immer nur im Auftrag von dir gehandelt. Ich bin Bauunternehmer, ein einfacher Handwerker. Wir machen nur das, was der Bauherr bei uns bestellt. Ohne Fragen zu stellen. Du kannst mir gar nichts. Ich bin sauber.«

»Ein einfacher Handwerker«, wiederholte Hatzfeld und lachte höhnisch. »Das hast du schön gesagt. Aber sei nicht so bescheiden. Du bist viel mehr als das, auch wenn du es noch nicht weißt. Ab morgen bist du auch noch ein Filmstar. Ganz Ostwestfalen wird von dir reden, man wird staunen, was ein Mann in deinem Alter im Bett noch leisten kann. Du bist gut, wirklich verdammt gut. Ein richtiger Pornostar wirst du noch werden, bei deinen Qualitäten.«

Kloppenburg blieb das Lachen im Hals stecken. »Wovon redest du da?«

»Wenn du ab morgen deinen Namen im Internet suchst, wirst du unter anderem auf ein kleines, aber richtig geiles Video stoßen. Mein Lieber, ich hatte schon seit Langem das Gefühl, mich in deine Richtung etwas absichern zu müssen. Und so habe ich einfach ohne Alicijas Wissen in ihrem Zimmer eine kleine Kamera installiert. Es sind eine Menge Videos geworden, aber ich werde fürs Erste nur eines davon ins Internet stellen. Später vielleicht noch mehr, mal sehen, wie du dich in den nächsten Tagen verhältst. Was glaubst du, wie schnell dieser Link zu Zeiten von Facebook die Runde macht? Das geht ruckzuck. Und schon bist du ein Star. Wie gefällt dir das?«

Fast eine ganze Minute lang schwieg Kloppenburg, verzweifelt bemüht, die Bedeutung des eben Gehörten in seiner ganzen Komplexität zu erfassen. Von Sekunde zu Sekunde wurden ihm die Konturen der bevorstehenden Katastrophe deutlicher.

»Ich habe immer schon geahnt, dass du ein Drecksack bist«, sagte er dann mit belegter Stimme, »aber jetzt hast du jeden Zweifel daran ausgeräumt. Du wirst mir sicher gleich einen Vorschlag machen, wie wir das Ganze im letzten Augenblick noch verhindern können, oder?«

Hatzfeld war nun allerbester Laune. »Gern, wenn ich dir damit einen Gefallen tun kann. Den alten Zeiten zuliebe. Du musst einfach nur das Maul halten. Alicijas Tod war Selbstmord, basta! Wenn du damit leben kannst, ist alles in Ordnung. Wenn du meinst, den edlen Rächer spielen zu müssen, mache ich dich fertig. So einfach ist das.«

Jetzt reichte es aber auch. Es war ein langer Tag gewesen. Ich mache Feierabend, beschloss Schwiete und ordnete die Gegenstände auf seinem Schreibtisch. Dieses Ritual war für ihn ausgesprochen wichtig. In dem Maße, in dem er seine Bleistifte auf der Tischplatte ausrichtete, ordnete er auch seine Gedanken. Und wenn dann alles auf dem Schreibtisch an der richtigen Stelle lag, ging Schwiete in der Regel nach Hause, ohne in seiner Freizeit noch großartig über seine Fälle nachzudenken.

Anschließend klemmte er sich seine Aktentasche unter den Arm, öffnete die Bürotür, trat auf den Flur hinaus und sah in grüne Augen, sah dieses vorsichtige Lächeln, das einen etwas zu breiten Mund umspielte.

Schwiete war ein Einzelgänger. Manche Leute hielten ihn sogar für asexuell. Natürlich war er früher öfter mal verliebt gewesen. Ganz heimlich, für sich. Doch er war einfach zu schüchtern, um mit einer Frau anzubandeln, zu korrekt, zu formal. Das kam anscheinend bei Frauen nicht an, glaubte Schwiete. Und bevor er sich eine Strategie überlegt hatte, wie er die Dame seines Herzens hätte ansprechen können, kam ein Sonnyboy mit blitzenden Augen und Grübchen und schnappte ihm seine Angebetete vor der Nase weg. So war es in Schwietes Erinnerung immer gewesen, und daher hatte er irgendwann aufgehört, sich über eine Partnerschaft Gedanken zu machen.

Er war zu allen Frauen höflich und zuvorkommend. Nicht mehr und nicht weniger. Punkt! Allerdings konnte ihn dadurch keine Frau aus seiner Ecke locken – da mochte sie noch so schön sein und eine noch so erotische Ausstrahlung haben.

Doch jetzt, da er in dieses Gesicht sah, in das sich deutliche Spuren des Lebens eingegraben hatten, war plötzlich alles anders. Er bekam feuchte Hände, sein Mund wurde trocken, und er räusperte sich nervös. Nur weil eine Frau ihn anblickte, ihn ganz vorsichtig anlächelte.

Gern hätte er etwas gesagt, doch Krügermeyer, der hinter der Frau stand, kam ihm zuvor. »Horst, ich wollte dir Karen Raabe vorstellen. Sie ist Sozialarbeiterin. Frau Raabe hat sich Olga Solowjows angenommen.«

Schwiete räusperte sich wieder, und die Sozialarbeiterin lächelte. Komisch, dachte Schwiete, sie hat eigentlich einen harten Zug um den Mund. Wie bekommt sie da dieses sanfte Schmunzeln hin?

»Äh ja.« Dieser verdammte trockene Mund. »Kommen Sie doch herein.«

»Vielen Dank, Herr Kommissar, aber ich wollte mich wirklich nur kurz vorstellen. Ich habe gleich noch einen Termin und zu einem Gespräch heute Abend keine Zeit mehr. Wenn Sie damit einverstanden sind, melde ich mich morgen bei Ihnen.«

Frau Raabe lächelte. Schwiete räusperte sich erneut. Dann kramte er umständlich eine Visitenkarte aus der Manteltasche und reichte sie der Frau.

»Ja, morgen ist in Ordnung«, sagte Schwiete und stand wenige Sekunden später verwirrt und einsam in der Türöffnung seines Büros.

Die Lichtstrahlen einer nahen Straßenlaterne spiegelten sich auf der dunklen Wasseroberfläche des Tümpels. Die niedrigen kurzen Wellen, die der Wind auf den kleinen Weiher zeichnete, wirkten wie eine Decke aus filigranem Silber. Doch Schwiete hatte für dieses Schauspiel heute Abend gar keinen Sinn. Er schlug immer wieder vorsichtig mit einem langen dünnen Zweig auf die Wasseroberfläche. Grüne Augen mit einem intensiven, selbstbewussten Blick bildeten sich im Wasser ab und sahen Schwiete an. Im nächsten Moment waren auch ein etwas zu breiter sinnlicher Mund zu sehen und dann das ganze Gesicht einer Frau, zu dem dieser Mund und diese Augen gehörten.

Ein großer, rotgoldener Koi-Karpfen kam herangeschwommen und zog immer engere Kreise um die Stelle, an der Schwietes Gedanken das Antlitz dieser Frau gezeichnet hatten. Durch sein Auftauchen zerstörte der Fisch das Phantasiegebilde auf der Wasseroberfläche.

Schwiete befand sich wieder im Hier und Jetzt. Er lächelte versonnen und wunderte sich zugleich über das, was gerade passiert war. Mechanisch, den Blick jetzt auf den Koi-Karpfen gerichtet, kramte er in seiner Tasche und zauberte einige Stücke trockenes Weißbrot hervor, die er dem Fisch hinwarf. Der begann, die sich aufweichenden Brotkrumen genüsslich zu verzehren.

Der Polizist hatte den Karpfen vor einigen Jahren während eines Spaziergangs hier in diesem Tümpel nahe der Stadtbibliothek entdeckt. Seither kam Schwiete regelmäßig in den Park, um den Fisch zu füttern. Durch rhythmisches Klopfen mit einem dünnen Stöckchen auf die Wasseroberfläche signalisierte er dem Fisch seine Anwesenheit. Der Koi kam dann meist zügig angeschwommen, um das Dargebotene an Ort und Stelle zu verspeisen.

Normalerweise saß Schwiete dann da und sah dem Geschehen zu, entspannte sich und hatte nach einiger Zeit seine innere Ruhe zurückerlangt. Doch heute war es anders. Der eindrucksvolle Blick der grünen Augen ließ sich nicht aus Schwietes Bewusstsein verdrängen, was ihn verunsicherte. So ein intensives Gefühl, ausgelöst durch eine kurze Begegnung, war ihm bis dato völlig fremd. Gedankenverloren verließ er seinen Platz am Tümpel und schlenderte nach Hause.

Er zog seinen Hut ins Gesicht, um sich vor dem kalten Regen zu schützen, der wieder begonnen hatte. Seinen Blick hielt er auf das klatschnasse Pflaster gerichtet, um nicht über eine Unwegsamkeit zu stolpern. Während er durch das ungemütliche, nasskalte Ükernviertel stapfte, legte sich plötzlich eine Hand auf seine rechte Schulter. Schwiete drehte sich um und sah in das Gesicht von Johannes Winter. Die langen, nassen Haare klebten dem Musiker am Kopf.

»Na, Horst, auf Verbrecherjagd?«, fragte Winter grinsend.

Schwiete war ein wenig überrumpelt und schüttelte den Kopf.

»Schon was gegessen?«

»Nein, wieso?«

»Was hältst du von Silos Kebaphaus? Du weißt schon, der Türke an der Heiersstraße?«

Schwiete wusste, dass es dort einen Imbiss gab. Doch obwohl er schon fast zehn Jahre bei Hilde Auffenberg wohnte, keine zweihundert Meter von dem Lokal entfernt, hatte er es noch nie besucht.

Normalerweise ging Schwiete nicht essen, aber jetzt hatte er wohl keine Wahl. Winter fasste ihn am Ärmel und zog ihn mit sich.

»Komm, Horst, ich gebe einen aus«, drängte der Wohnungsnachbar ihn. »Ich habe einen Mordshunger und keine Lust, alleine zu essen.«

Als die beiden ungleichen Männer das Lokal betraten, wurde Winter von einem Mann, wohl dem Besitzer, mit Handschlag begrüßt. Und weil Schwiete anscheinend ein Freund des Musikers war, streckte der Besitzer auch ihm die Hand hin.

Nach der Begrüßung saßen Winter und Schwiete an einem Fenstertisch. Kaum dass sie Platz genommen hatten, wurden ihnen zwei Raki auf den Tisch gestellt. Winter prostete dem Wirt und Schwiete zu und kippte den Schnaps hinunter. Der Polizist wollte nicht unhöflich sein und trank ebenfalls. Er schüttelte sich unmerklich, doch schon bald erfüllte eine wohlige Wärme Schwietes Bauch. Gleichzeitig drang die Stimme von Winter in sein Ohr.

»Boah, das tat gut! Bring uns gleich noch mal einen und zwei Hefeweizen.«

Schwiete wollte etwas sagen, wollte auf gar keinen Fall noch weitere Schnäpse trinken. Doch der Musiker redete schon weiter.

»Ach ja, mach uns noch einen schönen Vorspeisenteller, und bring uns ein paar Lammspieße. Ist doch in Ordnung, Horst, oder?«

Schwiete wollte Nein sagen, nickte aber stattdessen. Was war nur mit ihm los? Wo war seine eiserne Konsequenz geblieben? Er, der nur selten Alkohol trank, sich höchstens in geselliger Runde hin und wieder ein oder zwei Gläser Wein gestattete, hatte jetzt ein riesiges Glas vor sich stehen, gefüllt mit diesem komischen bayerischen Bier. Und als Winter ihm erneut zuprostete, nahm er bereitwillig den ersten Schluck.

Die beiden Männer waren denkbar unterschiedlich. Meist trafen sie sich nur im Treppenhaus vor ihren Wohnungstüren. Und selten, zu außergewöhnlichen Anlässen, bei Hilde Auffenberg in der Küche. Doch dann waren sie nie allein. Sie mussten also eigentlich nicht unbedingt mehr als nötig miteinander reden. Und nun saßen sie hier am Tisch und reichten sich gegenseitig Zaziki, gefüllte Weinblätter und gegrilltes Gemüse. Aßen wunderbar zartes Lammfleisch und tranken dazu Hefeweizen und Raki. Sie unterhielten sich über das explodierte Haus im Lohfeld und über die gemeinsamen Nachbarn und, zu Schwietes Verwunderung, über Musik. Auf einmal, wie aus dem Boden gewachsen, stand der alte Schützenoberst Künnemeier vor dem Tisch der beiden.

Hier schien sich ja die gesamte Nachbarschaft zu treffen, ging es Schwiete gerade noch durch den Kopf. Da sagte Künnemeier, als wäre es das Selbstverständlichste auf der Welt:

»Rück mal ein bisschen, Johnny, oder habt ihr was zu besprechen, das mich nichts angeht?«

Winter schüttelte den Kopf und machte gehorsam Platz.

»Drei Raki!«, rief Künnemeier. Dann zwinkerte er Schwiete zu. »Ja, so ändern sich die Zeiten! Letztes Jahr wollten Sie unseren Johnny noch verhaften, und heute trinken Sie Bier mit ihm. Ist doch Gott sei Dank alles gut geworden, und unser Winter musste nicht in den Knast.«

Schwiete brauchte nichts zu entgegnen. Es war jetzt, wo der alte Schützenoberst dazugekommen war, wie in Hilde Auffenbergs Küche. Man unterhielt sich, und er saß da und hörte den anderen zu. Wieder kam eine neue Runde Raki. Der Wirt hatte noch einen ausgegeben. Jetzt muss ich aber unbedingt die Kurve kriegen, dachte Schwiete und spannte seinen Körper an.

»Das ist aber der letzte Schnaps, den ich trinke! Ich habe morgen einen anstrengenden Tag«, sagte er, musste sich aber eingestehen, dass es ihm hier, in dieser Kneipe, mit seinen Nachbarn gefiel. Dennoch siegte sein Pflichtbewusstsein.

»Schade, dass Sie schon gehen wollen. Wir reden doch so selten miteinander«, meinte Künnemeier. »Ich wollte euch beide doch immer schon mal fragen, warum ihr eigentlich nicht verheiratet seid. Ich meine, bei Johnny ist das vielleicht noch zu erklären. Welche Frau will schon mit so einem Gammler zusammenleben? Aber Sie, Herr Hauptkommissar, Sie sind doch Beamter!«

Winter unterbrach die Überlegungen von Künnemeier. »Och, nee! Jetzt nicht das Thema!«, brach es aus ihm heraus. »Komm, Willi, darüber reden wir ein anderes Mal. Ich muss morgen auch früh raus, Taxi fahren. Und du, Horst, bist heute eingeladen«, sagte er zu Schwiete, bevor er sich an den Wirt wandte: »Mesut, ich habe gerade kein Geld dabei. Ich bezahle Samstag.«

20

Der notorische Frühaufsteher Horst Schwiete hatte für den nächsten Tag um acht Uhr morgens einen Termin beim Ehepaar Hermskötter ausgemacht. Doch als der Wecker klingelte, dessen Signal er normalerweise nie hörte, weil er lange davor aufzuwachen pflegte, erinnerten Schwiete die augenblicklich auftretenden Kopfschmerzen an jeden einzelnen Raki, den er gestern getrunken hatte. Mit schmerzverzerrtem Gesicht schloss er seine Augen wieder und ließ den Kopf in die Kissen sinken.

Für seine Verhältnisse hatten sie in dem Lokal viel zu viel getrunken. Aber dennoch hatte der Abend ihm gefallen. Das Zusammentreffen sollte man wiederholen, vielleicht mit ein paar Schnäpsen weniger.

Walter Hermskötter hatte am Telefon versprochen, eine Tasse Kaffee und ein Brötchen für Schwiete parat zu haben. Alle Versuche des Polizisten, ihm den ausschließlich dienstlichen Zweck des Besuches deutlich zu machen, waren verpufft.

Nun stand er vor der Haustür der Hermskötters. Die Ruinen des Hauses gegenüber rauchten nicht mehr, der Dauerregen hatte alles, was noch hätte schwelen können, zu klebriger Asche werden lassen. Es sah trostlos aus. Rund um das Unglücksgrundstück flatterte das rot-weiße Absperrband der Polizei im leichten Wind und sperrte Neugierige aus.

Im schmalen, sehr warmen Flur des Hermskötter'schen Hauses schlug Schwiete eine Mischung aus süßlich parfümierten Trockenblumen und Grünkohlgeruch entgegen. Für kurze Zeit blieb ihm die Luft weg. Eine kleine Katze huschte um die Ecke und verschwand gleich wieder, als sie Schwiete bemerkte. Frau Hermskötter hatte auf dem Wohnzimmertisch ein komplettes Frühstück aufgebaut. Schwiete war weder hungrig, noch hatte er so viel Zeit mitgebracht, aber er war wider Willen ein wenig gerührt über die Bemühungen des Ehepaares. Nach der ersten Tasse Kaffee und dem ersten Brötchen wollte Schwiete mit der Befragung beginnen, musste sich aber vorher noch die Beschwerde des Ehepaares anhören.

»Also, Ihr Kollege«, dröhnte Walter Hermskötter, dem noch immer mehrere Heftpflaster im Gesicht klebten, »den Namen habe ich vergessen, der soll mir noch mal unter die Augen kommen. Der hat uns ja behandelt wie Bittsteller. Dabei wollten wir nur unsere Pflicht tun und berichten, was wir gesehen haben. Das sollten Sie mal Ihrem Chef erzählen, dem Polizeipräsidenten.«

Bevor Schwiete dazu kam, seinem Gastgeber zu erklären, dass sein oberster Vorgesetzter nicht der Polizeipräsident war, sondern der Landrat, erschrak er heftig, weil etwas an seinem Hosenbein entlanggestrichen war.

Frau Hermskötter lachte und sagte: »Keine Angst! Das war nur Natascha. Die schmust gerne.«

Schwiete starrte unter den Tisch und sah die schwarz-weiß gestreifte Katze, die er vorher bereits im Flur bemerkt hatte. Er konnte Katzen einfach nicht leiden, wollte sich das aber nicht anmerken lassen.

»Ja, das ist die Katze, über die wir mit Ihrem Kollegen sprechen wollten«, mischte sich der Herr des Hauses wieder ein. Frau Hermskötter fügte sich klaglos in ihre Rolle als Hausfrau, schenkte Kaffee nach und überließ ihrem Ehemann das Reden. Der rutschte schon aufgeregt von einer Pobacke auf die andere und legte dem Kommissar seinen Bericht vor. Ausschweifend erzählte er vom furchtbaren Wetter am Sonntag und vom Besuch der jungen Frau von gegenüber.

»Wissen Sie, Herr Kommissar, gesehen hatten wir diese Frau ja schon oft. Hat auch immer gegrüßt, wenn wir sie mal auf der Straße getroffen haben. Aber richtig gesprochen haben wir mit ihr nie. War ja auch keine Deutsche, sondern eine Russin oder so was. Das ist ja heutzutage so in der Stadt. Man kennt seine eigenen Nachbarn nicht mehr. Und neugierig sind wir ja nicht, ich ...«

»Jetzt tu mal nicht so, Walter!«, warf Frau Hermskötter boshaft ein. »Du hast immer gesagt: Das ist aber mal 'ne Hübsche. Würde gerne wissen, wo die herkommt.«

»Habe ich nie gesagt!«, bellte ihr Ehemann empört zurück. Und im Nu fand sich der Junggeselle Schwiete, der von der ganz eigenen Dynamik des Ehelebens keinen Schimmer hatte, mitten im Kreuzfeuer einer ehelichen Auseinandersetzung wieder. Die Katze sprintete erschrocken quer durchs Zimmer, als Schwiete plötzlich aufsprang und beschwichtigend beide Hände hob.

»Lassen Sie uns bitte wieder zur Sache kommen! Ich muss gleich noch zu einem wichtigen Termin.«

Als alle wieder saßen, erkundigte sich Schwiete: »Haben denn auch noch andere Leute in diesem Haus gewohnt? Ich meine, es war ja für eine Person viel zu groß.«

»Ja, da wohnten auch noch zwei andere Frauen«, erwiderte Hermskötter. »Alle noch ziemlich jung. Sahen ganz hübsch aus. Jedenfalls, wenn man diesen Schlag mag. Ist ja nicht so ganz meine Sache.«

Zum ersten Mal war Schwiete wirklich interessiert. »Was meinen Sie denn damit?«

Hermskötter zögerte etwas, räusperte sich und sagte: »Na ja, Sie hätten mal sehen sollen, wie die herumgelaufen sind. Also, ich habe immer zu meiner Frau gesagt, das sind alles Bordsteinschwalben. Sehe ich doch auf den ersten Blick.«

»Aber Walter«, warf sich seine Frau mutig für ihre Nachbarinnen in die Bresche. »Was du immer gleich denkst. Woher willst du das denn wissen? Du kennst dich doch mit so etwas gar nicht aus.«

Schwiete, der sich schon über den völlig veralteten Ausdruck Bordsteinschwalbe amüsiert hatte, musste ein Schmunzeln unterdrücken, als er den leicht erschrockenen Gesichtsausdruck des alten Mannes sah, der offenbar das Gefühl hatte, in eine selbst gestellte Falle getappt zu sein.

»Also, in dem Haus haben drei junge Frauen gewohnt. Aber jetzt sagen Sie doch mal, welchen Eindruck hatten Sie denn, als diese Frau mit ihrer Katze vor Ihnen stand?«

Nun preschte Frau Hermskötter vor. »Also, ich bin mir ganz sicher, dass dieses arme Ding völlig am Ende war. Verzweifelt. Konnte einem richtig leidtun. Deswegen haben wir ja auch diese Katze genommen. Normalerweise haben wir nicht so gerne Tiere im Haus. Wegen des ganzen Drecks, wissen Sie? Aber ich konnte diesem traurigen Mädchen das einfach nicht abschlagen. Es hätte mir das Herz zerrissen.«

»Also, für mich ist die Sache klar«, ergänzte ihr Mann. »Die Katze war das Einzige, was ihr noch etwas bedeutet hat. Die wollte sie retten. Dann ist sie wieder ins Haus gegangen und hat die Gasflasche aufgedreht, um sich umzubringen. Und irgendwie ist wahrscheinlich ein Funke da gewesen, und die ganze Bagage ist die Luft geflogen. Rumms! Das hatte sie bestimmt nicht so geplant. Aber im Ergebnis war es das Gleiche. Also für die Frau, falls Sie wissen, was ich meine. Nur gut, dass die beiden anderen gerade nicht zu Hause waren. Oder gibt es etwa noch weitere Leichen?«

21

»Was ist passiert?«, fragte Hilde Auffenberg erschrocken, als sie die Haustür öffnete und ein völlig aufgelöster Herbert Höveken vor ihr stand. Noch nie hatte sie ihren Nachbarn und guten Freund so erlebt. »Du bist ja völlig durch den Wind.«

Höveken schnappte nach Luft. Offenbar war er quer über die Straße zu ihr gerannt.

»Komm schnell mit! Bei mir ist eingebrochen worden!«

Hilde Auffenberg war eine Frau von schneller Auffassungsgabe, die nicht viele unnötige Fragen stellte, sondern handelte. Sie vergaß ihr noch nicht beendetes Frühstück, warf sich eine Strickjacke über, steckte den Haustürschlüssel ein, zog die Tür zu und lief zusammen mit Höveken durch den morgendlichen Nieselregen über die Straße. Als sie vor dem Bestatterladen stand, sah für sie alles ganz normal aus. Aber ihr Bekannter zog sie mit sich in eine schmale Gasse neben seinem Schaufenster. Hilde Auffenberg wusste, dass diese Gasse auf einen Hinterhof führte, wo sich Hövekens Sarglager und die Werkstatt befanden. Sie stellte fest, dass die Holztür zum Lager aufgebrochen worden war. Jemand hatte die nicht eben moderne und keineswegs einbruchssichere Tür schlicht und einfach mit dem Stemmeisen aufgehebelt. Die Spuren waren deutlich zu sehen.

»Die stand sperrangelweit offen, als ich eben in den Hof kam. Hab mich schon von Weitem gewundert und mich gefragt, ob ich schon so 'n alter Schussel geworden bin, dass ich vergesse, die Tür zu schließen«, berichtete Höveken, der nach wie vor schwer atmete. »Aber dann habe ich das hier gesehen. Profis waren das nicht. Die hätten nicht so deutliche Spuren hinterlassen. Aber sie haben bekommen, was sie gesucht haben. Komm mit rein!«

Er schob die Tür noch weiter auf und ging voran. Hilde Auffenberg hatte schon einmal dieses Sarglager besichtigt, um dem stolzen Besitzer und Freund eine Freude zu machen, aber so richtig wohl fühlte sie sich hier nicht.

»Brauchst keine Angst zu haben«, sagte Höveken einladend. »Hier liegt kein Toter herum. Das ist mein Ausstellungsraum, diese Särge sind alle leer. Aber komm mal mit nach hinten!«

Sie gingen um verschiedene Särge herum, die alle unterschiedlich gestaltet waren. Hilde Auffenberg fragte sich immer nach dem Sinn dieser Vielfalt, da doch alle Särge letztendlich in der Erde verschwinden und nie wieder gesehen werden. Aber diese Frage wollte sie Höveken nicht stellen. Erst recht nicht hier und jetzt. Brav trottete sie hinter ihm her bis zur Rückwand des Ausstellungsraumes.

»Oh ja!«, rief sie aus. »Nicht zu übersehen. Da fehlt einer.«

Hier war ein größerer freier Raum. Übrig geblieben war nur ein Schild mit der Modellbezeichnung des gestohlenen Sarges.

»Geschmack haben sie ja bewiesen, die Ganoven«, brummte Höveken zornig. »Mein bestes und teuerstes Ausstellungsstück haben sie geklaut.«

Hilde Auffenberg nahm daraufhin das Schild genauer in Augenschein und sah, dass es sich um das Modell »Ruhe sanft – de luxe« handelte. Als sie sich davon nicht so beeindruckt zeigte, wie Höveken es offenbar erwartet hatte, ging er zu einer hübschen alten Vitrine und zog eine Broschüre heraus.

»Hier«, sagte er, »das ist die Produktbeschreibung des Sarges. Du wirst staunen, was der alles zu bieten hat.«

Wenig begeistert nahm sie das Heftchen in die Hand, schaute sich die Fotos an und überflog den Text. Schon kurz darauf machte sie eine anerkennende Miene.

»Ist ja wirklich Luxus. Massiver Ahorn, verchromte Beschläge, mit Seide ausgeschlagen. Was steht hier? Die konventionell auf Gehrung gefertigten Eckverbindungen sind durch Fingerzinken ersetzt worden, was den optischen Reiz des Modells erhöht … Und hier: Der Sarg strahlt eine besondere Ruhe, Wärme und Geborgenheit aus und unterstreicht zudem den Wunsch des Menschen, seiner Individualität Ausdruck zu verleihen. Wow! Nobel geht die Welt zugrunde. Große Beinfreiheit? Wozu ist das denn gut? Und was ist das? Rettungspaket de luxe?«

Sie ließ kurz die Broschüre sinken und las dann weiter:
»Einbauvorrichtung für ein Handy, mit Freisprecheinrichtung. Für den Notfall. Wer kauft denn so was?«

»Du würdest dich wundern, wenn du Gespräche mit den Angehörigen hören könntest. Ein Sarg ist nun mal nicht nur eine schlichte Kiste zur Aufbewahrung des Verstorbenen, er ist vielmehr ein Statussymbol. Das lassen die Leute sich was kosten. Aber das ist jetzt auch nicht wichtig. Ich frage mich nur, wer den Sarg wohl gestohlen hat und warum.«

»Wieso warum?«, fragte Hilde Auffenberg erstaunt. »Wahrscheinlich um ihn zu benutzen, was sonst?«

Höveken winkte ab. »Viel zu auffällig! Dann hätten die Diebe einen normalen Sarg genommen. Mit diesem Exemplar hat jemand etwas ganz Besonderes vor, da bin ich mir sicher.«

Karen Raabe war beharrlich. Gleich heute Morgen war sie wieder in der Kreispolizeibehörde aufgetaucht und hatte sich mit Olga in ein Zimmer gesetzt, um weiter mit ihr zu sprechen. Zwischendurch machte die Russin lange Pausen in ihrer Erzählung und starrte minutenlang gedankenverloren zur Decke. Sie schien in ihren Erinnerungen zu kramen und war bei der Fülle an Eindrücken und Erfahrungen offenbar schlichtweg überfordert, einen roten Faden in ihre Lebensgeschichte zu bringen.

Karen Raabe kannte dieses Phänomen aus vielen Gesprächen, die sie mit Prostituierten geführt hatte. Die jungen Frauen hatten einfach schon so viel erlebt, und es war so vieles gegen ihren Willen und ihr Gefühl gelaufen, dass sie sich nur ungern mit ihrer Vergangenheit konfrontierten. Auch in ihrem eigenen Leben war nicht alles so gelaufen, wie ihre Eltern es für sie vorgesehen hatten. Gleich zu Beginn ihres Studiums in Bochum hatte sie sich mit ihrem Vater verkracht und brauchte Geld für ihren Lebensunterhalt. Übers Kellnern war sie an einen Mann geraten, der ihr ein finanziell interessantes Angebot gemacht hatte. Eines Tages fand sie sich in einem der kleinen Häuschen auf dem Bochumer Eierberg wieder und musste ihren Ekel überwinden, um ihren ersten Freier zufriedenzustellen. Zum Glück hatte sie die Kraft aufgebracht, nicht in diesem Milieu zu versacken, sondern ihr Studium der Sozialarbeit abzuschließen. Das erstbeste Stellenangebot hatte sie genutzt, um aus Bochum und damit aus ihrer Vergangenheit zu fliehen. Nun war Paderborn zu ihrer Wahlheimat geworden. Es war nicht ihre Traumstadt, und sie hatte einige Jahre gebraucht, um sich hier heimisch zu fühlen. Aber mittlerweile hatte sie die Stärken dieser kleinen Großstadt erkannt und sich hier eingerichtet.

Es blieb nicht aus, dass sie sich bei ihrer Tätigkeit als Sozialarbeiterin immer wieder mit ihrer eigenen Rotlichtvergangenheit konfrontiert sah. Zuerst hatte sie sich jeder Erinnerung daran verweigert, aber irgendwann erkannte sie, dass sie ihre Erfahrungen sinnvoll nutzen konnte, und stellte sie dem Verein Theodora zu Verfügung.

Um Olga nicht unter Stress zu setzen, zündete sie sich selbst eine Zigarette an, obwohl sie eigentlich beschlossen hatte, das Rauchen aufzugeben. Sei's drum, dachte sie, ich rauche ja für einen guten Zweck.

Endlich fand Olga wieder in die Gegenwart zurück. Sie starrte weiter an die Decke, während sie berichtete, wie sie und Alicija gleich nach ihrer ersten Nacht in der schönen neuen Wohnung mit dem Auto abgeholt worden seien. Ein breitschultriger Mann Ende dreißig, der sich Mike nannte, mit ihnen aber Russisch sprach, hatte den verblüfften jungen Frauen erklärt, dass er ihr Betreuer während der »Ausbildungszeit« sei und dass sie seinen Anweisungen nachzukommen hätten. Andernfalls würden sie umgehend nach Odessa zurückgeschickt werden. Er hatte ihnen klargemacht, dass sie als noch minderjährige Ausländerinnen in diesem Land keine Arbeitserlaubnis bekommen würden, weshalb es in ihrem eigenen Interesse sei, möglichst nicht unangenehm aufzufallen.

Hier hakte Karen Raabe nach und wollte genauer wissen, was dieser Mike gemeint habe. Olga überlegte kurz. »Er hat gesagt, wir sollen einfach ganz brav alles mitmachen, was man von uns verlangt. Dann würde es uns in Deutschland gut gehen. Ansonsten wären wir schneller wieder in unserer Heimat, als wir es uns vorstellen könnten. Wir haben seine Drohungen aber auch nicht sonderlich ernst genommen.«

Noch immer gingen die Mädchen davon aus, dass sie hier zur Kellnerin ausgebildet werden würden, und machten sich keine Sorgen. Sie waren es beide gewohnt, das zu tun, was Erwachsene von ihnen verlangten. Alles Mögliche hatten sie in ihrem Leben schon gelernt, aber nicht, einen eigenen Willen zu entwickeln. Sie würden einfach ihren Ausbildern gehorchen und ihre Arbeit gut machen. Was sollte da schon schiefgehen?

Die erste große Enttäuschung hatte es gegeben, als Mike sie vor ihrem künftigen Arbeitsplatz absetzte.

»Ich konnte es nicht glauben«, erzählte Olga. »Dieses hässliche Gebäude sollte das gute Restaurant sein, das die Frau in Odessa uns versprochen hatte? Zum ersten Mal kamen mir Zweifel daran, ob das alles so richtig sei. Und ich konnte Alicija ansehen, dass es ihr genauso ging.«

Im Gebäude war es noch schlimmer gekommen. Mike hatte plötzlich einen ganz anderen Tonfall angenommen. War er auch vorher schon nicht gerade einfühlsam mit den beiden Mädchen umgegangen, so war er nun richtig grob geworden. Als dann noch eine Frau dazugekommen war, die höchstens zehn Jahre älter war als Olga und Alicija war, hätte Olga viel darum gegeben, wieder in ihrem ukrainischen Heimatdorf zu sein.

»Diese Frau war widerwärtig zu uns. Sie nannte sich Irina, sprach ebenfalls Russisch und sagte, sie sei unsere Chefin, und wir müssten ihr in allen Punkten gehorchen. Sonst würde sich Mike mit uns auf eine Art und Weise befassen, die wir sicher nicht angenehm fänden. So ähnlich hat sie das ausgedrückt. Ich hatte überhaupt keine Ahnung, wovon diese Frau sprach. Alicija hat offenbar schneller begriffen, worum es ging. Sie hat sofort protestiert. Aber das hätte sie besser nicht getan.«

Olga musste sich erst eine Zigarette anzünden, bevor sie weitersprechen konnte. Sie war bemüht, sich ihre Erregung nicht anmerken zu lassen, aber ihre Hände zitterten leicht.

»Es war schrecklich!«, sagte sie leise und machte eine lange Pause, ehe sie fortfuhr: »Irina hat Mike ein Handzeichen gegeben. Dann hat er Alicija voll ins Gesicht geschlagen. Als sie auf dem Fußboden lag, trat er zu. Immer wieder. Irina stand dabei und lachte. Ich wollte eingreifen, wollte Alicija helfen, aber Mike konnte es locker mit zwei Frauen wie uns aufnehmen. Es schien ihm sogar Spaß zu machen. Plötzlich lag auch ich am Boden und war froh, nicht noch mehr Tritte abzubekommen. Ich dachte nur: Mein Gott, er wird Alicija töten, wenn er so weitermacht. Aber plötzlich hörte Mike damit auf und zog uns hoch. Alicija konnte nicht allein aufrecht stehen und sackte immer wieder zu Boden. Schließlich stellte Mike sie an die Wand, und dann ...«

Karen Raabe konnte sich denken, was dann gekommen war. Sie hatte schließlich schon viele Gespräche über diese grausamen Einführungsrituale geführt.

»Dann hat er sie vergewaltigt. Stimmt's?«, fragte sie mitfühlend, als Olga nicht weitersprach. Olga nickte und saugte leidenschaftlich an ihrer Zigarette.

»Ja, und Irina hat ihn dabei noch angefeuert. Als er mit Alicija fertig war, hat sie mich gefragt, ob ich auch etwas zu meckern hätte. Ich habe kein Wort mehr gesagt und nur noch geheult.«

Die Erinnerungen schienen Olga derart mitgenommen zu haben, dass sie nicht mehr stillsitzen konnte. Sie sprang auf und lief nervös im Zimmer herum. Karen Raabe ließ sie gewähren und wartete ab. Endlich setzte Olga sich wieder.

»Ich hatte so eine Angst um Alicija. Sie sah schlimm aus. Irina hat einen Koffer mit einem roten Kreuz geholt und Alicija verarztet. Davon schien Irina wirklich etwas zu verstehen. Später habe ich erfahren, dass sie früher einmal als Krankenschwester gearbeitet hatte. Erst habe ich mich gewundert, warum sie sich plötzlich so hilfsbereit und fürsorglich zeigte, wo sie doch eben noch so fies gewesen war. Aber heute weiß ich, dass es ihr nicht um Alicija als Person ging, sondern darum, sie als Ware zu erhalten. Sie war eine wunderschöne junge Frau, mit der sich viel Geld verdienen ließ. Natürlich nur, wenn sie nicht aussah, als wäre sie gerade von einem Auto überfahren worden. Und dann hat Irina uns erklärt, was sie von uns erwartete. Sie hat keinen Zweifel daran gelassen, dass Mike sich erneut mit uns befassen würde, wenn wir zickig werden sollten.«

Wieder drehte sie eine Runde durch den Raum.

»Zwei Jahre haben Alicija und ich in diesem Bordell gearbeitet. Ich habe mich irgendwann daran gewöhnt. Aber Alicija hat diese Arbeit gehasst. Es wurde immer schlimmer für sie, und es wundert mich überhaupt nicht, dass sie am Ende selber Schluss gemacht hat. Dabei wurde sie in den letzten Monaten von allen anderen sogar beneidet. Sie war ohne Zweifel die Schönste von uns allen und hatte schließlich einen reichen Bauunternehmer als Stammkunden. Der hat sich anscheinend richtig in sie verliebt, der verrückte Kerl.«

Es fing wieder an zu regnen. Schwiete hatte das Haus der Hermskötters noch keine dreißig Sekunden verlassen, da fielen ihm die ersten Tropfen auf den Kopf. Erst einer, dann zehn, und eine Minute später war der Polizist nass bis auf die Knochen. Gerade als ihm das erste Wasserrinnsal den Rücken hinunterlief, klingelte sein Handy. Es war Staatsanwalt Becker, der sich vernachlässigt fühlte und wollte, dass Schwiete umgehend bei ihm vorbeikam, um ihn auf den neuesten Stand zu bringen. Angeblich beschwerten sich maßgebliche Persönlichkeiten Paderborns über die Vorgehensweise der Polizei.

Der Hauptkommissar beschloss, noch kurz nach Hause zu fahren und sich eine heiße Dusche zu gönnen, bevor er sich auf den Weg zum Gericht machte. Das heiße Wasser vertrieb die Kälte aus seinem Körper wie einen bösen Geist. Gut durchgewärmt, ging Schwiete wieder aus dem Haus.

Wenig später saß er dem Staatsanwalt gegenüber und berichtete, was seine Abteilung zum Fall »Im Lohfeld« bisher in Erfahrung gebracht hatte. Als Schwiete zum Ende gekommen war, saßen sich die beiden Männer eine ganze Weile schweigend gegenüber. Gerade so, als spielten sie »Wer-sich-zuerst-bewegt-hat-verloren«. Der Staatsanwalt wäre der sichere Verlierer gewesen. Irgendwann räusperte er sich.

»Herr Schwiete, der ganze Fall ist eine verzwickte Angelegenheit, auch wenn es auf den ersten Blick nicht so aussieht, aber der ganze Fall ist eine verzwickte Angelegenheit. Das beginnt schon mit der Tatsache, dass die Ruine im Lohfeld einem der einflussreichsten Bürger der Stadt Paderborn gehört.«

Schwiete nickte.

»Vielleicht ist Ihnen der Name Hatzfeld ja ein Begriff?

Der Familie gehört die halbe Stadt. Na ja, und Herr Hatzfeld hat mich angesprochen. Er möchte nicht, dass sein Name in der Presse auftaucht, schon gar nicht in Verbindung mit einer unbekannten Toten. Deshalb hat er mich um die nötige Diskretion gebeten.«

Wieder schwiegen die Männer eine Zeit lang. Eine latente Anspannung lag im Raum.

»Und nun, nachdem ich mir Ihren Bericht angehört habe, bin ich geneigt, den Fall wirklich abzuschließen. Das Ganze sieht mir doch sehr nach Selbstmord aus. Verstehen Sie mich nicht falsch, Herr Schwiete, ich spiele Ihnen gegenüber mit absolut offenen Karten. Klar, Hatzfeld ist ein guter Bekannter von mir, das will ich an dieser Stelle nicht verhehlen, aber ich will ihn nicht aus der Schusslinie nehmen. Wenn Sie mir gute Gründe nennen, ermitteln wir weiter. Sie haben das letzte Wort, Herr Hauptkommissar.«

Schwiete hatte kein gutes Gefühl bei dem Gedanken, die Ermittlungen definitiv abzuschließen. Natürlich konnte er auch die Argumente des Staatsanwalts nachvollziehen. Doch irgendetwas in dem Polizisten hatte den Fokus auf Mord gesetzt. Sicher, es gab keine maßgeblichen Hinweise darauf, nur dieses diffuse Etwas in Schwietes Bauch. Und das bereitete selbst ihm Unbehagen. Der Staatsanwalt selbst wollte die Akte so schnell wie möglich schließen. Das war auch klar. Wenn Schwiete seiner intuitiven Kompetenz eine Chance einräumen wollte, dann durfte die Selbstmordthese nicht dazu führen, dass der Fall hier und heute abgeschlossen wurde. Jetzt war Fingerspitzengefühl gefragt. Zunächst blieb er bei seiner Strategie, den Nachdenklichen zu spielen und zu schweigen.

Er merkte, dass dieses Verhalten sein Gegenüber nervös machte. Ein bisschen Unsicherheit ist vielleicht nicht schlecht, dachte Schwiete. Aber er durfte den Bogen nicht überspannen und den Staatsanwalt in eine Enge treiben, weder argumentativ noch emotional.

Was gab es im Moment überhaupt für Möglichkeiten außer dem Wunsch, der Anklage nachzukommen? Du musst dir ein Hintertürchen offenhalten, sagte etwas in Schwietes Kopf. Außerdem gab es noch einige lose Fäden, die es zu verknüpfen galt. Die Herkunft der Gasflasche war noch nicht geklärt und die Umfeldbefragung nicht abgeschlossen – immerhin zwei, wenn auch nur schwache Argumente. Tatsache war, dass er das gedankliche Puzzle in seinem Kopf noch nicht gänzlich geordnet hatte. Er brauchte einfach noch etwas Zeit.

»Rational stimme ich durchaus mit Ihnen überein«, antwortete Schwiete und sah, wie sich die Gesichtszüge von Staatsanwalt Becker etwas entspannten. Der Mann stand sichtlich unter Druck. Jetzt nur nichts falsch machen.

»Ich habe so ein komisches Bauchgefühl, wenn ich versuche, mir den sofortigen Abschluss des Falles vorzustellen.« Schwiete wiegte den Kopf. »Ihrer absolut rationalen und wahrscheinlich auch richtigen Vorgehensweise kann ich natürlich nichts entgegensetzen – außer meinem blödsinnigen Bauchgefühl.«

Schwiete bemühte sich um einen betretenen Gesichtsausdruck. Schließlich brauchte der Staatsanwalt in gewisser Weise auch das Wohlwollen des Hauptkommissars. Dazu kam die Grundhaltung aller Juristen, dass das Leben ein einziger, großer Teppichhandel sei. Und so begab sich Staatsanwalt Becker mitten in den juristischen Basar.

»Ich mache Ihnen einen Vorschlag, Schwiete! Wir gehen an die Öffentlichkeit und geben unsere Selbstmordtheorie zum Besten. Wir tun so, als wäre dies das Ende der Ermittlungen. Sie schließen den Fall formal aber noch nicht ab, sondern lassen ihn mehr oder weniger ruhen. Sollten sich innerhalb der nächsten vier Wochen keine neuen Erkenntnisse oder Ereignisse einstellen, schlagen wir das Buch endgültig zu.«

Schwiete hatte, was er wollte. Die Hintertür für weitere Ermittlungen stand sperrangelweit offen, und der Staatsanwalt wähnte sich in der Gewissheit, dass sich die Angelegenheit in absehbarer Zeit ohnehin erledigen würde. Und seinem Bekannten Hatzfeld konnte er signalisieren, dass das Ganze quasi vom Tisch war. Also spielte der Polizist noch für eine Minute den Bedenkenträger, dann stimmte er dem Vorschlag von Staatsanwalt Becker zu.

»Für solche Aufregungen sind wir zu alt, Herbert! Mord und Totschlag, das war noch nie unsere Sache und Sargdiebstahl schon gar nicht!«, stellte Hilde Auffenberg entschieden fest.

»Ehrlich gesagt, fällt mir dazu nur der *Tanz der Vampire* ein.«

Herbert Hövekens Gesicht war ein einziges Fragezeichen.

»Roman Polanski? *Tanz der Vampire*? Das kennst du nicht?«

Höveken schüttelte verwirrt den Kopf. Vampire?

»Du meinst also, Vampire hätten meinen Sarg geklaut?« Er sah seine Nachbarin ungläubig an.

Hilde lachte ihr unbeschreibliches Lachen und wischte sich eine kleine Träne aus dem Augenwinkel.

»Nein, Herbert, nein, keine Vampire, aber vielleicht Leute, die von solchen Fantasygeschichten beeindruckt sind.«

Höveken sah sie mit aufgerissenem Mund an.

»Ich kannte da mal einen Jungen, das muss 1968 gewesen sein oder so«, fuhr Hilde Auffenberg fort. »Das war ein hübscher Kerl, und um die Frauen zu beeindrucken, griff er zu den verrücktesten Mitteln. Irgendwann strich er, um sich wichtigzumachen, sein Zimmer schwarz und erzählte allen von seiner Gruft. Als Bett hätte er am liebsten einen Sarg benutzt. Das Einzige, was ihn davon abgehalten hat, diese Idee in die Realität umzusetzen, war die Tatsache, dass in so einer Totenkiste nur eine Person Platz hatte. Die potenzielle Beischläferin hätte draußen bleiben müssen, und das war nicht im Sinne dieses kleinen Wichtigtuers.«

Hilde Auffenbergs Gedanken bewegten sich öfter außerhalb der Höveken'schen Welt. Nach dem Abitur war sie nach Berlin gegangen und hatte sich maßgeblich an der Studentenbewegung beteiligt. Herbert Höveken hingegen war in das Bestattungsunternehmen seiner Eltern eingestiegen. Sein Vater hatte Hilde eine Revoluzzerin genannt und gesagt, es sei eine Schande, dass so eine an Paderborns Schulen unterrichten dürfe.

Auch Herbert Höveken musste einräumen, dass Hilde für Paderborner Verhältnisse ein wenig ungewöhnlich war. Sie hatte damals von Filmen erzählt, die nie in der ostwestfälischen Kleinstadt gezeigt worden wären, sie interessierte sich für moderne Kunst und hängte Bilder auf, die zwar bunt waren, auf denen aber nichts zu erkennen war. Manche ihrer Sichtweisen auf die Welt waren Herbert Höveken bis heute suspekt. Aber an der Idee, dass vielleicht Vampiranhänger seinen Sarg geklaut hatten, mochte etwas dran sein. Erst neulich hatte er in der Zeitung von einem modernen Kultfilm über einen Vampir gelesen, den sich anscheinend sämtliche Teenager ansahen.

»Na, ihr beiden Hübschen! Was steht ihr denn hier im Regen herum wie bestellt und nicht abgeholt?«

Abrupt wurden die beiden aus ihren Gedanken gerissen. Willi Künnemeier stand vor ihnen, und Hilde Auffenberg begrüßte den Schützenbruder freundlich.

»Stellen Sie sich vor, Herr Künnemeier, da hat doch jemand bei unserem Freund Herbert Höveken eingebrochen und sein nobelstes Sargmodell gestohlen.«

»Was, einen Sarg? Das gibt es doch nicht! Wer macht denn so was?« Der Schützenoberst war zutiefst verwundert. Dann hellte sich sein Gesicht auf. »Weißt du was, Herbert? Den Dieb kriegen wir!«

Der Bestattungsunternehmer sah Künnemeier mit einem amüsierten Lächeln an. Er konnte sich noch gut an die Verbrecherjagd erinnern, die Künnemeier und seine Schützenkorona seinerzeit veranstaltet hatten. Von Kneipe zu Kneipe waren sie gezogen, hatten sich Schnäpse ausgeben lassen und waren am Ende mehr besoffen als nüchtern gewesen. Doch zum guten Schluss hatten die Künnemeier'schen Schützen erheblich dazu beigetragen, einen Kriminalfall zu lösen. Seitdem wurden die Männer im Ükernviertel als Volkshelden gefeiert.

Für Höveken war das Ganze ein Possenspiel gewesen, in dem Zufall und Glück den Schützen den Erfolg in die Hände gespielt hatte. Doch Künnemeier sah das völlig anders.

»Du weißt ja, Herbert, Verbrecherjagd war schon immer meine Sache«, gab er mit stolzgeschwellter Brust zum Besten. »In letzter Zeit ist es hier im Ükernviertel ein bisschen ruhig geworden. Meine Schützenbrüder, die mir bei Spezialaufgaben zur Seite stehen, rosten langsam ein. Es wird Zeit, dass die mal wieder was zu tun kriegen. Da kommt uns das mit dem Sarg genau recht. Den Fall übernehmen wir! Deine Holzkiste kriegst du zurück, Herbert! Versprochen!«

Hilde Auffenberg musste sich sputen. Um ein Haar hätte sie bei der Aufregung über den Einbruch bei Herbert Höveken ihre Verabredung vergessen. Um drei Uhr nachmittags wollte sie sich mit einer ehemaligen Kollegin im Café treffen.

Während sie trotz Nieselregens durch das Paderquellgebiet lief, freute sie sich auf die Begegnung mit der rund zwanzig Jahre jüngeren Frau, die sie schon als Referendarin kennen- und schätzen gelernt hatte. Hilde Auffenberg war immer eine Art Mentorin von Brigitte Kloppenburg gewesen. Die Verbindung war seit ihrer Pensionierung zwar weniger intensiv geworden, aber nie ganz abgerissen.

Das Teestübchen im Galerie-Hotel war einer von Hilde Auffenbergs Lieblingsorten in der Stadt. Sie stieg die schmale Treppe hinauf in den wunderschönen Raum, wo sie von ihrer Exkollegin winkend begrüßt wurde.

Nach einigen Belanglosigkeiten und einem Stück Kuchen kam Brigitte Kloppenburg zur Sache. »Du, ich glaube, mein Mann geht fremd.«

Hilde Auffenberg zog überrascht die Augenbrauen hoch. Bei ihrem letzten Treffen im Sommer hatte ihre Bekannte noch fast euphorisch von ihrer harmonischen und lebendigen Ehe geschwärmt.

»Richtig sicher bin ich mir noch nicht«, fuhr Brigitte Kloppenburg fort, »aber den Verdacht habe ich schon einige Zeit. Seit gestern bin ich mir fast sicher.«

Sie erzählte, wie aufgeregt ihr Ehemann am Montagmorgen beim Frühstück gewesen sei und dass er versucht habe, mit einer gewissen Alicija zu telefonieren, was ihm aber wohl nicht gelungen sei. Kaum sei ihr Mann aus dem Haus gewesen, angeblich auf dem Weg zu einem Geschäftsfreund, habe sie versucht, an Informationen über das am Vorabend explodierte Haus in Paderborn zu kommen. Sie hatte erfahren, dass bei der Explosion eine junge Frau unbekannter Identität ums Leben gekommen war. Brigitte Kloppenburg war nicht dumm, hatte eins und eins zusammengezählt und war alarmiert gewesen. Am Montagabend hatte sie ihren immer noch nervösen Ehemann zur Rede gestellt, aber der hatte mit der Routine des gewieften Geschäftsmannes alles in Bausch und Bogen abgestritten.

»Ich glaube ihm kein Wort, aber ich kann auch nichts beweisen. Was würdest du an meiner Stelle tun, Hilde?«

Hilde Auffenberg überlegte kurz. Was immer man in so einer Situation sagt, man setzt irgendetwas in Bewegung, ohne zu wissen, wohin die Reise geht, dachte sie. Erst versuchte sie, die in solchen Fällen angebrachten Ratschläge zu erteilen, merkte aber schnell, dass Brigitte Kloppenburg daran wenig interessiert war. Offenbar hatte sie noch nicht alles erzählt.

»Nach der Schule war ich heute in der Stadt bei meinem Lieblingsjuwelier, um mich etwas zu trösten. Der hat sich allerdings ein wenig verplappert, denn er hat erwähnt, dass mein Mann doch so ein guter Kunde sei. Ich weiß nicht, was Wilfried dort gekauft hat, jedenfalls keine Geschenke für mich. Wollen wir wetten, dass alles an diese Alicija gegangen ist? Nun ja, die hat nichts mehr davon, jetzt, wo sie tot ist. Wie ist das eigentlich, wenn ...«

Brigitte Kloppenburg wurde plötzlich ganz hektisch.

»Stehe ich eigentlich unter Verdacht, wenn herauskommen sollte, dass diese Tote ein Verhältnis mit meinem Ehemann hatte? Schließlich hätte ich ein echtes Motiv, oder?«

Hilde Auffenberg winkte ab und trank noch einen Schluck Kaffee. »Immer mit der Ruhe! Soweit ich weiß, geht die Polizei davon aus, dass es Selbstmord war. Habe ich heute noch im Radio gehört. Außerdem kanntest du die Frau ja gar nicht, wie hättest du sie umbringen sollen?«

»Hoffentlich hast du recht. Aber sag mal, könntest du mir einen Gefallen tun?«

Eigentlich hatte Hilde Auffenberg überhaupt keine Lust, sich in diese Ehekrise einzumischen. Sie ließ ihre Bekannte eine Weile zappeln, ehe sie nachfragte, was für einen Gefallen sie gemeint habe.

Brigitte Kloppenburg wusste offenbar nicht recht, wie sie anfangen sollte. Dann sagte sie: »Bei dir wohnt doch dieser

Polizist, dieser ... Ach egal, den Namen habe ich vergessen. Kannst du den nicht mal ein bisschen aushorchen, wer diese Alicija ist? Oder vielmehr, wer sie war? Würdest du das für mich tun?«

»Wie stellst du dir das denn vor?«, brauste Hilde Auffenberg auf. »Der ist Polizist und darf nicht bei mir in der Küche herumposaunen, wie der momentane Ermittlungsstand aussieht.«

»Ist mir schon klar«, murmelte Brigitte Kloppenburg traurig. »War ja nur eine Idee. Ich dachte mir, Polizisten sind auch bloß Menschen. Und ich weiß noch gut, wie geschickt du als Lehrerin warst, wenn es darum ging, einem Schüler etwas aus der Nase zu ziehen.«

26

Missmutig schloss Künnemeier die Ladentür der Bäckerei Mertens im Ükern. Den ganzen Nachmittag hatte er seinen Schützenbrüdern Kaffee ausgegeben, hatte ihnen den Butterkuchen bezahlt und über die guten alten Zeiten geredet, als sie gemeinsam dafür gesorgt hatten, dass das Ükernviertel nicht von irgendwelchen Schlägern aus Hamburg regiert wurde.

Als sie geantwortet hatten: »Ja, Willi, das war früher«, war Künnemeier wütend geworden.

»Das war nicht früher!«, hatte er seine Kumpel angefahren. »Das war letzten Sommer!«

»Ach, letzten Sommer, Willi, da ging das alles auch noch besser, aber heute sind wir zu alt für solche Geschichten.«

Anton Husemann fasste sich, um das Gesagte zu untermauern, mit schmerzverzerrtem Gesicht an den Rücken. »Ich leide unter Rückenschmerzen, verstehst du, Willi? Das ist kein Zuckerschlecken.«

Als Künnemeier merkte, dass seine natürliche Autorität nicht zog, hatte er es mit Bitten versucht. Hatte den Kollegen erzählt, dass er Höveken schon ihre Hilfe zugesagt habe.

Daraufhin hatte Husemann, das Kameradenschwein, süffisant geantwortet: »Tja, Willi, wenn du das versprochen hast, dann musst du das Versprechen auch einhalten. Aber rechne dabei nicht mit mir! Ich habe Rücken.«

Jetzt reichte es. Künnemeier hatte fünf Euro auf den Stehtisch geknallt, hatte »Stimmt so« gesagt und grußlos die Bäckerei verlassen.

Jetzt stand er einsam, verärgert und ratlos mitten auf der Straße und wusste nicht mehr weiter. Sollte er zu Höveken gehen und ihn bitten, ihn von seinem Versprechen zu entbinden? Nie! Dazu war Willi Künnemeier zu stolz. Missmutig trat er nach einem imaginären Stein. Da stoppte direkt vor ihm ein Taxi. Auf dem Fahrersitz saß Johannes Winter, der sogleich das Beifahrerfenster herunterließ.

»Was stehst du denn da im Regen, Willi? Du siehst ja aus wie ein begossener Pudel. Steig ein, ich bringe dich nach Hause.«

Und wenn du denkst, es geht nicht mehr, kommt von irgendwo ein Lichtlein her, dachte Künnemeier und ließ sich ächzend auf den Beifahrersitz fallen. Winter war seine letzte Chance. Den musste er überreden oder besser gesagt, den musste er überlisten, ihm, Künnemeier, bei der Aufklärung des Sargdiebstahls zu helfen.

»Ach, Johnny, das ist doch alles ein Elend!«, lamentierte Künnemeier drauflos. »Da denkst du, du hast Freunde, und dann lassen die dich einfach im Stich. Ich sage dir, heutzutage kannst du dich auf keinen mehr verlassen.«

Winter wurde neugierig. »Was ist denn los, Willi? Wer hat dich denn so hängen lassen?«

»Ach, hör auf«, stöhnte Künnemeier. »Dem Höveken, dem haben sie doch den Sarg geklaut.«

»Was? Dem hat man einen Sarg geklaut? Das wusste ich ja noch gar nicht. Wer war das denn?«

»Genau das wollte ich ja mit meinen Schützenbrüdern herauskriegen. Aber die wollen mir nicht helfen. Jeder von denen hat ein anderes Zipperlein. Der eine hat Rücken, der andere Prostata, alles alte Männer, mit denen kannst du keinen Blumenpott mehr gewinnen. Bring mich mal zu Höveken. Ich sage dem am besten gleich, dass er mit uns Schützenbrüdern nicht zu rechnen braucht.«

Winter überlegte einen Moment. »Nun warte doch mal, Willi. Okay, deine Schützenbrüder sind alt.«

Winter machte eine rhetorische Pause. Dann sah er in das erwartungsvolle Gesicht des Schützenbruders und fuhr fort: »Aber ich bin ja auch noch da. Ich habe Zeit! Und außerdem hat Höveken mich doch damals in seinem Sarglager versteckt. Der wollte mir helfen und hatte später ziemliche Unannehmlichkeiten. Ich bin ihm wirklich noch einen Gefallen schuldig. Willi, ich helfe dir.«

»Überleg dir das genau«, gab Künnemeier, schlitzohrig wie er war, zu bedenken. »Ich meine, so eine Verbrecherjagd ist nicht ungefährlich. Da kann schon mal was passieren. Ich weiß nicht, ob ich das verantworten kann, dich so ohne Weiteres auf die größten Verbrecher Paderborns loszulassen. Ich meine, wenn die Särge klauen, dann machen die ja nicht mal vor dem Tod halt.«

Jetzt fühlte sich Winter bei seiner Ehre gepackt. »Also, weißt du, Willi, das mit dem Sargdiebstahl, das ist doch Kinderkacke. Ich habe bei meinen Auftritten als Musiker schon ganz andere Dinge erlebt. Nee, lass mal gut sein, ich bin dabei!«

Wilfried Kloppenburg saß wie immer um sechs Uhr am Frühstückstisch. Den Lokalteil der Tageszeitung hätte er beinahe schon auswendig vortragen können, so oft und so intensiv war er ihn Zeile für Zeile auf der Suche nach einer Meldung durchgegangen, die sich auf das explodierte Haus und die dabei umgekommene junge Frau bezog. Selbst zwei Tage danach war die Explosion noch immer das Topthema. Den Stellungnahmen von Polizei und Feuerwehr war zu entnehmen, dass die Explosion durch entwichenes Gas aus einer Gasflasche verursacht worden war. Daran gab es keinen Zweifel mehr. Aber es konnte weiterhin nur darüber spekuliert werden, was das Gas zur Explosion gebracht hatte. War es purer Zufall gewesen, oder hatte jemand das Unglück bewusst herbeigeführt? War die junge Frau einfach ungeschickt mit der Gasflasche umgegangen, oder hatte sie sich das Leben nehmen wollen?

Kloppenburg schaute auf die teure Armbanduhr, trank den Rest Kaffee und stand auf. Heute warteten einige unangenehme Arbeiten auf ihn, und er war kein Mann, der unangenehme Dinge aufschob.

Als er aus dem Badezimmer kam, begegnete ihm seine Ehefrau. Sie war alles andere als ein Morgenmensch und stand immer erst dann auf, wenn ihr Mann aus dem Haus ging. Nach einem lustlos gemurmelten Gruß verschwand sie ins Bad. Auf dem Weg nach unten hörte er, wie sie hinter ihm herrief: »Wenn du heute Abend nach Hause kommst, bin ich nicht da. Ich werde auch über Nacht weg sein. Das wird jetzt häufiger vorkommen, richte dich schon mal darauf ein!«

Kloppenburg schüttelte verärgert den Kopf. Was sollte das denn nun wieder? Wollte sie ihn eifersüchtig machen? Auf gar keinen Fall durfte er ihr das Gefühl geben, damit ins

Schwarze getroffen zu haben. Deshalb rief er möglichst fröhlich und unbefangen: »Schön! Freut mich, wenn du so unternehmungslustig bist. Ich wünsche dir viel Spaß!«

Innerlich sah es in ihm ganz anders aus. Wütend riss er die Haustür auf und machte einen ebenso energischen wie schnellen Schritt nach draußen.

Im selben Augenblick spürte er einen heftigen Schmerz im Knie. Er kippte nach vorn und schlug hart auf. Einen Moment blieb er benommen liegen. Dann blickte er panisch um sich. Er befand sich in einer großen Kiste, die mit Seidenstoff ausgeschlagen war. Unter ihm lag ... ein schneeweißer Frauenkörper. Seine rechte Hand umfasste etwas Rundes und Kaltes. Es war eine entblößte Brust. Entsetzt wollte Kloppenburg sich aufrappeln, rutschte aber wieder ab und landete erneut auf der Frau, die ihn aus leeren Augenhöhlen und mit einem schrecklichen Lächeln um den Mund anstarrte. Endlich gelang es ihm, aus der Kiste herauszuklettern.

Jetzt erst erkannte er, dass es sich bei der Kiste um einen Sarg handelte. Erschrocken wischte er sich mit der Hand über die Augen, um diese Halluzination – denn es konnte sich ja nur um ein Trugbild handeln, das seinen ramponierten Nerven geschuldet war – auszuradieren und wieder klare Sicht zu bekommen. Aber es blieb dabei: Direkt vor ihm, in Längsrichtung vor der Haustür, stand ein offener Sarg. Und in dem Sarg lag dieser schreckliche weiße Frauenkörper. Nach einer Weile traute sich Kloppenburg, genauer hinzuschauen. Er stellte fest, dass im Sarg kein echter Frauenkörper lag, sondern die fast lebensgroße Marmor-Aphrodite, die bis gestern Abend noch seinen Vorgarten geziert hatte.

Während er sich sein schmerzendes Knie rieb, überlegte er fieberhaft, was er tun sollte. Wer ihm wohl dieses Monstrum aus edlem Holz vor die Tür gestellt hatte und warum, waren momentan eher zweitrangige Fragen. Er konnte unmöglich diesen schrecklichen Sarg vor seiner Haustür stehen lassen, wo ihn jeder sehen konnte. Wenn er ihn in seiner Garage verstecken könnte, dann hätte er wenigstens Zeit gewonnen und könnte am Abend in Ruhe über alles Weitere nachdenken. Probeweise versuchte er, den schweren Sarg anzuheben, brach diesen aussichtslosen Versuch aber gleich wieder ab. Und wenn er die Aphrodite herausnähme? Er versuchte es, aber eine lebensgroße Frauenfigur aus Marmor wiegt deutlich mehr als eine echte Frau mit ähnlicher Statur. Den Gedanken, einige seiner Arbeiter anzurufen, verwarf er sofort. Wie hätte er denen diese Geschichte erklären sollen? Ausgeschlossen.

Hektisch schaute er sich um. Keiner seiner Nachbarn war draußen. Also nicht lange fackeln, dachte er sich, nun wieder ganz der praktisch veranlagte Bauunternehmer. Er fasste sich mit beiden Händen eines der edlen Grifftaue und zog mit aller Kraft. Das hölzerne Ungetüm rutschte tatsächlich einige Zentimeter über das Pflaster. Aber schon nach diesem ersten Versuch musste Kloppenburg tief durchatmen und brauchte volle zwei Minuten, um sich zu erholen. Reumütig fielen ihm seine guten Vorsätze anlässlich seines letzten Geburtstages wieder ein. Gesunder leben wollte er, weniger essen und sich mehr bewegen. Er hatte sich sogar schon ein Fitnessstudio angeschaut, aber dann war immer wieder etwas dazwischengekommen.

Wieder griff er zu und mühte sich nach Kräften. Aber wozu war er schließlich Bauingenieur? Da musste ihm doch eine praktikable Lösung einfallen. Er ließ den Sarg stehen, ging zur Garage und holte einige runde Holzpfähle, die er letztens gekauft hatte, um damit ein paar frisch gepflanzte Bäume im Garten abzustützen. Es musste nun schnell gehen, und wenn es ihn seinen gesunden Rücken kosten sollte. Schließlich war er ein kräftiger Mann, der in seiner Jugend am Bau ordentlich mit angefasst hatte, und kein weichgespülter Sesselpupser. Er atmete tief durch, konzentrierte sich auf die bevorstehende Kraftanstrengung und schaffte es, den Sarg so weit anzuheben, dass er mit dem Fuß einen der Holzpfähle darunterschieben konnte.

Bald darauf war sein Transportproblem gelöst. Auf drei runden Pfählen ließ der Sarg sich einigermaßen bewegen. Fünf Minuten später hatte er den Sarg neben seinen Mercedes geschoben. Nicht ohne dabei eine kräftige Delle in seine Nobelkarosse gedrückt zu haben. Hastig schaute er an sich herunter und stellte fluchend fest, dass er sich bei dem Sturz in den Sarg die Hose ruiniert hatte. Schnell ließ er das automatische Garagentor herunter und ging zurück ins Haus, um sich umzuziehen. So leise wie möglich stieg er die Treppe empor und hoffte inständig, dass seine Frau gerade unter der Dusche stand und ihn nicht hörte. Aber natürlich hoffte er vergebens.

»Was machst du denn noch hier? Ich dachte, du wärest schon lange weg?« Dann erst sah sie, in welchem Zustand sich sein Anzug befand, und als wäre zwischen ihnen nie etwas anderes als normaler Ehealltag gewesen, keifte sie: »Wie siehst du denn aus? Was hast du gemacht?«

Er gab eine reichliche dürre Erklärung ab, behauptete, einen kleinen Spaziergang gemacht und dabei ausgerutscht und gestürzt zu sein. Seine Frau schaute ihn misstrauisch an. Zurzeit zweifelt sie wohl an allem, was ich sage, dachte er. Selbst bei einem fröhlichen »Guten Morgen« von ihm hätte sie wahrscheinlich erst einmal prüfend auf die Uhr geschaut. Beschämt schlich er an ihr vorbei in sein Schlafzimmer und zog sich um. Als er eine Viertelstunde später wieder das Garagentor hochfahren ließ, sah er, dass seine Ehefrau neugierig aus dem Fenster schaute und ihn beobachtete. Hoffentlich kommt sie nicht auf dumme Gedanken und schaut in der Garage nach, dachte er beklommen.

Erst als er in seinem Mercedes saß und nach Paderborn zu seiner Firma fuhr, machte er sich Gedanken über die Herkunft des Sarges und seine Bedeutung. Er hatte da schon einen Verdacht. Ja, eigentlich konnte es gar nicht anders sein. Der Sarg war eine Drohung. Wenn du nicht den Mund hältst, dann ... Und irgendwie hatte das Ganze etwas mit einer Frau zu tun.

Diese Drohung konnte nur von einem ganz bestimmten Mann kommen. Dem würde er es zeigen. Kloppenburg schaute auf die Uhr. Es war gerade mal acht Uhr morgens. Perfekt. Zu dieser Uhrzeit würde in dem Dreckladen mit Sicherheit niemand wach sein. Kloppenburg grinste böse. Er war nicht der Typ für die Opferrolle. Auch er hatte seine Möglichkeiten.

Für Patrick Rademacher, den Geschäftsführer des Erotikclubs Oase, war die letzte Nacht anstrengend gewesen. Nicht etwa, weil ungewöhnlich viele Kunden die ganz besonderen Dienstleistungen seiner Mitarbeiterinnen in Anspruch genommen hatten. Nein, ganz im Gegenteil. Das war genau das Problem des äußerst ehrgeizigen Nachwuchsrotlichtmanagers. Es war sehr wenig Kundschaft gekommen, zu wenig. Aber an einem Mittwochabend mit kaltem Nieselregen war das nicht ungewöhnlich, da sackte auch die Libido langsam in den Winterschlaf.

In der nächsten Woche wird es in den meisten Betrieben Weihnachtsgeld geben, hatte Rademacher sich getröstet. Dann würde der Laden hoffentlich brummen wie ein Bienenstock. Darauf freute sich Rademacher schon jetzt. Er war zwar noch nicht sehr erfahren in der Branche, aber wild entschlossen, sich als innovativ, dynamisch und durchsetzungsstark zu präsentieren. Er würde diesen Laden schon auf Trab bringen. Alles, was er brauchte, war ein bisschen Zeit. Vielleicht würde Irina ja später aus dem Urlaub zurückkommen. Oder auch gar nicht mehr. Seit gestern, als sein Chef kurz hereingeschneit war und eine Spur von schlechter Laune hinter sich hergezogen hatte, hatte er den Verdacht, dass zwischen ihm und Irina das Tischtuch zerschnitten war. Der Chef hatte kein gutes Haar an dieser Frau gelassen. Einmal war sogar das Wort »rausschmeißen« gefallen.

Ob Patrick Rademacher seinem nächsten Karrieresprung womöglich näher war, als er sich noch vor einem Tag hatte träumen lassen? Um die Gelegenheit beim Schopf zu fassen, hatte er bis spät in den Morgen hinein Pläne gemacht, wie der Betrieb auf Vordermann zu bringen sei. Alles würde er ändern, der junge Mann mit der dunklen Intellektuellenbrille. Die Personalpolitik, die Werbung, das Ambiente, schlichtweg alles. Obwohl das ein schweres Stück Arbeit bedeuten würde.

Immerhin konnte er sich der Loyalität des Türstehers und Schlägers Mike sicher sein. So widerwärtig dieser Mike auch sein mochte, machte er doch einen guten Job. Er hielt Ruhe unter den Freiern und unter den Mädchen. Und Mike hatte bislang noch kein gutes Wort über Irina fallen lassen. Die beiden schienen sich nicht zu mögen. Mike würde sich hinter ihn stellen, wenn es darauf ankäme. Rademacher musste nur noch den Chef überzeugen, dass der Club Oase unter seiner Leitung eine Goldgrube werden würde. Solange er die Fäden in der Hand hielt, würde der Laden störungsfrei laufen, da war sich Rademacher sicher.

Jetzt zog er verschlafen die Jalousie seines elf Quadratmeter großen Schlafraums im Obergeschoss hoch, öffnete das Fenster und ließ frische Luft eindringen. Erschrocken schaute er auf die Uhr – es war schon fast Mittag. Er hatte viel länger geschlafen als geplant. Außer ihm schlief nur noch Mike im Club, die Mädchen waren alle woanders untergebracht. Er hatte keine Ahnung, wo, es interessierte ihn aber auch nicht.

Hastig zog er sich an, schloss das Fenster wieder und ging aus dem kleinen Zimmer. Als er eine Tür weiter Mike schnarchen hörte, donnerte er seine Faust an dessen Tür und freute sich über die plötzlich einsetzende laute Schnappatmung seines Mitarbeiters. Dann ging Rademacher nach unten, um sich in der winzigen Teeküche Kaffee zu machen. Da zu seinem Zimmer kein eigenes Klo gehörte, blieb ihm nur das Gäste-WC des Clubs, das zu dieser Stunde noch nicht die segensreiche Hand einer qualifizierten Putzkraft gesehen hatte. Rademacher versuchte wie jeden Morgen einen leichten Ekel zu unterdrücken, erledigte sein Geschäft und wusch sich gründlich in dem Waschbecken, in dem kleine Fetzen von Papiertüchern und zwei Zigarettenkippen lagen. Das würde demnächst alles anders werden, schwor er sich.

Als er mit seiner Morgentoilette fast fertig war, kam Mike grußlos in den Raum. Er zog geräuschvoll die Nase hoch, stellte sich breitbeinig vor das Pissoir und ließ die kleinen grünen Duftsteine schwimmen. Rademacher verließ angewidert den Sanitärbereich und ging in die Teeküche, wo der Kaffee mittlerweile durchgelaufen war.

Er hatte eben den ersten Schluck genommen, als Mike vorbeischlurfte.

»Guten Morgen!«, grüßte Rademacher. »Auch einen Kaffee?«

»Hm, kannst schon mal einen einschütten. Ich gehe nur eben zum Supermarkt, ein paar Kippen kaufen.«

Sekunden später hörte Rademacher ihn wütend brüllen: »Was ist denn das für eine Sauerei? Wieso geht diese Scheißtür nicht auf?«

Rademacher verdrehte die Augen. Offenbar hatte Mike gestern wieder zu viel getrunken und konnte das Schlüsselloch nicht finden. Ärgerlich stand er auf, um die Sache selbst in die Hand zu nehmen. Mike, der in den letzten Tagen jede Gelegenheit genutzt hatte, sich über Rademachers körperliche Schwäche lustig zu machen, würde gleich ganz still und bescheiden werden, wenn sich vor seinen Augen die Tür problemlos öffnen würde. Alles gar kein Problem, wenn nur der richtige Mann kam.

Der Schlüssel steckte bereits im Türschloss. Rademacher fasste ihn mit viel Fingerspitzengefühl an, um festzustellen, dass Mike das Schloss selbst bereits geöffnet hatte.

»Das ist nicht das Problem!«, raunzte Mike ihn an. »Aber jetzt versuch mal, die Tür zu öffnen, du Schlaumeier!«

Wie in allen Gastronomiebetrieben üblich, öffnete sich auch diese Eingangstür nach außen. Doch als Rademacher die Tür aufschieben wollte, ließ die sich keinen Zentimeter weit aufschieben.

»Was ist das denn?«, fragte Rademacher erstaunt.

Mike schnaubte wütend. »Keine Ahnung!«, rief er. »Du bist doch hier der Geschäftsführer. Mach endlich was!«

Rademacher wollte noch nicht aufgeben und versuchte es erneut. Wieder mit demselben Ergebnis. »Ob da was klemmt?«, fragte er leise.

Mike lachte böse. »Wenn da was klemmt, dann nicht mehr lange.«

Er nahm zwei Schritte Anlauf und warf sich mit seinen ganzen hundertzwanzig Kilo Kampfgewicht gegen die Tür. Die erzitterte zwar, rührte sich aber nicht vom Fleck.

Mike rieb sich mit schmerzverzerrter Miene die Schulter und fluchte leise vor sich hin. Als Rademacher ihn nur untätig anstarrte und keine Anzeichen machte, irgendetwas zu unternehmen, rannte Mike schimpfend in einen der sogenannten Empfangsräume, öffnete dort ein Fenster und stieg hinaus. Da sie sich im Erdgeschoss befanden, war dies kein allzu großes Abenteuer. Rademacher, der nun auch aus seiner Starre erwacht war, hetzte hinterher.

Dann standen sie beide draußen im Nieselregen und starrten verblüfft auf die Stelle, wo bis gestern die Haustür zu sehen gewesen war. Denn jetzt gab es keine Tür mehr. Die komplette Türöffnung war zugemauert worden.

»Das gibt's nicht!«, staunte Rademacher.

»Saubere Arbeit!«, bestätigte Mike widerwillig. »Das hat einer vom Fach gemacht. Aber sag mal, was steht denn da auf der Mauer?«

Mike verstand offenbar einiges vom Mauern, aber Lesen war nicht sein bestes Fach gewesen. Quer über die Wand hatte jemand mit einer Sprühdose etwas geschrieben. Mechanisch las Rademacher die drei Wörter vor: »Ruhe im Puff!«

Der Staatsanwalt schien sichtlich erleichtert, als Schwiete sein Büro verließ. Der jedoch war von der Lösung nicht so ganz überzeugt. Den ganzen Weg vom Gericht bis zur Kreispolizeibehörde versuchte er, seine eigenen Bedenken zu zerstreuen, doch es war ihm nicht gelungen. Jetzt saß Schwiete mit einem Grummeln im Bauch an seinem Schreibtisch und grübelte weiter über die Vorkommnisse nach. Gut, der Fall war nicht gänzlich abgeschlossen. Und es gab bisher tatsächlich noch keinen Hinweis auf Mord. Die junge Frau schien alles geplant zu haben, bis hin zu der Tatsache, dass sie ihre Katze gut versorgt wusste, bevor sie in den Freitod ging.

Doch die Art und Weise, wie sie aus dem Leben geschieden war, passte nicht zu ihr. Sich mit einer Gasflasche in die Luft zu sprengen, das war für eine Frau völlig unüblich. Wenn sie Schlaftabletten oder Gift benutzt hätte, wäre auch für Schwiete der Fall klar gewesen.

Und dann kam noch dieser üble Beigeschmack hinzu, den

das Ganze hatte: Ein einflussreicher Bürger Paderborns hustete, und die Obrigkeit bemühte sich um vorauseilenden Gehorsam.

Schwiete hatte persönlich nichts gegen reiche Leute, und er war frei von Neid und Missgunst gegen jene, die das Zehnfache von dem verdienten, was er am Monatsende nach Hause trug. Nein, Schwierigkeiten hatte er mit den Leuten, die glaubten, alles beeinflussen zu können. Die bei Bürgermeistern, Richtern und Staatsanwälten ein und aus gingen. Die ihre Probleme bei diesen Leuten im Wohnzimmer abhandelten und meinten, sich nicht wie die sogenannten normalen Menschen der Polizei oder der Gerichtsbarkeit stellen zu müssen.

Gut, der Staatsanwalt hatte Schwiete gegenüber wenigstens mit offenen Karten gespielt, hatte nicht versucht, für Hatzfeld Partei zu ergreifen, hatte ihn, Schwiete, nicht unter Druck gesetzt.

Aber die ganze Sache war ihm dennoch suspekt. Schwiete beschloss, mit der ihm eigenen Akribie am Fall dranzubleiben und die Kollegen von dem Gespräch mit der Staatsanwaltschaft nicht zu unterrichten. Wenn Kükenhöner von der Vereinbarung mit dem Staatsanwalt erführe, dann würde der mit Sicherheit durch die Lande ziehen und jedem, der es hören wollte oder auch nicht, erzählen, dass der Staatsanwalt sich von Schwietes Bauchgedudel habe einlullen lassen. Diese Nachricht wäre mit Sicherheit innerhalb eines Tages wieder bei Becker angekommen. Und dann wäre das Agreement sofort aufgekündigt worden. Die Kommissarin Klocke sollte einen Bericht abfassen, der als Grundlage für ihr weiteres Handeln dienen würde.

In diesem Moment klopfte es an die Tür, und die Frau mit den außergewöhnlich grünen Augen trat in sein Büro. Augenblicklich bekam Schwiete feuchte Hände, und ein Kloß machte sich in seiner Kehle breit. Er räusperte sich und bot der Besucherin einen Stuhl an. Sie setzte sich und sah ihn selbstbewusst an.

»Frau ... äh ...« Schwiete räusperte sich erneut. Wie hieß die Frau noch? Sein Hirn arbeitete auf Hochtouren. Kollege Krügermeyer hatte sie ihm doch vorgestellt. Irgendwas mit Vogel?

»Äh, Frau Vogel, was kann ich für Sie tun?« Schwiete hatte das dumpfe Gefühl, dass sein Kopf mittlerweile die Farbe einer Tomate angenommen hatte.

»Raabe!«

»Wie bitte?« Schwiete war konsterniert.

»Raabe, Karen Raabe«, sagte die Frau mit dem sinnlichen Mund und grinste den Polizisten an, was sie noch sympathischer machte.

»Ach so, richtig, Frau Raabe!« Jetzt musste auch Schwiete lachen. »Entschuldigung. Na, jedenfalls weiß ich jetzt, warum ich der Meinung war, Sie hießen Vogel. Was kann ich für Sie tun?«

»Ich würde mich gerne mit Ihnen über Olga Solowjow unterhalten.« Wieder lächelte die Frau.

»Ja, gut. Ich meine, okay. Was, meinen Sie, sollte ich über Frau Solowjow wissen, und was, meinen Sie, ist wichtig für unsere Polizeiarbeit?«

Frau Raabe berichtete kurz und präzise über die Frau, die sich noch in Polizeigewahrsam befand, ohne Vertraulichkeiten preiszugeben. Dann berichtete sie über den Club Oase.

»Ich habe noch nicht die Zustimmung von Frau Solowjow, bestimmte vertrauliche Informationen weiterzugeben. Doch wenn sie sich bereiterklärt, mit mir beziehungsweise der Polizei zu kooperieren, dann könnte es gelingen, eine Organisation zu zerschlagen, die systematisch Zwangsprostitution betreibt. Darüber hinaus macht Frau Solowjow eine gewisse Irina Koslow für den Tod von Alicija Lebedew verantwortlich. Sie behauptet, dass Alicija sich niemals umgebracht hätte.

Dazu sei sie innerlich viel zu stark gewesen, Selbstmord würde nicht zu ihr passen.«

Karen Raabe machte eine Pause, um Schwiete die Möglichkeit zu geben, seine Sichtweise vorzutragen. Doch als er schwieg, fuhr die Frau mit den grünen Augen fort: »Irina Koslow ist die sogenannte Puffmutter im Club Oase, in Wahrheit aber nur ein kleines Licht. Einer der wirklichen Verbrecher, vielleicht sogar die entscheidende Person in der ganzen Geschichte, ist ein ehrenwerter Paderborner Bürger.«

»Der Name Irina Koslow ist in unseren Ermittlungen schon aufgetaucht«, bestätigte Schwiete. »Frau Koslow ist die Hauptmieterin des explodierten Hauses, gemeldet ist sie aber in der Marienloher Straße, mit derselben Anschrift wie die Oase. Als Prostituierte oder Bordellchefin wurde ihr Name aber noch nicht genannt.« Schwiete überlegte einen Moment. »Bleibt die entscheidende Frage: Wer ist der honorige Paderborner Bürger?«

»Den darf ich an dieser Stelle noch nicht ins Spiel bringen, Herr Schwiete. Olga Solowjow ist fast wahnsinnig vor Angst, was diese Person betrifft. Diese Angst war im Übrigen auch einer der Gründe, warum sie den Polizisten angegriffen hat.«

Schwiete nickte. »Wir sollten uns auf jeden Fall weiter austauschen, Frau Raabe.«

Die Frau mit den grünen Augen lächelte wieder ihr entwaffnendes Lächeln. »Austauschen klingt gut, Herr Schwiete. Bisher habe nur ich Informationen preisgegeben. Sie haben lediglich zugehört.«

Schwiete nickte. »Zuhören kann ich ganz gut, glaube ich!«, sagte er und wunderte sich im gleichen Moment über die für seine Verhältnisse kühne Antwort.

30

Seltsam, seltsam. Linda Klocke legte die Stirn in Falten und wickelte sich zerstreut eine Haarsträhne um den Zeigefinger. Gleich vormittags war sie zum Club Oase gefahren, wo sie sich im Auftrag von Schwiete nach Irina Koslow erkundigen wollte. Sie hatte ihr Auto auf dem kleinen, mit einer Holzpergola umzäunten Parkplatz abgestellt und sich dann auf den Weg zum Eingang gemacht. Dort waren ihr zwei Arbeiter aufgefallen, die gerade ein Graffiti beseitigten. Obwohl sie der Schrift offenbar schon mit Chemie und Sandstrahler zu Leibe gerückt waren, konnte man die Worte »Ruhe im Puff!« immer noch deutlich lesen. Welche verärgerte Ehefrau wohl diesen Spruch an die Wand gepinselt hatte?

An der Eingangstür des Etablissements war sie von einem mürrischen Rausschmeißer in Empfang genommen worden, der es anscheinend gar nicht gerne sah, dass eine Frau, die nicht zum Prostituiertenmilieu gehörte, den Laden betrat.

Nachdem Linda Klocke ihr Anliegen vorgetragen hatte, ließ der Gorilla sie kurz warten. Wenig später begrüßte sie ein junger Mann namens Rademacher, der sie eher an einen Bankangestellten als an den Geschäftsführer eines Bordells erinnerte. Er behandelte die Polizistin höflich und gab bereitwillig auf ihre Fragen Auskunft. Irina Koslow habe eine Wohnung in diesem Haus gemietet, erzählte er. Ihr Apartment im ersten Stock sei über eine Außentreppe zu erreichen. Frau Koslow sei jedoch die nächsten zwei Wochen noch in Urlaub. Wann genau sie zurückkomme, wusste Rademacher leider nicht. Er glaubte sich jedoch zu erinnern, dass Irina Koslow am Nikolaustag wieder da sei.

Linda Klocke starrte aus dem Fenster ihres Büros und dachte nach. Dieser Rademacher hatte versucht, den Eindruck zu erwecken, dass er nichts zu verbergen habe. Er hatte beteuert, dass es ihm wichtig sei, mit der Polizei zu kooperieren. Doch da war noch etwas anderes gewesen, was sie während des Gespräches eher intuitiv wahrgenommen hatte.

Der Mann hatte angespannt gewirkt, nervös, und er hatte die ganze Zeit den Blickkontakt vermieden. Linda Klocke war sich sicher: Da stimmte irgendetwas nicht. Doch was nützte ihr ein Gefühl, solange sie keinerlei Anhaltspunkte dafür hatte, dass in dem Bordell etwas vor sich ging, was für die Polizei von Interesse war?

Abhaken, dachte Linda Klocke, Intuition war in ihrem Job zwar durchaus nützlich, doch letztlich zählten nur die Fakten.

Was war also der nächste Schritt? Bei den Fluggesellschaften gab es doch Passagierlisten, überlegte sie. Vielleicht kam sie ja bei einem der Unternehmen, die Paderborn anflogen, weiter.

Sie griff zum Telefon. Bei der ersten Nachfrage bekam sie die Antwort: Der Name Irina Koslow befinde sich auf keiner Liste. Doch bei der zweiten Gesellschaft wurde sie fündig. Irina Koslow sei am Montagmorgen tatsächlich nach Mallorca geflogen, doch schon am Dienstag habe sie versucht, den Zeitpunkt des Rückflugs zu ändern. Da dies nicht möglich gewesen sei, weil es sich bei ihrer Buchung um einen Billigflug gehandelt habe, da habe sie kurzerhand ein neues Ticket gekauft. Das Flugzeug, mit dem sie zurück nach Paderborn geflogen war, sei gestern Abend gelandet.

Schon wieder so eine Ungereimtheit. Natürlich konnte es sein, dass dieser Rademacher von den veränderten Urlaubsplänen Irina Koslows nicht unterrichtet war. Wie auch immer, da war irgendetwas faul! Linda Klocke musste unbedingt noch einmal zu diesem Club Oase, und zwar sofort.

31

Was für ein Tag!, dachte Patrick Rademacher. Erst am frühen Morgen dieser Schreck mit der zugemauerten Eingangstür. Wie gut, dass niemand mit einer Kamera dabei gewesen war, als er, zusammen mit dem Türsteher Mike, durchs Fenster geklettert war und sich von außen das Fiasko angeschaut hatte. Wie zwei Volldeppen mussten sie dagestanden haben. Es hatte eine ganze Weile gedauert, bis Rademachers Verstand sich langsam wieder in Bewegung setzte. Nachdem er durch das Fenster ins Haus zurückgeklettert war, hatte er den Chef angerufen und sich erst einmal eine herbe Klatsche eingehandelt, weil der ihm kein Wort geglaubt hatte. Irgendwann werden aber auch Chefs einmal einsichtig, und Rademacher hatte die Anweisung bekommen, sich einen Vorschlaghammer zu besorgen und zusammen mit Mike so schnell und so unauffällig wie möglich dieses verfluchte Mauerwerk wieder zu entfernen.

Rademacher ärgerte sich jetzt noch, wenn er daran dachte. Er war hier der Geschäftsführer und damit wohl kaum zuständig für körperliche Arbeiten. Mike hingegen war der Mann fürs Grobe. Der konnte zupacken. Ruckzuck hatte der mit dem schweren Vorschlaghammer die Mauer zertrümmert. Wahrscheinlich hat ihm das Ganze sogar Spaß gemacht. Für Rademacher war nur die niedrigste aller Tätigkeiten übrig geblieben: Er musste die zerborstenen Ytongsteine Teilchen für Teilchen aufheben, in einen großen Eimer packen und hinter dem Haus wieder auskippen. Nun hatte er Blasen an den Händen, der Rücken schmerzte, und sein Ego war im Keller. Bis sie alle Spuren des Maueranschlages beseitigt hatten, war es Nachmittag geworden.

Doch bei diesem Ärgernis war es nicht geblieben. Sie hatten längst nicht alles weggeräumt, da stand diese kleine Bullenschnepfe schon auf der Matte und erkundigte sich nach Irina. Gut, dass die sich erst mal nach Mallorca abgesetzt hatte. Die nächsten Wochen würde Irina besser einfach nicht erreichbar sein.

Komisch war nur, dass diese Frau Klocke gerade eben noch einmal aufgetaucht war. Sie war ums Haus geschlichen und hatte an der Eingangstür von Irinas Wohnung gerüttelt. Hatte sie ihm die Geschichte, die er ihr vorhin aufgetischt hatte, etwa nicht geglaubt? Als die Polizistin dann auch noch an der Eingangstür des Clubs geklingelt und gerüttelt hatte, war Rademacher auf Tauchstation gegangen.

Aber nun stand die übliche Alltagsroutine an: Getränke für die kleine Bar des Clubs besorgen, Altglas und Müll entsorgen, das Putzen beaufsichtigen, Verwaltungskram im Büro und so weiter. Kurz nach Mittag war auch noch der Chef vorbeigekommen und hatte einen Riesenwirbel gemacht. Er hatte wissen wollen, ob ihnen irgendetwas aufgefallen war. Da die Oase ja erst um rund fünf Uhr morgens ihre Tore schloss, konnte die Eingangstür nur in den frühen Morgenstunden zugemauert worden sein.

»Da müsst ihr doch was gehört haben!«, hatte der Chef anklagend gesagt. »Oder wart ihr besoffen?«

Aber sowohl Rademacher als auch Mike hatten selig geschlafen und waren durch kein Geräusch gestört worden. Schließlich war es hier in der Marienloher Straße auch am frühen Morgen nie richtig still. Ab sechs Uhr nahm der Straßenverkehr deutlich zu, die Handwerksbetriebe in der Nähe ließen die ersten Maschinen laufen, und vom großen Industriekomplex Benteler mit seinen werkseigenen Bahngleisen kamen durchgehend irgendwelche Geräusche. Was sollte einem da schon auffallen?

Der Chef hatte sie als »Vollidioten« und »Totalausfälle« bezeichnet, die das Geld nicht wert seien, welches er ihnen zahlte. Während Mike gleichgültig mit den Achseln gezuckt hatte, als ginge ihn das alles gar nichts an, war der ehrgeizige Patrick Rademacher im Innersten getroffen worden. Zum Abschied hatte der Chef noch gesagt: »Ich weiß schon, wer das war. Das wird dieser Dreckskerl noch bitter bereuen.«

Rademacher musste nicht besonders scharf nachdenken, um eine Ahnung zu haben, von wem sein Chef sprach. Das konnte nur dieser Choleriker sein, der am Montag im Club randaliert hatte. Der Mann, der sich eingebildet hatte, die verstorbene Alicija habe sich in ihn verliebt. So ein Spinner! Eigentlich war Rademacher davon ausgegangen, dass dieser Mann nach der Sonderbehandlung durch Mike Ruhe geben würde. Aber offenbar schrie der Kerl förmlich nach Ärger. Rademacher schmunzelte beim Gedanken daran, was sein Chef mit diesem Kerl anstellen würde.

Jetzt war es fast einundzwanzig Uhr, der Club war besser besucht als sonst, aber es gab keinen Türsteher. Rademacher war stinksauer. Mike hatte sich am späten Nachmittag aufgemacht, um in seinem Fitnessstudio zu trainieren. Das machte er donnerstags immer, und bislang war er stets um Punkt zwanzig Uhr zum Dienst erschienen. Aber nicht heute. So blieb Rademacher nichts anderes übrig, als sich selbst an die Eingangstür zu stellen und die Gäste zu begutachten und zu begrüßen. Mit Schrecken dachte er daran, dass er eventuell einen von ihnen würde hinauswerfen müssen. Mike bereitete so etwas Vergnügen, für Rademacher war es eine Herausforderung, der er sich nicht gewachsen fühlte.

Mehrfach hatte er versucht, Mike auf dem Handy zu erreichen. Immer wieder war sein Anruf ins Leere gelaufen. Oh, diesem unzuverlässigen Mistkerl würde er den Marsch blasen, nach allen Regeln der Kunst.

Um zehn Minuten nach neun kam ein neuer Gast. Ein Mann von Ende fünfzig, der furchtbar aufgeregt wirkte. Er fuchtelte wüst mit den Armen und brauchte drei Anläufe, um Rademacher zu erklären, warum er so erregt war.

»Auf dem Parkplatz«, rief er immer wieder. »Auf dem Parkplatz steht ein Auto, und darin ... darin liegt ein Toter.«

Rademacher war geneigt, den eigentlich sehr bieder wirkenden Herrn für betrunken zu halten. Doch der Mann blieb beharrlich. »Tot! Der liegt tot im Auto. Glauben Sie mir nicht? Dann kommen Sie mit!«

Ohne Rademachers Reaktion abzuwarten, lief der Besucher zu einem der Autos auf dem kleinen Parkplatz des Clubs, der diskret hinter dem Gebäude lag und von der Straße aus nicht einzusehen war. Dieser Parkplatz galt als einer der Standortvorteile der Oase. In der äußersten Ecke des Parkplatzes stand ein älterer, schon leicht ramponierter Audi A6.

»Aber das ist doch ...«, stammelte Rademacher überrascht. Er beschleunigte seine Schritte und schrie entsetzt auf – nicht nur, weil in dem Auto tatsächlich ein Mann mit blutigem Gesicht lag, sondern vor allem deshalb, weil er diesen Mann kannte.

Auf dem Fahrersitz lag, reglos und den Kopf an die Tür gelehnt, niemand anderer als Mike, der Türsteher.

Für ein paar Sekunden blieb Patrick Rademacher die Luft weg. Als er spürte, wie ihm die Knie weich wurden, stützte er sich auf der Kühlerhaube des Audis ab. Der Motor war noch warm, offenbar war das Auto eben erst hier abgestellt worden. Aber das registrierte Rademacher nicht, der mit einem aufkeimenden Schwindelgefühl rang.

Der Mann, der ihn hierhergeführt hatte, war für solche Anblicke offenbar besser konstruiert. So einer wäre Rademacher auch gern gewesen, ein Mann der Tat, der, ohne zu zögern, das machte, was die Situation ihm gerade abverlangte. Der verhinderte Freier riss die Fahrertür des Audis auf und schaute sich den regungslos daliegenden Türsteher genau an. Mikes Gesicht war eine einzige blutende, schmerzverzerrte Maske. Der Rest des Kopfes steckte in der Kapuze seines Pullovers. Aus der Kapuze quoll ebenfalls Blut.

»Wir müssen sofort einen Notarzt holen!«, rief er. »Der lebt noch.«

Rademacher stand noch immer wie paralysiert da und zeigte keinerlei Reaktion.

»Los, Sie Trottel! Wollen Sie dem armen Kerl nicht helfen?«, schrie der Mann ihn an.

Doch Rademacher starrte weiterhin durch die Windschutzscheibe auf den Verletzten, der inzwischen leise stöhnte.

Das war zu viel für den älteren Herrn. Er zerrte sein Handy aus der Jackentasche, wählte den Notruf und wollte gerade Hilfe ordern, als Rademacher aus seiner Schockstarre erwachte und ihm das Gerät entriss. Der Mann schrie empört auf und ging auf Rademacher los, um sein Gerät wiederzubekommen. Doch dieser machte ein paar Schritte zur Seite und versuchte, den Besitzer des Handys zu beruhigen.

»Wir können hier kein Aufsehen gebrauchen«, sagte er eindringlich. »Glauben Sie denn, hier kommt nur ein Notarzt, und alles wird gut?«

Der völlig aus der Fassung gebrachte Herr stand mit offenem Mund da und sagte nichts.

»Natürlich wird der Notarzt auch die Polizei benachrichtigen. Vielleicht sind die Bullen eher da als der Arzt. Und was erzählen Sie denen? Wie erklären Sie, warum Sie hier sind? Und was sagen Sie Ihrer Frau, wenn die mitbekommt, dass ihr Ehemann als Zeuge vor Gericht muss, weil er im Puff war?«

Rademacher war wieder Herr des Geschehens. Lässig warf er dem älteren Herrn das Handy wieder zu.

»Bitte, rufen Sie an, wenn Sie wollen. Ich hindere Sie nicht daran. Aber wenn Sie klug sind, dann wuchten wir beide den Kerl jetzt auf die Beifahrerseite, und ich fahre ihn geradewegs ins Krankenhaus. Der Schlüssel steckt ja, wie man sehen kann. Das geht schnell und erspart uns das Aufsehen, wenn hier Polizei und Krankenwagen mit Tatütata ankommen, und

Ihnen eine ziemlich peinliche Situation. Also, was meinen Sie?«

Der Herr zeigte sich von Rademachers Argumenten nahezu erschlagen und nickte zustimmend. Rademacher öffnete die Beifahrerseite und versuchte, Mikes Oberkörper zu umfassen. Obwohl noch immer halb ohnmächtig, schrie dieser vor Schmerz auf. Während des Disputs waren noch zwei weitere Freier dazugekommen und schauten neugierig zu. Einer von beiden begriff schnell, dass er hier nichts zu suchen hatte, und verdrückte sich in sein Auto. Der andere fasste beherzt mit an, und schon bald hatten sie den massigen Körper des Bodybuilders auf den Beifahrersitz geschoben. Angewidert starrte Rademacher den nun leeren, aber blutbefleckten Fahrersitz an.

»Auf was warten Sie denn noch?«, rief der ältere Herr ihm zu. »Los, fahren Sie! Oder ist Ihnen Ihre Hose wichtiger als ein Menschenleben?«

Dem vermochte Rademacher nichts entgegenzusetzen. Kurz hatte er mit dem Gedanken gespielt, seinen eigenen Wagen zu nehmen, der ebenfalls auf dem diskreten Parkplatz hinter dem Club stand. Aber das kam gar nicht infrage, da er sich dann seine eigenen Sitze versaut hätte. Er schob sich mit angehaltenem Atem hinter das Lenkrad und startete den Audi.

Während er auf die Marienloher Straße abbog, machten sich auch die beiden anderen Männer schnell aus dem Staub. Ihnen war die Lust auf das, was sie ursprünglich geplant hatten, restlos vergangen.

Mit großem Widerwillen fuhr Rademacher seinen Mitarbeiter in die Notaufnahme des St. Johannisstiftes in der Reumontstraße. Immer wieder betrachtete er mit einer Mischung aus Entsetzen und Sensationslust die blutigen Stellen in Mikes Gesicht. Er mochte gar nicht daran denken, was ihn unter der Kapuze, aus der nach wie vor Blut hervorperlte, erwarten mochte. Langsam, ganz langsam kam Mike während der etwa zehnminütigen Fahrt wieder etwas zur Besinnung. Sein Stöhnen wurde von Minute zu Minute lauter. Am Ende hätte Rademacher ihn am liebsten aus dem Auto geworfen. Er war einfach kein Nothelfer. Ihm ging so etwas furchtbar auf die Nerven.

An der Notaufnahme wurde Mike sofort mit einer Trage aus dem Auto geholt und war dadurch Rademachers Blicken entzogen, was diesem ganz recht war. Eigentlich hatte er gehofft, den Verletzten einfach wie ein Paket dort abgeben und schleunigst wieder verschwinden zu können. Aber daraus wurde nichts. Da Mike außerstande war, sich einigermaßen zu artikulieren, blieb alles an Rademacher hängen. Dabei wusste er außer Namen und Wohnort so gut wie nichts von seinem Türsteher. Und woher die Verletzungen rührten, konnte er ja auch nicht wissen.

Nach einiger Zeit kam der diensthabende Arzt. Er hatte sich die Verletzungen angeschaut und sich ein erstes Bild gemacht.

»Hat eigentlich schon jemand die Polizei informiert?«, fragte er dann zu Rademachers Überraschung.

Als Rademacher verständnislos blickte, war der Mediziner deutlicher geworden. »Jetzt hören Sie mal gut zu! Dieser Mann hat sich seine Verletzungen nicht zugezogen, weil er die Treppe hinuntergestürzt ist. So viel kann ich schon jetzt sagen. Ich verwette mein Jahresgehalt, dass hier eine Straftat vorliegt. Ich werde diesen Mann nach allen Regeln der ärztlichen Kunst versorgen, aber er kommt hier erst wieder raus, wenn die Polizei mit ihm gesprochen hat. Alles Weitere müssen die dann entscheiden.«

Rademacher sah ziemlich bestürzt drein, denn in seiner Branche wollte man möglichst wenig Aufsehen erregen. Und wer konnte schon überblicken, was dabei herauskommen würde, wenn Mike der Polizei in die Hände geriet? Vor allem jetzt, nach all diesen Merkwürdigkeiten: nach Alicijas Tod, dem durchgeknallten Kloppenburg, dem Besuch dieses widerwärtigen Polizisten Kükenhöner, der zugemauerten Haustür und so weiter. Aber es blieb ihm nichts anderes übrig, als sich zu fügen.

»Rufen Sie in zwei Stunden an, dann kann ich Ihnen sagen, wie es Ihrem Freund geht. Das ist doch ein Freund von Ihnen, oder?«, rief der Arzt ihm noch versöhnlich hinterher, als Rademacher die Notfallambulanz verließ.

Für den Rückweg nahm sich Rademacher ein Taxi, er hätte einfach nicht noch einmal auf diesem blutverseuchten Sitz fahren können.

Die Auskunft, die Rademacher später am Telefon bekam, machte ihm keinerlei Hoffnung, dass Mike bald wieder seine Arbeit aufnehmen könne: schwere Schädelverletzungen, der rechte Unterarm gebrochen, große Hämatome und Platzwunden im Genitalbereich. Alles ausgelöst durch harte Schläge, wahrscheinlich mit einem stumpfen Gegenstand. Hier war heiße Wut am Werk gewesen. Doch die größte Überraschung war unter der Kapuze versteckt gewesen. Der Täter hatte Mike die rechte Ohrmuschel zur Hälfte abgeschnitten und ihm dann die Kapuze wieder über den Kopf gezogen. Das teilamputierte Hörorgan hatte man trotz intensiver Suche im Auto nicht finden können.

»Er wird's überleben, aber er wird ein bisschen aussehen wie Niki Lauda«, teilte der Arzt ihm seelenruhig mit.

32

Kurz vor der Morgendämmerung lag Patrick Rademacher im Bett, wo er weit nach Mitternacht erschöpft eingeschlafen war. Plötzlich schreckte er auf. Was war das für ein Geräusch gewesen? Ein scharfes Klirren, das nicht aus dem Haus kam, sondern von draußen. Da war es wieder, und gleich anschließend ertönte das markerschütternde Geheul einer Alarmanlage.

Rademacher verharrte regungslos in seinem Bett. Was sollte er tun? Hinauslaufen und Kopf und Kragen riskieren? Mit Schrecken fiel ihm ein, dass außer seinem eigenen Auto, einem kleinen blauen Mini Cooper, kein anderes Fahrzeug mehr auf dem Parkplatz gestanden hatte, als er kurz vor dem Schlafengehen noch einmal nachgeschaut hatte. Jetzt konnte er das Geräusch nicht einfach ignorieren.

Vorsichtig stand er auf, schlich zum Fenster, zog sachte die Gardine etwas zur Seite und lugte hinaus. Zu sehen gab es nichts, da sein Fenster nach vorn auf die Marienloher Straße ging, während der Parkplatz auf der anderen Seite des Clubs lag. Außerdem war es draußen stockfinster, schließlich war es November und noch früh am Morgen.

Da dieses schreckliche Geheul mit Sicherheit über kurz oder lang die Polizei anlocken würde, musste er etwas unternehmen. Schnell schlüpfte er in seine Hose, zog sich einen Pullover über, schnappte sich sein Schlüsselbund und ging mit einem mulmigen Gefühl zur Haustür. Fast erwartete er, sie zugemauert vorzufinden, doch diesmal ließ sie sich problemlos öffnen. Draußen empfing ihn eine feuchte Kühle. Am hinteren Rand des kleinen Parkplatzes heulte und blinkte es wie auf einer Kirmes. Ängstlich blickte er sich um und näherte sich dann dem Auto.

Schnell steckte er den Autoschlüssel ins Schloss, woraufhin das Geheul sofort aufhörte. Vorsichtig öffnete er die Fahrertür und blickte ins Innere des Minis. Auf dem Fahrersitz lagen Tausende kleiner Glasscherben und mitten im Scherbenhaufen ein scharfkantiger, schwerer Pflasterstein, wie er auf der Baustelle nebenan verwendet wurde. Unter dem Stein lag ein brauner A5-Umschlag. Eine Nachricht? Zögernd tastete Rademacher nach dem Kuvert, das recht dick war und sich weich anfühlte.

Schließlich überwand er sich, riss den Umschlag auf, schaute hinein ... und ließ ihn laut schreiend zu Boden fallen. Er drehte sich um und erbrach sich schwallartig. Beim Aufprall des Kuverts auf den harten Parkplatzuntergrund war der weiche Inhalt herausgerutscht: ein halbes Ohr!

Erst als Patrick Rademacher sich wieder etwas erholt hatte, fand er den Mut, sich den Umschlag erneut anzuschauen. Er zog einen Zettel heraus und las: »Ihr kommt alle an die Reihe – einer nach dem anderen ...«

Patrick Rademacher stürmte voller Entsetzen zurück ins Haus. Er zog sich schnell an und überlegte, was zu tun war. Polizei? Auf gar keinen Fall. Der Chef müsste auf jeden Fall informiert werden. Er griff zum Telefon. Doch der Boss nahm nicht ab. Was sollte er tun? Warten? Da fiel ihm ein, dass alle Beweismittel ja noch draußen vor dem Auto beziehungsweise im Wagen lagen. Was, wenn jemand zufällig vorbeikäme und alles mitnähme? Er musste das Ohr und den Zettel unbedingt sicherstellen. Aber er sah sich außerstande, dieses Ohr anzufassen.

Rademacher suchte in der kleinen Küche nach einem geeigneten Gegenstand und fand eine alte hölzerne Grillzange. Damit bewaffnet, ging er wieder hinaus, fand noch alles so vor, wie er es verlassen hatte, und fummelte mit der Zange das Ohr in den Briefumschlag. Als alles sicher verstaut war, wurde er etwas ruhiger. Rademacher beschloss, noch eine Stunde zu warten und sich dann telefonisch bei seinem Chef zu melden. In der Zwischenzeit konnte er Fotos von der zerstörten Seitenscheibe machen und sich im Krankenhaus erkundigen, wie es um Mike stand. Auch das würde der Chef wissen wollen.

Eine übernächtigte Krankenschwester teilte ihm mit, dass es Mike ganz gut gehe und dass er noch am Nachmittag auf eigenen Wunsch entlassen würde. Sie ließ aber keinen Zweifel daran, dass sie dies für eine typisch männliche Dummheit hielt.

»Und dann wundert ihr Männer euch, dass Frauen älter werden als ihr«, gab sie Rademacher noch mit auf den Weg.

Danach rief er den Chef an, brachte ihn auf den neuesten Stand und bot an, die Beweismittel vorbeizubringen.

Rademachers gefühlte Erniedrigungen schienen schier endlos zu sein: Mit einem Staubsauger musste er mühsam die Glassplitter von den Vordersitzen entfernen. Danach stieg er in seinen Mini Cooper, nicht ohne einen gewissen Widerwillen. Nie wieder würde er sich unbefangen auf den Fahrersitz fallen lassen können, ohne an dieses entsetzliche Ohr zu denken.

Als er vor der noblen Villa in der Mallinckrodtstraße stand, fühlte er sich klein, schäbig und eingeschüchtert. Werner Hatzfeld, sein Chef, war einer von denen, die es geschafft hatten, dachte Rademacher. Der angesehene, erfolgreiche Immobilienmakler, fester Bestandteil der Paderborner High Society, dessen Immobilienfirma hier in dieser Villa residierte. Nur wenige Eingeweihte wussten, dass dieser brave Bürger den Großteil seines Vermögens im Rotlichtmilieu erworben hatte. Selbst Rademacher wusste fast nichts über diesen Mann. Nur dass dieser es nach Möglichkeit vermied, persönlich im Club Oase aufzutauchen. Man konnte ja nie wissen, wen man dort antraf. Grundsätzlich galt: Wer etwas mit dem Chef zu klären hatte, musste ins Büro in die Mallinckrodtstraße kommen.

Werner Hatzfeld saß trotz der frühen Stunde bereits an seinem Schreibtisch. Wie immer war der große, breitschultrige Mann wie aus dem Ei gepellt. Ein Geschäftsmann wie aus dem Bilderbuch. Als er hinter seinem Schreibtisch aufstand, fühlte sich Rademacher, auch wenn er seinen Chef um einen halben Kopf überragte, wie ein kleines Kind. Hatzfeld war einer von denen, die ganz allein einen Raum füllen konnten – mit einer Präsenz, die alles Übrige zu erdrücken drohte.

Zaghaft legte Rademacher den braunen Umschlag auf den Schreibtisch. Zu seiner großen Verblüffung schien Hatzfeld, der sich wieder gesetzt hatte, ohne Rademacher einen Platz anzubieten, überhaupt kein Problem damit zu haben, das Ohr aus dem Umschlag zu holen und es sich in aller Ruhe anzuschauen. Rademachers Respekt vor seinem Chef wuchs in Unermessliche.

»Und das war also mal ein Stück von unserem guten Mike?«, sinnierte Hatzfeld mit seiner tiefen Stimme und wirkte fast amüsiert. Doch dann straffte er sich, schaute Rademacher prüfend an und forderte ihn auf: »Setzen Sie sich! Und dann erzählen Sie mal alles der Reihe nach! Aber vergessen Sie nichts.«

Nachdem Rademacher seinen Bericht minutiös abgeliefert hatte, stand Hatzfeld wieder auf und drehte ein paar Runden um den Schreibtisch. Rademacher, der direkt vor dem Schreibtisch saß und dadurch mit umkreist wurde, fühlte sich wie hypnotisiert. Und so schreckte er regelrecht hoch, als Hatzfeld endlich wieder sprach.

»Wer hat das getan? Und warum?«

Er schien nicht wirklich eine Antwort zu erwarten, deshalb schwieg Rademacher und wartete. Als Hatzfeld weitersprach, war ihm Rademachers Anwesenheit offenbar gar nicht mehr bewusst. Er sprach mehr mit sich selbst als mit seinem Angestellten.

»Es ist ja nicht auszuschließen, dass sich einer wie Mike

jemanden zum Feind macht. Vielleicht ist es eine rein persönliche Geschichte. Aber ehrlich gesagt, glaube ich das nicht so recht. Seitdem dieses Haus in die Luft geflogen ist, habe ich das Gefühl, dass sich alles gegen mich verschworen hat. Erst schießt Irina mit Kanonen auf Spatzen, verschwindet und meldet sich nicht mehr. Dann dreht Kloppenburg durch und will den Rächer für dieses dumme Mädchen spielen. Droht mir sogar, mich zu ruinieren.«

Er wanderte weiter. Für kurze Zeit umspielte ein bitteres Lächeln seine Lippen.

»Okay, ich habe ihn ja auch etwas geärgert mit diesem Sarg. Muss ihn ganz schön geschockt haben.«

Dann verdüsterte sich seine Miene wieder.

»Diese Schnapsidee, mir die Eingangstür des Clubs zumauern zu lassen, kann nur von ihm gekommen sein. Ich glaube, er wird auf seine alten Tage etwas kindisch. Verliebt sich in eine Nutte und führt sich auf wie Zorro. Wie armselig. Ich dachte, mein Bluff mit den Videos hätte ihn etwas vorsichtiger gemacht, aber mit dem Kerl muss man offenbar noch rechnen. Der ist zu allem fähig. Meinen Türsteher zusammenzuschlagen ist ja schon Provokation genug. Aber ihm auch noch das Ohr zu halbieren … Eigentlich passt so etwas gar nicht zu Kloppenburg. Ich fürchte, er hat sich einen Kriminellen eingekauft, der nun die Drecksarbeit für ihn macht. Einer, der vor nichts zurückschreckt. Und jetzt auch noch diese Drohung gegen mich. Was ist zu tun?«

Er drehte weitere Runden. Rademacher wurde immer schwindeliger. Er hatte nur eine rudimentäre Vorstellung davon, worum sich das merkwürdige Selbstgespräch seines Chefs drehte. Klar, er hatte den denkwürdigen Auftritt dieses Herrn Kloppenburg selbst miterlebt, aber die Zusammenhänge waren ihm fremd geblieben. Mir erzählt ja keiner was, dachte er verbittert.

Hatzfeld war offenbar zu einer Entscheidung gekommen,

denn er beendete seine Runden und schlug mit der Faust auf den Schreibtisch. »Wir müssen den Kerl stoppen! Ich muss mit ihm reden. Aber zu meinen Bedingungen und in einem Umfeld, das ich bestimme.«

Er schaute Rademacher auf eine Art und Weise an, als hätte er erst jetzt bemerkt, dass dieser Mann in seinem Büro saß.

»Wie war das mit Mike? Er kommt heute Nachmittag wieder aus dem Krankenhaus? Das passt doch gut. Also, Rademacher, heute Abend müsst ihr einen kleinen Auftrag für mich erledigen. Ich komme selbst mit und übernehme das Kommando. Aber es darf nichts schiefgehen. Klar?«

Ein Treffen mit Brigitte Kloppenburg passte ihr heute eigentlich ganz gut, fand Hilde Auffenberg, denn sie musste ohnehin einkaufen gehen. Allerdings hatte die Bitte ihrer Bekannten um eine erneute Unterredung sie doch ein wenig irritiert. Sicher, die beiden waren als Kolleginnen am Pelizaeus-Gymnasium recht gut miteinander ausgekommen. Aber zu einer dicken Freundschaft hatte es nie gereicht. Dafür war wohl auch der Altersunterschied zu groß gewesen. Dass Brigitte Kloppenburg ihr nun vermutlich zum zweiten Mal innerhalb von wenigen Tagen das Herz ausschütten wollte, verblüffte sie. Sie hatte Hilde Auffenberg vorgeschlagen, sich nach Unterrichtsschluss bei einem Kaffee im Marktkauf zu treffen, der nicht weit von der Schule entfernt lag.

Hilde Auffenberg war früh dran, kaufte in aller Ruhe ein und besetzte schon mal einen der kleinen Tische der Bäckereikette, die in dem Supermarkt angesiedelt war. Im Markt war wenig los, aber Hilde Auffenberg wusste, dass dies nur die Ruhe vor dem Sturm war. Jeden Mittag ab halb eins fielen die Schüler der beiden nahe gelegenen Gymnasien wie Heuschreckenschwärme in den Supermarkt ein. Innerhalb von Sekunden war er von laut gackernden und plappernden Teenagern überflutet. Schokoriegel, Kartoffelchips, Redbull-Dosen, Cola und andere Lebensmittel, die die Lernbereitschaft nachhaltig förderten, wurden den überforderten Kassiererinnen auf die Theke gelegt. Eine Viertelstunde später war der Spuk vorbei, die Schüler standen kauend und schluckend auf dem Parkplatz oder zogen weiter. Zurück blieben erschöpfte Kassiererinnen und genervte ältere Kunden. Hilde Auffenberg hatte diesen Schülertsunami schon häufiger beobachtet und fragte sich, woher die Kinder so viel Taschengeld hatten. Dabei gab es seit einem Jahr eine niegelnagelneue Mensa für die beiden Gymnasien, wo das Essen sicherlich besser, gesünder und auch preiswerter war.

Aber noch saß Hilde Auffenberg ganz entspannt da, hatte ihren ersten Kaffee fast ausgetrunken und wartete auf Brigitte Kloppenburg.

Da, nun ging es los! Der Geräuschpegel schwoll von draußen her schnell und heftig an, wie bei einer anbrausenden Flut. Und schon quollen die Massen herein, schimpfend, lachend, plaudernd. Hilde Auffenberg lächelte, als sie ihre Erwartung bestätigt sah. Und da tippte ihr auch schon jemand auf die Schulter. Sie drehte sich um und sah Brigitte Kloppenburg hinter sich stehen. Die beiden Frauen begrüßten sich. Die jüngere holte zwei Tassen Kaffee und setzte sich ebenfalls. Sie mussten laut sprechen, um sich verständigen zu können.

»Ich weiß, es ist hier ein bisschen hektisch um diese Zeit«, rief Brigitte Kloppenburg, um den Lärmpegel zu übertönen, »aber ich wollte so schnell wie möglich mit dir sprechen, und das war der kürzeste Weg zu einer Tasse Kaffee. Du musst wissen, dass ...«

»Hallo, Frau Kloppenburg!«, wurde sie von zwei freundlichen Schülerinnen begrüßt, die auf dem Weg ins Innere des Supermarktes waren. Frau Kloppenburg lächelte ebenso freundlich zurück und wandte sich wieder ihrer Exkollegin zu.

»Du musst wissen, dass ich völlig mit den Nerven herunter bin. Das Problem mit meinem Mann hat sich noch verschärft. Der benimmt sich nun ganz eigenartig. Er ...«

»Hallo, Frau Kloppenburg!« Nun stand ein zuckersüßes kleines Mädchen an ihrem Tisch und freute sich, ihre Lehrerin hier zu sehen. Frau Kloppenburg freute sich auch, und die Kleine zog glückstrahlend weiter.

Hilde Auffenberg lachte. »Wie ich sehe, bist du bei deinen Schülern richtig beliebt. Aber jetzt sag mal, was ist mit deinem Mann?«

»Er geht mir aus dem Weg, wo er nur kann, und meidet jedes Gespräch. Ich sage dir, der hat ein schlechtes Gewissen. Ein verdammt schlechtes sogar. Und ich weiß auch, wie das schlechte Gewissen heißt, nämlich Alicija. Na ja, die Geschichte kennst du ja schon. Aber nun habe ich zum ersten Mal Angst. Richtige Angst.«

Hilde Auffenberg setzte sich gerade hin. Das Gespräch nahm eine Wendung, mit der sie nicht gerechnet hatte. In diesem Augenblick kamen zwei elfjährige Bengel vorbei. Hilde Auffenberg konnte trotz des Lärmes deutlich hören, wie der eine zum anderen sagte: »Guck mal, da sitzt die blöde Kloppenburg mit so 'ner Omma!«

Hätte Hilde Auffenberg ihrer Gesprächspartnerin nicht besänftigend die Hand auf den Arm gelegt, wäre diese vermutlich hinter den beiden Jungs hergelaufen, um sie zur Rede zu stellen. So aber ging das Gespräch etwas mühsam weiter.

»Ich glaube nun fast, dass Wilfried mir etwas antun will.« Als Hilde Auffenberg sie entsetzt anstarrte, fuhr sie fort: »Heute Morgen habe ich zufällig etwas gefunden, was mich völlig aus der Fassung gebracht hat. Du weißt ja vielleicht, dass wir zwei Garagen haben, eine für Wilfrieds Auto und eine für meines. Normalerweise gehe ich nie in seine Garage. Was soll ich da auch? Aber heute habe ich gesehen, dass ...«

»Frau Kloppenburg«, unterbrach sie eine etwas pummelige Fünfzehnjährige. »Ist es okay, wenn ich mein Referat einen Tag später abgebe? Ich muss heute unbedingt zum Klavierunterricht. Sie wissen doch, ich habe nächste Woche das Konzert.«

Als auch diese Störung behoben war, berichtete Brigitte Kloppenburg weiter: »Also, heute habe ich gesehen, dass er aus dem Haus eine alte Decke mitgenommen hat, als er zur Garage ging. Dann ist er auch nicht gleich losgefahren wie sonst, sondern hat auffällig viel Zeit in der Garage verbracht. Als er dann endlich losfuhr, hat er vorher mehrfach überprüft, ob das Garagentor auch tatsächlich verriegelt war. Das hat mich natürlich misstrauisch gemacht, und sobald Wilfried weg war, habe ich den Ersatztüröffner herausgesucht und das Garagentor geöffnet. Drinnen habe ich mich umgesehen und schon bald die Decke gefunden. Du wirst nicht glauben, was unter der Decke stand.«

Sie machte eine lange, bedeutungsschwangere Kunstpause. Als Hilde Auffenberg ratlos mit den Achseln zuckte und sie auffordernd anschaute, fuhr sie fort: »Ein Sarg! Ein echter Sarg! Und unsere Marmorstatue lag darin. Als hätte schon mal jemand Maß genommen. Was sagst du nun?«

Hilde Auffenberg brauchte ein paar Sekunden, bis sie alle Zusammenhänge durchschaute. Dann sprang sie auf.

»Was sagst du da? Wie sieht der Sarg aus?«

Brigitte Kloppenburg, die mit allem gerechnet hatte, aber nicht mit dieser Frage, starrte sie verblüfft an.

»Aber was hat das denn mit meinem Problem zu tun? Ist doch völlig gleichgültig, wie der Sarg aussieht.«

Hilde Auffenberg setzte sich wieder hin und berichtete

vom Sargdiebstahl bei Herbert Höveken. Brigitte Kloppenburg musste zugeben, dass die Beschreibung auf ihren Sarg passte.

»Aber dieser Sarg steht doch nicht ohne Grund in der Garage. Was meinst du, Hilde? Was hat Wilfried damit vor? Und warum hat er nicht einfach einen Sarg gekauft, er hat doch genug Geld. Will er nicht, dass man ihm irgendwann mal auf die Spur kommt, wenn man den Sarg findet? Dann aber mit einer echten Leiche drin. Was glaubst du? Ist dieser Sarg für mich gedacht?«

Als Hilde Auffenberg nach Hause kam, musste sie zu ihrer Enttäuschung feststellen, dass niemand da war. Johnny Winter hatte heute zwar Spätschicht und daher seinen Dienst noch nicht begonnen, aber offenbar trieb er sich in der Stadt herum. Oder er saß nebenan im Rockcafé. Horst Schwiete war natürlich im Dienst und würde erst am frühen Abend nach Hause kommen. Dabei hatte sie sich den ganzen Weg vom Marktkauf hierher darauf gefreut, ihre Neuigkeiten loszuwerden. Und nun war niemand da, um ihr zuzuhören.

Sie ging zum Telefon und rief Willi Künnemeier an. »Willi, komm doch bitte um Punkt vier Uhr zu mir. Ich habe euch etwas zu berichten. Aber sei pünktlich!«

Der Nächste war Herbert Höveken. Er war gerade in einem Kundenberatungsgespräch, versprach aber zu kommen. Zeit genug für Hilde Auffenberg, sich ein bisschen um den Haushalt zu kümmern.

Eine Stunde später hörte sie, wie die Haustür geöffnet wurde und Johnny mit energielosen Schritten hereinkam, um sich umzuziehen. Denn wäre er in seinem üblichen Freizeit-Rockmusiker-Dress Taxi gefahren, hätte er Schwierigkeiten mit seinem Chef bekommen.

»Kannst du bitte noch eine Viertelstunde bleiben? Ich habe mit euch etwas zu besprechen!«, rief Hilde Auffenberg ihm zu. Während sie den seriösen und häufig etwas distanziert wirkenden Horst Schwiete siezte, war ihr Verhältnis zu Winter etwas lockerer. Bei ihm fühlte sie sich mehr als Mutter denn als Vermieterin, weshalb sie ihm vor einiger Zeit in gemütlicher Runde das Du angeboten hatte.

Winter brummte zustimmend und schlurfte die Treppe hoch.

Um Punkt vier saßen alle in Hilde Auffenbergs Küche zusammen: Herbert Höveken angespannt und erwartungsvoll, Johnny Winter müde und leicht desinteressiert. Nur Willi Künnemeier wirkte unternehmungslustig und bestens gelaunt. Dabei war er der Älteste in der Runde.

»Meine Herren«, begann sie. Als sie sich der ungeteilten Aufmerksamkeit aller sicher war, erzählte sie vom Zusammentreffen mit Brigitte Kloppenburg und von dem Sarg, den diese in der Garage ihres Ehemannes gefunden hatte.

Herbert Höveken sprang auf. »Wie sah der aus? Hat sie ihn beschrieben?«

Hilde Auffenberg schmunzelte und bat ihn, sich wieder zu setzen. »Ja, das hat sie! Für mich gibt es keinen Zweifel daran, dass es dein Sarg ist, Herbert.«

Wieder sprang Höveken auf. Er war jetzt einfach zu aufgedreht, als dass er ruhig sitzen bleiben könnte. Auch die anderen hatte urplötzlich das Jagdfieber gepackt.

»Den holen wir uns!«, polterte der tapfere Künnemeier. »Wir klauen ihn einfach zurück!«

»Quatsch!«, fuhr ihm Herbert Höveken in die Parade. »Ich rufe sofort die Polizei an. Das sollen die machen.«

Willi Künnemeier war sichtlich enttäuscht. Er war ein Mann der Tat, niemand, der sofort um Hilfe rief, wenn es mal brenzlig zu werden drohte. »Aber Herbert«, wollte er einwenden, doch Höveken kam ihm zuvor.

»Keine Widerrede! Es ist mein Sarg, ich bin der Geschädigte, und es ist meine Entscheidung, die Polizei anzurufen.

Ich will doch nicht, dass einer von euch in den Knast muss, nur weil er mein Eigentum zurückgeholt hat. Nee, Leute, lasst uns vernünftig bleiben. Hilde, kann ich dein Telefon benutzen?«

Selbst Hilde Auffenberg war ein wenig enttäuscht, aber sie verstand Höveken nur zu gut und musste ihm, wenn auch etwas widerwillig, recht geben.

»Im Wohnzimmer auf der kleinen Kommode.«

Als Höveken gerade zum Telefon gehen wollte, räusperte sich Johnny Winter, der bislang noch gar nichts gesagt hatte.

»Vielleicht hat der Ehemann von Hildes Freundin den Sarg ja tatsächlich ganz regulär gekauft. Womöglich braucht er ihn für eine Dekoration oder eine sonstige Werbeaktion. Der ist ja Unternehmer, wie Hilde gesagt hat. Es wäre doch ziemlich peinlich, wenn wir ihm dann die Polizei auf den Hals hetzen, für nichts und wieder nichts. Und der Kerl zeigt Herbert dann noch an wegen Verleumdung oder so was. Darf ich als Jüngster hier im Raum einen Vorschlag machen?«

Die drei anderen schauten ihn verblüfft an. Konstruktive Vorschläge war man von Johnny Winter nicht gewohnt. Und jetzt ritt er auch noch auf ihrem Alter herum. Als Hilde Auffenberg stellvertretend für alle zustimmend nickte, legte Winter beide Ellbogen auf den Küchentisch und sagte: »Wozu haben wir denn einen Polizisten im Haus? In spätestens drei Stunden ist Horst hier. Lasst uns die kurze Zeit noch abwarten und ihm die Sache vorlegen. Soll er doch mit seiner ganzen Bullenweisheit den Fall in die Hand nehmen. Auf diese läppischen drei Stunden kommt es jetzt auch nicht mehr an, oder?«

Man sah Herbert Höveken an, wie es in ihm arbeitete. Aber schließlich brummte er missmutig: »Gut, wenn das alle meinen, dann warten wir noch. Obwohl mir das nicht so richtig einleuchtet. Aber ich kann jetzt nicht zwei Stunden hier herumsitzen. Ich bin Geschäftsmann und muss meinen Laden wieder öffnen. Wenn Schwiete hier ist, ruf mich bitte an, Hilde. Ich komme dann sofort. Bis später!«

Als die Haustür hinter ihm zugefallen war, winkte Johnny Winter den nach wie vor nicht zufriedenen Künnemeier zu sich.

»Pass auf!«, wisperte er, damit Hilde Auffenberg ihn nicht hören konnte. »Ich muss jetzt zu meinem Taxi und eine Runde arbeiten. Geh du doch auch nach Hause. Um Punkt sieben stehe ich mit dem Taxi bei dir vor der Tür und hole dich ab. Dann fahren wir beiden nach Bad Lippspringe und schauen uns dort mal ein bisschen um. Vielleicht fällt uns vor Ort ja was Passendes ein. Schwiete kommt erst um sieben Uhr nach Hause. Selbst wenn er dann schnell reagiert, kann er mit seinen Bullen nicht vor acht Uhr beim Haus dieses Herrn Kloppenburg sein. Bis dahin haben wir Zeit, die Sache selbst in die Hand zu nehmen. Was meinst du?«

Künnemeiers Miene hellte sich auf. »Guter Junge! Hätte nicht gedacht, dass unter einer solchen Zottelfrisur so raffinierte Gedanken stecken können.«

34

Den Kalender auf den aktuellen Stand zu bringen war eine der Arbeiten, die Karen Raabe hasste wie die Pest. Überhaupt war ihr Büroarbeit meist zuwider. Wie oft hatte sie sich schon gewünscht, in einem großen Team zu arbeiten, mit einer eigenen Sekretärin. Das wäre was, dachte sie. Doch die Realität sah anders aus. Sie war eine Einzelkämpferin. Prostituierte betreuen, das ging nur ehrenamtlich oder wie im Verein Theodora, nämlich mit der Unterstützung von allen möglichen Wohlfahrtsverbänden und hin und wieder mal mit staatlichen Mitteln. Letztere flossen aber nur begrenzt und tröpfchenweise. Zudem musste man, um an diese Mittel zu kommen, seitenweise Anträge schreiben und anschließend Klinken putzen, um vorübergehend über ein bisschen Geld verfügen zu können. Natürlich mit Auflagen verbunden, die keiner erfüllen konnte. Und dann diese Abschlussberichte, jedes Mal eine einzige riesengroße Lüge! So war es eben. Der Amtsschimmel hatte nun mal keine Ahnung davon, wie es im Prostituiertenmilieu zuging. Zum Glück! Das Gute aber an diesen Berichten war die Tatsache, dass das Papier, auf dem die Anträge und Berichte geschrieben wurden, geduldig war.

Karen Raabe griff nach dem nächsten zerknüllten Notizzettel und strich ihn glatt. Doch ein Anruf hielt sie davon ab, den Schnipsel weiter zu bearbeiten. Am Telefon war dieser seltsam schüchterne Hauptkommissar Schwiete. Er müsse noch einmal mit ihr über Irina Koslow sprechen, denn er benötige noch ein paar Hinweise, um in seinen Ermittlungen weiterzukommen. Umständlich bat er Karen Raabe um einen kurzfristigen Termin, am besten noch heute. Entschieden schob die Sozialarbeiterin ihre Notizzettel zurück in eine Dokumentenhülle und versprach, in einer halben Stunde in der Kreispolizeibehörde zu sein.

Als Karen Raabe das Büro von Hauptkommissar Schwiete betrat, hatte dieser Kaffee und Tee bereitgestellt und sogar etwas Kuchen besorgt. Mit so viel Aufmerksamkeit hatte sie nicht gerechnet. Er begrüßte sie höflich reserviert, doch als sie ihm in die Augen sah, errötete er verlegen.

Karen Raabe musste sich sehr bemühen, über diese offensichtliche Schüchternheit nicht zu lächeln. Aber sie empfand die Art, wie dieser Schwiete ihr begegnete, als sehr angenehm. Bei früheren Begegnungen mit der Polizei hatte sie meist andere Typen erlebt. Laut, machohaft und oft genug unhöflich und entwürdigend.

Jetzt, wo sie Sozialarbeiterin war, hatte sich der Umgangston, den man ihr gegenüber anschlug, natürlich geändert. Aber früher, als sie selbst noch Prostituierte gewesen war, hatten die Polizisten oft jede Höflichkeit vermissen lassen, sondern sie wie Dreck behandelt.

Eine solche Art des Umgangs schien dieser Schwiete nicht zu pflegen. Umständlich bot er ihr einen Stuhl und etwas zu trinken an. Nachdem sich beide mit Tee und Kaffee versorgt hatten und ein Stück Kuchen vor sich auf einem Teller liegen hatten, kam Schwiete zum Wesentlichen.

»Inzwischen haben wir Irina Koslow überprüft. Sie ist am Montag in den Urlaub nach Mallorca geflogen. Der Rückflug war für zwei Wochen später vorgesehen. Doch schon am Dienstag hat sie versucht umzubuchen, das haben wir von der Fluggesellschaft erfahren. Als man Frau Koslow mitteilte, dass das bei ihrem Low-Budget-Tarif nicht möglich sei, hat sie für Mittwoch einen anderen Rückflug gebucht und ist wohl tatsächlich in Paderborn gelandet. In ihrer Wohnung haben wir sie allerdings nicht angetroffen. Ihr Arbeitgeber behauptet, er sei über die Urlaubspläne von Frau Koslow nicht im Detail unterrichtet. Können Sie uns vielleicht einen Hinweis geben, wo wir Frau Koslow finden können?«

Frau Raabe schwieg lange. Sie überlegte, ob sie Schwiete gegenüber ihr Wissen über diese Frau preisgeben konnte oder ob sie damit das Vertrauen gefährdete, das sie sich bei den Prostituierten über lange Zeit erworben hatte. Nach einigem Ringen entschied sie sich, dem Polizisten punktuell Auskunft zu geben.

»Bei unserer Unterredung neulich habe ich doch angedeutet, dass im Milieu ein honoriger Paderborner Bürger eine unschöne Rolle spielt. Es ist nur ein Gerücht, auf das ich aber immer wieder stoße. Offenbar handelt es sich bei dem Mann um den Immobilienkönig Paderborns, Werner Hatzfeld. Und genau dieser Werner Hatzfeld soll angeblich eine Affäre mit Irina Koslow haben. Vielleicht sollte ich besser sagen, dieser Werner Hatzfeld ist der Besitzer von Irina Koslow. Wie gesagt, es ist ein Gerücht, und ich rate Ihnen, Herr Hauptkommissar, wenn Sie keine handfesten Beweise gegen diesen Kerl haben, seien Sie vorsichtig! Der Mann hat die besten Kontakte. Wenn Sie eine beweisbare Anschuldigung gegen ihn finden sollten, werden Sie erhebliche Probleme bekommen, ihr weiter nachgehen zu können, wenn bestimmte Kreise, zum Beispiel die Staatsanwaltschaft, davon Wind bekommen. Eine falsche oder nicht beweisbare Anschuldigung gegen diesen Mann – und Sie werden nur noch Knöllchen verteilen, Herr Schwiete. Wenn überhaupt! Ich habe da meine Erfahrungen.«

»Was wissen Sie sonst noch über Herrn Hatzfeld?«

Karen Raabe lachte böse. »Wissen! Ich weiß nichts. Alles, was ich zu bieten habe, sind Gerüchte. Dass Hatzfeld das Gebäude besitzt, in dem der Club Oase untergebracht ist, ist kein Geheimnis. Aber sonst?« Karen Raabe zuckte mit den Schultern.

»Ich jedenfalls wusste das noch nicht«, gestand Schwiete. »Wieder ein Mosaiksteinchen, das ich noch einordnen muss.«

»Wie gesagt, Herr Schwiete, ansonsten kann ich Ihnen nur Gerüchte bieten. Gerüchte von so widerlichem Inhalt, dass ich sie nur preisgebe, wenn Sie darauf bestehen. Wenn die allerdings auch nur ansatzweise stimmen, dann ist dieser Hatzfeld ein Menschenhändler, Schwerverbrecher und ein Schwein, ein elendiges Drecksschwein!« Karen Raabe hatte sich richtig in Rage geredet.

»Danke, Frau Raabe, Sie haben mir sehr geholfen. Ich muss die Informationen erst einmal selbst verdauen und dann in das Gesamtbild einordnen.«

Nachdem sie noch einige Höflichkeiten ausgetauscht hatten, stand Karen Raabe auf und verabschiedete sich.

»Frau Raabe?«

Die Sozialarbeiterin wandte sich fragend zu Schwiete um. Er war wieder rot geworden. Und zwar in einem Maße, wie sie es noch nie bei einem Menschen gesehen hatte.

»Wissen Sie, Frau Raabe ... Ich meine ... Ach, nichts, Frau Raabe.«

Doch die Sozialarbeiterin ließ sich nicht so einfach abwimmeln. Sie kam zurück zum Tisch und setzte sich wieder.

»Ja, Herr Schwiete?« Auffordernd sah sie ihm ins Gesicht.

»Äh, ich, äh ... meine ...« Er holte noch einmal Luft und nahm dann allen Mut zusammen. »Also, Frau Raabe, ich weiß nicht, wie ich es anstellen soll, und ich weiß auch nicht, ob ich Ihnen damit zu nahe trete oder mich zum Trottel der Nation mache ...«

Wieder brach Schwiete den Satz ab.

»Ja?«, entgegnete Karen Raabe auffordernd und hielt den Blickkontakt.

»Ich meine, ich wollte fragen, ob Sie Lust haben, mit mir essen zu gehen.« Geschafft! Schwiete war erleichtert und verunsichert zugleich.

Karen Raabe lächelte. »Ja!«

»Ja?« Schwiete war sprachlos. »Ja, also, ich meine ...?«

Karen Raabe half ihm: »Wann?«

»Äh, ja richtig, wann? Morgen Abend?«, brachte Schwiete hervor und wunderte sich über sich selbst.

»Gut«, sagte Karen Raabe. »Wo?«

»Ja, wo? Ich gehe eigentlich nie essen«, bekannte Schwiete. »Und schon gar nicht mit einer Frau.«

Karen Raabe lächelte ihn weiter an.

»Ja, also ...« Er nahm einen neuen Anlauf. »Ich war neulich mit meinem Nachbarn in Silos Kebaphaus, das ist ein Türke in der Heierssstraße. Das ist vielleicht nicht unbedingt das Richtige zum Essengehen, ich meine ...«

Karen Raabe lächelte immer noch. »Silos Kebaphaus kenne ich! Sagen wir, um acht?«

Schwiete starrte sie an. Machte den Mund auf, schluckte, schloss ihn, öffnete ihn wieder und stammelte: »Okay, um acht!«

35

Auch wenn Horst Schwiete sich nur ungern in Krankenhäusern aufhielt, beschloss er, einer Meldung der Ambulanz des St. Johannisstiftes selbst nachzugehen. Gestern spätabends war dort ein Mann eingeliefert worden, der nicht nur übel zusammengeschlagen worden war, sondern dem man auch noch ein halbes Ohr abgetrennt hatte. Laut den Papieren, die er bei sich trug, handelte es sich um einen achtunddreißigjährigen Mann, der ursprünglich aus Russland stammte. Schwietes Leute hatten die Personaldaten rasch durch den Computer laufen lassen und herausgefunden, dass der Herr Angestellter des Erotikclubs Oase war. Mit diesem Club schien einiges nicht zu stimmen, fand Schwiete und erklärte die Angelegenheit zur Chefsache.

Der verletzte Türsteher war von der Intensivstation bereits in ein normales Krankenzimmer verlegt worden, erfuhr Schwiete an der Rezeption. Man nannte ihm die Station und die Zimmernummer. Auf der Station angekommen, ging er zur Stationsleitung, um sich ordnungsgemäß anzumelden. Die Stationsschwester musterte ihn kritisch und versprach dann, den Oberarzt zu holen.

Sie kehrte zurück in Begleitung eines autoritär wirkenden Arztes, der sich immerhin bereit erklärte, einige Auskünfte zu geben. Offenbar ging es dem Verletzten, den Umständen entsprechend, wieder ganz gut. Die Schlagverletzungen würden noch eine ganze Weile brauchen, bis sie abgeheilt seien, aber keine von ihnen sei wirklich bedrohlich gewesen. Der abgetrennte Teil der Ohrmuschel war schon eher ein Problem, aber die Wunde sei sauber ausgeblutet und stelle ebenfalls keine Gefahr dar. Der Blutverlust hätte allerdings einem schwächeren Menschen schon sehr zu schaffen gemacht.

»Aber der Mann hat eine Natur wie ein Bulle«, meinte der Arzt und hob dann entschuldigend beide Hände, ehe er mit leicht boshaftem Lächeln fortfuhr: »Oh, verzeihen Sie, Herr Kommissar. Das war natürlich nicht als Anspielung auf Ihren Beruf gemeint.«

»Hauptkommissar, Herr Doktor, Hauptkommissar. Und ich habe schon verstanden, was Sie meinen. Keine Sorge.«

Der Oberarzt schien nicht recht zu wissen, wie er Schwietes Replik einzuordnen hatte. Dann entschied er sich, sie zu ignorieren, und berichtete stattdessen, dass der Verletzte bereits heute Nachmittag das Krankenhaus auf eigenen Wunsch und eigene Gefahr verlassen werde.

»Könnte ich bitte mit dem Mann unter vier Augen sprechen?«, erkundigte sich Schwiete. »Es handelt sich immerhin um eine polizeiliche Vernehmung, und wenn er heute ohnehin wieder nach Hause geht, kann er doch wohl auch sein Krankenzimmer verlassen.«

Der Arzt betrachtete ihn von oben bis unten und meinte dann generös, als täte er Schwiete einen persönlichen Gefallen:

»Sie können einen kleinen Raum in der Stationsleitung nutzen. Ich werde Ihnen den Patienten gleich schicken. Lassen Sie sich von der Schwester schon mal in den Raum führen.«

Geschlagene fünfzehn Minuten später wollte Schwiete eben aufstehen und sich in aller Form beschweren, als endlich die Schwester in Begleitung eines jungen, auffallend breitschultrigen Mannes hereinkam, der zum größten Teil aus Gips und Verbandszeug zu bestehen schien. Der Kopf war bandagiert, der mächtige Brustbereich ebenfalls, und der rechte Arm steckte in einem Gips. Mit diesen Verletzungen würde sich bei uns jeder Beamte zu Recht erst mal vier Wochen krankschreiben lassen, dachte Schwiete beeindruckt. Der Mann mit der Natur eines Bullen setzte sich ihm gegenüber auf einen Stuhl. Dabei konnte selbst er ein leises Stöhnen nicht unterdrücken.

»Herr...« Schwiete hatte Probleme, den russischen Nachnamen korrekt von seinem kleinen Notizbuch abzulesen.

Sein Gegenüber schlug vor: »Nennen Sie mich einfach Mike! Alle nennen mich so. Freunde wie Feinde. Bei Ihnen muss ich aber erst noch rausfinden, was Sie sind.«

Schwiete war platt. Die etwas lallende, schleppende Aussprache konnte bei den vielfältigen Verletzungen im Gesicht nicht überraschen. Aber seine entwaffnende Offenheit irritierte ihn einfach. Prüfend schaute er Mike an, konnte sich aber nicht festlegen, wie er ihn einzuschätzen hatte. Mike erwiderte seinen Blick ebenso direkt, wie er seine Worte wählte. Zumindest war dieser Mann sehr selbstbewusst, vielleicht aber auch nur etwas schlichten Gemütes, dachte Schwiete.

»Okay, Mike«, begann er die Vernehmung. »Erzählen Sie bitte, was genau gestern Abend passiert ist. Denken Sie in aller Ruhe nach, auch Unwichtiges kann von Bedeutung sein.«

»Zum Nachdenken hatte ich heute Nacht genug Zeit. Ich habe vor Schmerz keine Sekunde schlafen können, das dürfen Sie mir glauben. Also, ich habe trainiert. Ziemlich gut trainiert sogar. Dann habe ich geduscht, mich angezogen und bin hinausgegangen zu meinem Auto. Draußen war Scheißwetter. Dunkel, windig und nass. Ich habe mir die Kapuze über den Kopf gezogen und zugesehen, dass ich ins Auto komme, und habe nicht erst großartig von draußen hineingeschaut. Hätte ich mal machen sollen, wäre gesünder für mich gewesen. Na ja, hinterher ist man ja immer schlauer.

Ich habe mich natürlich gewundert, dass die Karre nicht verriegelt war, aber das vergisst man ja schon mal. Hab nicht weiter darüber nachgedacht. War auch ein Fehler. Als ich drinsaß und losfahren wollte, hat mir so ein Dreckschwein von hinten was an die Birne geschlagen, und ich habe nur noch Sterne gesehen. Als ich aufgewacht bin, lag ich auf einem Bett in der Notfallambulanz. Mehr weiß ich nicht, Herr Kommissar.«

»Hauptkommissar«, korrigierte ihn Schwiete. Es musste schließlich alles seine Ordnung haben. Dann war ihm plötzlich seine eigene Pingeligkeit peinlich, und er fragte schnell weiter: »Mike, in der letzten Zeit ist bei Ihrem Arbeitgeber so einiges vorgefallen. Können Sie dazu etwas sagen?«

Mike schaute ihn überrascht an. »Vorgefallen? Was ist denn vorgefallen? Ich habe davon jedenfalls nichts mitbekommen. Ich fand die letzten Tage sogar eher ruhig. Was soll denn gewesen sein?«

Ursprünglich hatte Mike bereits um sechzehn Uhr aus dem Krankenhaus entlassen werden sollen, aber dann gab es doch noch dieses und jenes Problem, und am Ende war es fast sechs, als Mike endlich auf dem Beifahrersitz neben Patrick Rademacher Platz nahm. Rademacher hatte seinen beschädigten Mini Cooper zur Werkstatt gebracht und stattdessen einen Leihwagen bekommen. Gegen Bezahlung, wie Rademacher zerknirscht erfahren musste. Aber was sollte er machen? Sein Chef erwartete an diesem Abend nicht nur Einsatzbereitschaft, sondern auch Mobilität, wie er explizit gesagt hatte.

Rademacher schaute Mike skeptisch an, als dieser stöhnend neben ihm saß. »Bist du dir sicher, dass du das schaffst?« Er empfand so gut wie kein Mitgefühl, es war mehr die Sorge, dass Mike während der Aktion ausfallen und zum Risiko werden könnte.

»Alles klar, Mann!«, brummte Mike. Sein Versuch, souverän zu klingen, wollte jedoch nicht recht gelingen. Ein Bluterguss im Kiefermuskel verhinderte eine klare Artikulation, seine Aussprache war schleppend und etwas breiig.

»Was ist mit deinem Arm? Kannst du den überhaupt gebrauchen?«

Mike schaute ihn aus blutunterlaufenen Augen an. »Hör mal zu, du langer Hampelmann! Auch wenn ich Rechtshänder bin, habe ich im linken Arm immer noch dreimal so viel Kraft wie du. Glaubst du mir nicht?«

Bei diesen Worten umfasste Mike mit seiner gewaltigen linken Hand Rademachers Oberarm und drückte zu. Der schrie auf und wollte sich losreißen. Mikes eiserner Klammergriff lockerte sich erst, als Rademacher winselnd darum bettelte. Während er empört nach vorn schaute und gleichzeitig den geliehenen Ford Focus startete, grinste Mike boshaft in sich hinein.

Schweigend fuhren die beiden durch die Paderborner Innenstadt. Auf Höhe des Maspernplatzes fragte Mike: »Geht es um den Kerl, der letztens bei uns Putz gemacht hat und den ich zusammengeschlagen habe?«

Nachdem Rademacher zustimmend gebrummt hatte, wollte Mike weitere Fragen stellen.

»Halt jetzt einfach den Mund, und warte ab. Wir treffen gleich den Chef, der wird dir alles Weitere erklären.«

Wieder grinste Mike. Es schien ihm Vergnügen zu bereiten, Rademacher auf die Nerven zu gehen.

Zwanzig Minuten später waren sie im Zentrum von Bad Lippspringe. Rademacher zog sein Handy hervor und wählte eine eingespeicherte Nummer.

»In einer Minute sind wir da!«, sprach er in das Gerät und legte es wieder weg. Dann schaute er zu Mike herüber. »So, jetzt pass ein bisschen mit auf!«

Mike, der kurz eingenickt war, schreckte hoch und schaute sich verstört um.

»Der Chef wird gleich an einem Kreisverkehr zu uns stoßen«, fuhr Rademacher fort. »Kannst du sein Auto sehen? So viele dunkelblaue Audis A8 gibt es ja nicht.«

Wenig später entdeckten sie den Audi, der an der Ausfahrt, die zur Westfalen-Therme führte, auf sie wartete. Rademacher betätigte zweimal die Lichthupe, dann setzte sich die dunkle Limousine in Bewegung, fuhr direkt vor ihnen durch den Kreisverkehr und folgte dann der Detmolder Straße. Rademacher blieb dicht hinter ihm.

Wilfried Kloppenburg verspürte nicht die geringste Lust, nach Hause zu kommen. Schon der Gedanke, auf seine Frau zu treffen, verursachte bei ihm Nervosität. Ihre stillen, unausgesprochenen Vorwürfe war ebenso unangenehm wie die Phasen, in denen sie die Aussprache suchte, bohrende Fragen stellte, in denen sie sich emotional immer weiter hochschaukelte. Furchtbar!

Kloppenburg versuchte, diese Sorgen abzuschütteln, als er seine Firma in Paderborn verließ und mit dem Mercedes ins heimatliche Bad Lippspringe fuhr. Er hatte die Abfahrt so lange wie möglich hinausgezögert. Aber irgendwann muss der Mensch ja mal nach Hause fahren. Es war Freitagabend. Schade, dass es heute kein Fußballspiel gibt, dachte Kloppenburg, das wäre ein guter Grund für weitere Eheabstinenz gewesen. In dieser Saison kam es häufig vor, dass die Zweitligaspiele des SC Paderborn freitagabends stattfanden. Und Kloppenburg, als stadtbekannter Geschäftsmann, musste sich bei solchen Events ab und zu mal in der VIP-Loge sehen lassen.

Die Strecke nach Bad Lippspringe war lang genug, um noch etwas nachzudenken, aber zu kurz, um eine Lösung seiner vielfältigen Probleme zu finden. Missmutig fuhr er über die endlos lange Detmolder Straße aus der Stadt heraus. Am Kreisverkehr zwischen Marienloh und Bad Lippspringe wäre er fast wieder umgekehrt, aber er riss sich zusammen und fuhr weiter hinein in die Kurstadt.

Die Straße war durchaus noch belebt, aber auf den Bürgersteigen herrschte Tristesse. Kein Wunder bei diesem Dreckswetter, fand Kloppenburg. Es war kalt, feucht und finster. Hinter der Innenstadt bog er rechts ab in die Adolf-Kolping-Straße und fuhr dann in die Straße Zum See. Rechter Hand standen elegante frei stehende Häuser, links spiegelte die Wasserfläche des Dedinger Heidesees das Licht der Straßenlampen. Eine exklusive Wohnlage, um die Kloppenburg schon häufig beneidet worden war. Sein großes weißes Haus stand keine dreißig Meter vom See entfernt, nur durch eine schmale, wenig befahrene Straße davon getrennt.

Kein Mensch war zu sehen, als er anhielt und vom Auto aus per Fernbedienung die linke Tür der Doppelgarage in Bewegung setzte. Er war froh, dass in diesem Augenblick keiner seiner Nachbarn vorbeikam und einen aufmerksamen Blick ins Innere warf. Zwar hatte Kloppenburg den Sarg mit einer Decke verhüllt, aber womöglich war sie wieder heruntergerutscht. Das würde die Phantasie seiner Nachbarn ganz schön anregen, dachte er besorgt.

Leise hob sich das Garagentor, Kloppenburg setzte den schweren Mercedes wieder in Bewegung und rollte die Auffahrt hoch in die geräumige Garage. Dann stieg er aus, verriegelte das Auto und wollte eben die Garage verlassen, als drei Gestalten, die durch das Gegenlicht der Straßenlaterne nur schemenhaft zu erkennen waren, auf der Schwelle der Garagentür auftauchten und ihm den Weg versperrten.

Fast hätte Winters Zeitplan funktioniert, aber eben nur fast, denn eine Minute bevor er wie vereinbart zu Willi Künnemeier fahren und ihn abholen wollte, bekam er noch einen dringenden Fahrauftrag. Keine große Sache, aber er kam eine halbe Stunde zu spät. Willi Künnemeier hatte eine Regenpause ausgenutzt, bereits voller Tatendrang vor seiner Haustür gestanden und auf ihn gewartet. Winter traute seinen Augen nicht, als er den Schützenbruder sah, der komplett in Dunkelgrau gekleidet war und sogar eine dunkle Pudelmütze auf dem Kopf trug.

»Ist einer gestorben?«, fragte Winter frech, während Künnemeier mühsam in das Taxi stieg. »Sonst trägst du doch immer dieses fröhliche Seniorenbeige oder Schützengrün. Warum jetzt diese Trauerfarbe? Das Wetter ist doch grau genug.«

Künnemeier schnaufte empört, während er sich bemühte, den Sicherheitsgurt zu fixieren. »Genau deshalb, du Kindskopf. Du hast doch keine Ahnung von Tarnen und Täuschen, warst ja nicht mal bei der Bundeswehr. So etwas lernt man natürlich nicht, wenn man als Zivi alten Leuten den Hintern abputzt. Du musst dich immer der Umgebung anpassen, Junge. Und wenn die grau ist, dann musst du auch grau sein. Verstanden?«

Johnny Winter nickte ergeben und aktivierte das Taxameter.

»Was machst du denn jetzt?«, rief Künnemeier entsetzt.

»Warum schmeißt du denn das Ding an? Ich will diese Fahrt doch nicht bezahlen.«

»Das geht nicht anders«, entgegnete Winter seelenruhig. »Sobald der Beifahrersitz spürt, dass auf ihm Gewicht lastet, muss das Gerät aktiv sein, sonst springt die Karre nicht an. Was soll ich machen? Sonst musst du leider in den Kofferraum. So teuer wird das ja auch nicht, ist doch nur bis Bad Lippspringe.«

»Was? Nicht teuer?«

Künnemeier wollte eben den Gurt wieder lösen und aussteigen, als Winter anfuhr und stark beschleunigte. Dem alten Herrn blieb nichts anderes übrig, als mit verschränkten Armen schmollend sitzen zu bleiben. Während sie die Detmolder Straße entlangfuhren, warf Künnemeier immer wieder einen verstohlenen Blick auf das Taxameter und runzelte die Stirn.

»Hast du denn wenigstens die genaue Adresse dieses Sargdiebes? Wie heißt er noch? Kloppenburg?«, wollte er wissen. »Kennst du dich in Bad Lippspringe aus?«

»Ich habe doch ein Navi, kein Problem«, beschwichtigte Winter, aber Künnemeier blieb skeptisch.

»Auf so 'n Ding würde ich mich ja nicht verlassen«, brummte er. »Ich traue solchen technischen Sachen nicht. So ein kleines Ding kann ja schon irgendwie denken, aber du kannst nicht sehen, womit es denkt. Nee, nee. Da fahre ich lieber mit Karte und Kompass.«

Winter ersparte es sich darauf hinzuweisen, dass Künnemeier weder mit Navi noch mit Kompass fahren konnte, weil er seit vier Jahren keinen Führerschein mehr hatte. Eines Tages war er auf dem Rückweg von einer Vorstandssitzung seines Schützenvereins von der Polizei gestellt worden. Der Alkoholgehalt in seinem alten, aber ansonsten bestens in Schuss gehaltenen Körper war so hoch gewesen, dass er sich von seinem Führerschein hatte verabschieden müssen. Er hatte sich danach nie darum bemüht, den Schein wiederzubekommen. Als Stadtmensch brauchte er sowieso kein Auto.

An der Stadtgrenze von Bad Lippspringe fragte Künnemeier:

»Wie heißt denn die Straße?«

»Zum See!«

»Oh!« Künnemeier schnalzte mit der Zunge. »Das ist aber 'ne feine Gegend. Da wohnt ein Schützenbruder von mir, der war jahrelang Hauptmann bei den Lippspringer Schützen. Feiner Kerl war das. Und großzügig war er, hat gerne mal 'ne Runde ausgegeben. Da wohnt also unser Sargdieb? Sieh an!«

Mit der ihm eigenen Gelassenheit steuerte Winter das Taxi durch die Kurstadt, fand ohne Probleme die Abfahrt und bog Sekunden später auf die Straße Zum See ein. Von der feinen Gegend war wenig zu erkennen, schließlich war es inzwischen stockfinster. Nur einige Straßenlampen spendeten etwas Licht. Als auf der linken Straßenseite plötzlich eine Wasserfläche zu erahnen war, meldete Winters Navi, dass sie ihr Ziel erreicht hatten.

»Hier ist es!«, rief er aufgeregt und wollte das Auto an Ort und Stelle anhalten.

»Bist du verrückt? Los, fahr weiter! Oder willst du gleich gesehen werden? Da vorn macht die Straße eine Kurve. Vielleicht können wir dahinter anhalten. Diese Zivis!«

Genervt fuhr Winter um die besagte Kurve, parkte aber noch nicht sofort, weil Künnemeier darauf drängte, mehr Abstand zum Zielobjekt zu halten.

»So ein Taxi fällt doch auf«, dozierte er. »Daran kann sich jeder noch tagelang erinnern.«

Als sie endlich einen Parkplatz gefunden hatten, der Künnemeiers hohen Ansprüchen genügte, saßen beide Männer unschlüssig im Auto.

»Was machen wir denn jetzt?«, fragte Winter.

»Wie? Was machen wir? Ich denke, du hast einen Plan?

War doch deine Idee, hierherzufahren. Und jetzt kommst du damit um die Ecke? Wenn man nicht alles selber macht.«

Winter blieb sitzen, drehte sich völlig entspannt eine Zigarette und stieg dann aus, da er im Taxi nicht rauchen durfte. Er hatte vielleicht drei tiefe Züge inhaliert, als er den Kopf wieder durch die Tür streckte und sagte: »Kalt hier draußen. Aber du hast recht mit der feinen Gegend. Hier stehen nicht nur große Häuser, hier stehen auch fette Autos herum. Da vorne der Audi A8, den hätte ich auch gern. Obwohl, direkt dahinter steht ein alter Ford Focus, den würde ich nicht geschenkt nehmen. Ist wahrscheinlich der Gärtner.«

Nun stieg auch Künnemeier aus und schaute sich um. Es hatte ja keinen Sinn, im Taxi sitzen zu bleiben. Davon würden sie den Sarg nicht wiederbekommen. Beide hatten, wenn sie ehrlich waren, nicht die geringste Ahnung, was sie mit dieser Fahrt eigentlich erreichen wollten. Eigentlich waren sie nur neugierig gewesen, wollten irgendwie ihren Tatendrang befriedigen und auf jeden Fall der Polizei zuvorkommen.

»Lass uns mal um die Ecke zu dem Haus gehen und schauen!«, schlug Künnemeier vor. Winter trat seine Zigarette aus. Gerade als sie losgehen wollten, sahen sie, dass aus dem geparkten Audi ein Mann ausstieg. Dann öffneten sich beide Türen des Fords, und zwei Männer krabbelten heraus. Die drei fügten sich zu einer Gruppe zusammen und gingen in die Richtung, in die auch Künnemeier wollte. Der alte, lebenserfahrene Schützenbruder hielt Winter am Arm fest und bedeutete ihm ohne Worte, dass er noch einen Moment warten sollte. Erst als das Trio hinter der Kurve verschwunden war, ging Künnemeier langsam weiter.

Direkt vor ihnen lag der See, die eigentliche Straße führte scharf nach links. Rechts zweigte ein Fußweg ab, der wahrscheinlich um den See herumführte. Zwischen Straße und See lag eine kaum beleuchtete Parkanlage, auf der einige vereinzelte Bäume standen. Die beiden Amateurdetektive huschten auf diese Fläche. Direkt gegenüber von Kloppenburgs Haus stand ein großer Baum, der selbst zu dieser Jahreszeit dicht genug war, um sich dahinter zu verstecken.

»Von hier aus können wir gucken, was passiert«, flüsterte Künnemeier. In diesem Augenblick kam ein Auto die Straße heraufgefahren, bremste kurz vor dem observierten Haus ab und bog dann langsam in die Garagenauffahrt ein.

»Der feine Herr Kloppenburg kommt nach Hause!«, murmelte Winter. Künnemeier legte ihm eine Hand auf den Arm, um ihn wortlos aufzufordern, den Mund zu halten. Denn jetzt schwang das Garagentor auf und gab, durch das Abblendlicht des Autos erleuchtet, einen kurzen Blick auf das Innere der Garage frei. Künnemeiers Hoffnung, den Sarg zu entdecken, erfüllte sich nicht. Dafür ging alles zu schnell.

Der Hausbesitzer fuhr seinen Mercedes in die geräumige Garage und stellte den Motor ab. In diesem Moment lösten sich drei Gestalten aus der Dunkelheit neben der Garage und stellten sich nebeneinander auf die Schwelle der Garagentür.

Winter hätte vor Schmerz beinahe aufgeschrien, denn Künnemeiers Finger krallten sich aufgeregt in Winters Arm. Was ging da vor? Sie hörten einen Wortwechsel, doch verstehen konnten sie nichts. Zwei der Männer sprangen auf den Hausbesitzer zu, und ein paar erstickte Schreie waren zu hören. Irgendjemand warf dem Opfer einen Sack über den Kopf, doch Kloppenburg schlug weiter um sich. Es gelang ihm, einem seiner Angreifer mit der Faust ins Gesicht zu schlagen. Der Getroffene, ein auffällig langer, dünner Mann, hatte offenbar Mühe, sich auf den Beinen zu halten. Nun umklammerte der Kleinste, aber Breitschultrigste aus dem aggressiven Trio Kloppenburgs Hals und riss ihn zu Boden. Sofort stürzten sich die drei auf ihr zappelndes Opfer.

Künnemeiers Nerven waren bis zum Äußersten gespannt, und auch Winter hielt den Atem an, als sie hilflos zuschauen mussten, wie Kloppenburg zu Boden geworfen und getreten wurde. Einer der Männer ließ von seinem Opfer ab und ging an Kloppenburgs Mercedes vorbei in den hinteren Bereich der Garage. Da die Straßenlaterne für Winters Blickwinkel günstig positioniert war, konnte er zwar nicht viel erkennen, aber immerhin genug, um festzustellen, dass der Mann eine Decke an sich zog und damit wieder nach vorn kam. Winter blinzelte noch einmal angestrengt in die Garage und erkannte, was die Decke vorher verborgen hatte. Dort stand ... ein Sarg!

»Willi, guck dir das an!«, flüsterte er aufgeregt.

Plötzlich lief der lange dünne Mann los und verschwand hinter der Straßenecke im Dunklen, während die beiden anderen den anscheinend bewusstlosen Herrn Kloppenburg in die Decke einrollten. Kurz darauf hörte Winter ein Auto kommen. Es war der Ford Focus, der Winter bereits aufgefallen war. Er hielt direkt vor der Garagenauffahrt. Die beiden anderen trugen Kloppenburg zum Auto und hievten ihn auf die Rückbank. Dann stieg der Breitschultrige rasch auf der Beifahrerseite ein, und der Ford brauste davon.

»Los! Wir müssen hinterher!«, wisperte Winter hektisch. Aber Künnemeier hielt ihn am Arm fest und deutete auf den dritten Mann, der nun in aller Seelenruhe das Garagentor herunterfahren ließ, bevor er die Fernbedienung ein Stück entfernt in ein Gebüsch warf.

»Warte mal«, sagte der alte Herr leise. »Sein Auto steht, von hier aus gesehen, vor unserem. Wenn wir auf der dunklen Straßenseite entlangschleichen, werden wir gleich sehen, in welche Richtung er fährt.«

Sie liefen die paar Meter bis zur Ecke in geduckter Körperhaltung und suchten hinter zwei kräftigen Bäumen Schutz. In diesem Moment flammte vor ihnen das Fernlicht eines Autos auf und erleuchtete die Stelle, an der Winter und Künnemeier hinter ihren Bäumen standen, fast taghell. Dann kam das Licht näher, bog an der Straßenecke ab und fuhr weiter. Winter versuchte, sich das Nummernschild einzuprägen.

»Bleib hier stehen!«, rief Winter seinem älteren Begleiter zu. »Ich kann schneller laufen. Ich hole das Auto und komme zurück.«

Und schon rannte er los und ließ den verblüfften Künnemeier einfach stehen. Eine halbe Minute später saß auch der im Taxi, und Winter gab Gas. Er nahm nun keinerlei Rücksicht mehr auf irgendwelche Verkehrsregeln, sondern fuhr, was die Straßenverhältnisse hergaben. An einer Kreuzung mussten sie sich entscheiden, ob sie nach rechts Richtung Schlangen oder nach links Richtung Paderborn fahren wollten. Sie entschieden sich für Paderborn, weil ihnen das logischer erschien.

Winter donnerte durch die endlos lange Bad Lippspringer Innenstadt, als wäre er auf dem Hockenheimring. Offenbar hatten sich höhere Mächte für ihn eingesetzt, denn alle Ampeln standen auf Grün. Künnemeier hielt sich panisch am Haltegriff fest und wagte kaum noch zu atmen. Doch Winter fuhr fast so rasant, wie er Gitarre spielte. Sie kamen unversehrt bis Marienloh, rasten auch hier, ohne abzubremsen, durch den Ortskern und fluchten beide zum Gotterbarmen, als sie kurz vor Paderborn an einer großen Kreuzung eine Vollbremsung hinlegen mussten. Die rote Ampel allein hätte Winter vielleicht nicht einmal vom Weiterfahren abgehalten, aber vor der Ampel standen vier Autos und versperrten ihm den Weg. Ihm blieb nichts anderes übrig, als zähneknirschend zu stoppen und sich hinter den anderen einzureihen.

Als die Ampel auf Grün sprang und sich die Reihe der wartenden Autos langsam auflöste, nutzte Winter die erste größere Lücke, um den Wagen davor zu überholen. Das empörte Hupen des Fahrers ignorierte Winter, denn sein Blick war auf die große dunkle Limousine vor ihm gerichtet. Ein Audi A8.

»Da ist er, Willi!«, schrie Winter aufgeregt. »Hier, direkt vor uns. Wir haben ihn!«

Künnemeier war ebenfalls begeistert, wenigstens eines der beiden Gangsterautos wiedergefunden zu haben. »Halt ein bisschen mehr Abstand!«, riet er Winter, der vor Erregung seinem Vordermann fast auf der Stoßstange saß.

Der Fahrer des Audis schien sich nicht bewusst zu sein, dass er verfolgt wurde, denn er fuhr mit einer Ruhe, die Winters Nerven restlos überforderte, die über drei Kilometer lange Detmolder Straße in Richtung Innenstadt. Hier sprangen alle, aber auch wirklich alle Ampeln auf Rot, sobald Winter in die Nähe kam. Jedes Mal musste er den Impuls unterdrücken, aus dem Auto zu springen, die Fahrertür des Audis aufzureißen und den Fahrer herauszuzerren. Winter war derart auf das Auto vor ihm fixiert, dass er links und rechts nichts mehr wahrnahm. Als sie vor der Ampel an der Kreuzung Heierstor erneut warten mussten, hätte er nicht sagen können, wo er gerade war. Dummerweise hatte sich kurz zuvor ein anderes Auto zwischen den Audi und das Taxi gedrängt, und Winter musste höllisch aufpassen, beim Anfahren mitzubekommen, in welche Richtung sein Zielobjekt fuhr.

Künnemeier empfand er nicht als Hilfe, denn der saß kreideweiß neben ihm, sagte kein Wort mehr und hielt sich krampfhaft fest. Kaum sprang die Ampel um, fuhr der Audi geradeaus ins Ükernviertel und Winter hinterher. Hier kannte er sich aus, genau wie Künnemeier, der nicht nur Bewohner dieses Viertels war, sondern auch jahrzehntelang den dortigen Schützenverein geleitet hatte. Sie verfügten also über eine enorme Ortskenntnis in diesem bunten Sammelsurium von Wohnungen, Kneipen, Restaurants und kleinen Läden.

Bei einer Kneipe namens Globetrotter bog der Audi plötzlich rechts ab in die Thisaut. Winter stoppte sein Taxi und blieb vor der Kneipe stehen.

»Was machst du denn?«, rief Künnemeier erbost. »Los, hinterher, sonst ist er weg!«

Winter verdrehte die Augen. »Ich verfolge ihn nun schon so lange. Wenn ich sogar in einer so schmalen und stillen Straße unmittelbar hinter ihm bleibe, wird er ganz bestimmt misstrauisch. Nur ein paar Meter Abstand, dann erkennt er mich nicht mehr. So, weiter geht's!«

Nun bog auch Winter in die Thisaut ein. Zu ihrem Entsetzen war aber kein Audi mehr zu sehen. Winter fluchte wie ein Bierkutscher und trat das Gaspedal durch. Am Ende der Straße stellte sich die Frage nach der weiteren Richtung.

»Fahr rechts!«, schrie Künnemeier mit vor Erregung hoher Stimme. Winter bremste ab, riss aber das Lenkrad gegen Künnemeiers Rat links herum.

»Ich kann mir schon denken, wo der hinwill«, rief er. »Ich fahre eine Abkürzung.«

»Nein! Das kannst du doch nicht ...« Aber Willi Künnemeiers Warnung kam zu spät. Winter hatte kräftig beschleunigt, und plötzlich polterte der Mercedes mit vollem Tempo einen kurzen, holprigen Abhang hinunter. Beide schrien entsetzt auf, als es einen heftigen Schlag gab, Wasser an die Scheiben spritzte und die Mietlimousine dampfend im flachen Wasser der Dielenpader zum Stehen kam.

Langsam ließ das Zischen und Dampfen nach. Johnny Winter schlug vor Wut über sich selbst mit der flachen Hand auf das Lenkrad seines Taxis, das bis zur Höhe des Fußraumes im sauberen, frischen Quellwasser stand. Vorsichtig blickte er zu Willi Künnemeier. Hoffentlich hatte sich der alte Mann nicht verletzt. Aber Künnemeier schien zumindest körperlich in

Ordnung zu sein. Wie es um seinen Geisteszustand bestellt war, konnte Winter nicht entscheiden. Denn Künnemeier starrte ihn mit einem Blick an, als wäre Winter ein Außerirdischer. Entschuldigend hob Winter beide Hände und wollte sich eben für seinen Fehler rechtfertigen, als sich bei Künnemeier plötzlich die Schockstarre gelöst hatte und er mit seiner tiefen Basstimme sagte: »So eine Scheiße aber auch! Wie hast du das denn hingekriegt?«

Winter zuckte mit den Achseln. »Weiß auch nicht. War so 'ne plötzliche Eingebung. Ich dachte echt, das wäre der bessere Weg. Tut mir leid.«

Dann erst schien Winter der Gedanke zu kommen, irgendetwas unternehmen zu müssen.

»Absaufen können wir ja wohl nicht, schätze ich. Das Wasser ist hier nicht tief, und ich glaube nicht, dass irgendwas Größeres kaputt ist. Aber der Motor steht zur Hälfte unter Wasser, den kriegen wir so nicht wieder zum Laufen. Was machen wir denn jetzt?«

»Tja«, brummte Künnemeier, »ich würde sagen, wir krabbeln erst mal raus und gucken uns den Schaden an.«

Er wollte gerade die Tür öffnen, als Winter laut schrie: »Nein, auf gar keinen Fall! Wenn wir jetzt die Türen öffnen, läuft die Karre sofort voll Wasser. Wir müssen durch die Fenster aussteigen.«

»Du spinnst wohl!«, protestierte Künnemeier. »So 'n junger Kerl kann da vielleicht rauskrabbeln, aber ich bin dafür zu alt. Außerdem, was interessiert dich das Auto? Ist doch sowieso nicht deines, sondern gehört deinem Chef, und der ist versichert.«

»Der bringt mich um«, meinte Winter. »Die Versicherung wird ihm was husten, und ich bekomme in Paderborn keinen Job mehr, wenn das rauskommt. Ich bin am Arsch, Willi. Verstehst du?«

Offenbar verstand sein Beifahrer, denn er schwieg eine

Weile. Die Stille wurde für die beiden Männer von Sekunde zu Sekunde unerträglicher. Winter starrte durch die Windschutzscheibe auf die glatte, schwarz glänzende Wasserfläche, auf der sich die Lichtquellen der Umgebung spiegelten. Die Oberfläche sieht einer Teerstraße schon verdammt ähnlich, dachte er. Kein Wunder, dass er sich geirrt hatte.

Plötzlich wurde Winter jäh aus seinen Gedanken gerissen. Was war mit seinen Schuhen los? Er hatte tatsächlich nasse Füße. Winters fassungsloser Blick wanderte in den Fußraum des Autos. Ein dünnes, aber stetiges Rinnsal Wasser zwängte sich an den Gummidichtungen der Türen vorbei und floss ins Innere des Wagens. Es war nur eine Frage der Zeit, bis sich der Wasserpegel im Auto dem der Dielenpader angepasst hatte. Das Quellbecken war an dieser Stelle etwa einen halben Meter tief.

Winter rechnete hastig, kalkulierte die Reifen mit ein und vermutete, dass über kurz oder lang das Wasser den gesamten Fußraum des Autos überflutet haben würde. Wie sollte er das seinem Chef erklären? Wer würde den Schaden bezahlen?

Plötzlich ging ein Leuchten über das faltige Gesicht von Künnemeier. Er zog ein Handy aus der Innentasche seiner dunkelgrauen Steppjacke, wählte eine Nummer, wartete und sagte dann: »Willi hier. Hallo, Hans-Hermann. Du wunderst dich vielleicht, warum ich so spät noch anrufe, aber ich brauche deine Hilfe. Ja, jetzt sofort. Du hast doch so einen großen Geländewagen mit 'ner Winde dran, oder?«

Künnemeier beschrieb seinem Gesprächspartner den genauen Standort und nahm wenig später zufrieden grinsend das Handy vom Ohr. »Ist ein alter Schützenbruder von mir. Maspernkompanie, versteht sich. Der wird uns gleich rausziehen. Er ist in ein paar Minuten da. Ich rufe jetzt noch ein paar andere Jungs von der alten Garde an. Wir brauchen noch ein paar Hände mehr.«

Winter kontrollierte immer wieder besorgt den Wasserstand im Fahrgastraum. Aber so ein Mercedes schien ziemlich dicht zu sein, denn der Pegel stieg nur langsam. Zum Glück war es finstere Nacht bei schlechtem Wetter. Die Wahrscheinlichkeit, dass ein nächtlicher Spaziergänger das Taxi im Wasser stehen sah, war gering.

Zwei Minuten später traf der erste Schützenbruder ein, kurz darauf sah Winter hinter sich das grelle Licht eines Scheinwerfers auftauchen. Es kam näher und blieb schließlich am Ufer des Quellbeckens stehen.

»Das ist Hans-Hermann mit seinem Geländewagen. Guter Junge!«, sagte Künnemeier erfreut. Viel sehen konnten die beiden Männer im Taxi nicht, da sie vom Licht des Geländewagens geblendet wurden. Ein Mann stieg ins Wasser und näherte sich langsam dem Taxi. Plötzlich klingelte Künnemeiers Handy.

»Ja, ja, alles klar. Kapiert. Ja, machen wir!«, sagte er und erklärte an Winter gewandt: »Herbert versucht jetzt, das Stahlseil an der Abschleppvorrichtung des Taxis zu befestigen. Du solltest dafür sorgen, dass der Gang raus ist und alle Bremsen gelöst sind. Aber erst, wenn Herbert ans Auto klopft. Alles klar?«

Winters Anteil an der Rettungsaktion war durchaus überschaubar, also nickte er gottergeben.

Es dauerte volle drei Minuten, dann klopfte der Mann mit dem Stahlseil an die Heckscheibe des Mercedes. Winter tat, wie ihm aufgetragen worden war. Der Mann watete wieder zum Ufer, und bald hörten sie, wie der Motor des Geländewagens wieder ansprang. Fast im selben Augenblick gab es einen Ruck im Taxi, und dann spürten sie, wie der Mercedes langsam, aber stetig an Land gezogen wurde. Immer weiter aus diesem verfluchten Quellbecken, das Winter nie wieder ohne Magengrummeln würde sehen können.

Schließlich stand das Taxi, vor Nässe triefend, auf dem Kopfsteinpflaster. Künnemeier kletterte lachend heraus und begrüßte seine Schützenbrüder. Winter hatte diese Truppe munterer älterer Herren bereits vor einem Jahr kennengelernt, als er sich vor der Polizei verstecken musste und die Männer ihn in Hövekens Sarglager überrascht hatten. Nun gab es ein großes Hallo, und Künnemeier musste ihnen erklären, wie und warum sie in dieses Wasser gefahren waren. Dabei war er so klug, nur das Nötigste preiszugeben. Dann schoben die Schützen mit vereinten Kräften den Mercedes wieder in die korrekte Richtung und befestigten ein normales Abschleppseil an dem Geländewagen.

»Was habt ihr vor?«, fragte Winter erstaunt.

»Mit dieser Karre kannst du erst einmal nicht fahren, mein Junge«, meinte Künnemeier. »Hans-Hermann war vierzig Jahre lang Automechaniker und hatte eine kleine Werkstatt. Die gehört inzwischen seinem Sohn, aber das macht nichts. Er wird dich abschleppen, dein wunderbares Taxi, soweit es geht, in Ordnung bringen, und dann kannst du es deinem Chef zurückgeben. Der wird nichts merken, glaub es mir. Es geht nichts über ein gut funktionierendes Netzwerk, nicht wahr? Aber das Ganze kostet natürlich 'ne Runde im Thi-Brunnen. Für alle.«

Nach der langen Fahrt quer durch die stockfinstere Senne, wo das Fernlicht des alten Fords weit und breit die einzige Lichtquelle darstellte, tauchten nun auf der rechten Seite einige Lichter auf. Zwei Straßenlampen warfen ein diffuses Licht auf flache Militärbaracken. Die Gebäude wirkten unbewohnt.

Ein großer Teil der Heidelandschaft zwischen Paderborn und Bielefeld war schon 1881 ein bedeutender Truppenübungsplatz gewesen. Damals hieß es bei den Soldaten: »Gott schuf in seinem Zorn die Senne bei Paderborn.« Heute sprechen die Soldaten hier mehrheitlich Englisch. Das riesige militärische Übungsgelände war, wenn sich nicht gerade Panzer hindurchpflügten oder Schießübungen stattfanden, ein Paradies für Wildtiere. Die Tiere hatten sich an das Militär gewöhnt und gelernt, dass von Panzern keine Gefahr für sie ausging. Nachts wimmelte es hier von Rehen, Hirschen und Wildschweinen. Menschen hingegen hätte man hier vergeblich gesucht. Das Gebiet war nur zu befahren, wenn die britische Rheinarmee oder bisweilen auch die Bundeswehr es gerade einmal nicht für sich beanspruchte. Andernfalls versperrten Schranken alle Zufahrten. Auch die Baracken, an denen sie gerade vorbeifuhren, wurden nur sporadisch genutzt. Derzeit lag hier alles brach und still.

Patrick Rademacher stammte ganz aus der Nähe, aus Hövelhof. Außerdem hatte er hier Teile seines Militärdiensts absolviert und kannte sich in der Gegend gut aus. Als vor ihnen eine Querstraße auftauchte, bremste er ab und bog rechts in die Staumühler Straße. Auch hier gab es keine Straßenlampen.

»Auf der linken Seite ist der Knast!«, sagte Rademacher zu seinem Beifahrer Mike, der kurz vor dem Einschlafen war und bei diesen Worten hochschreckte.

»Wieso Knast?«, fragte er hektisch. »Was sollen wir im Knast?«

Rademacher grinste böse. Im schwachen Schein des Tachos wirkten seine Gesichtszüge geradezu diabolisch.

»Keine Angst, das ist nur ein Jugendknast. Dafür bist du zu alt.«

Nach vierhundert Metern lenkte Rademacher den Ford durch eine offen stehende Schranke nach rechts in einen noch schmaleren, kaum befestigten Weg. Kurz darauf ging es noch einmal rechtsherum, nun war es nur noch ein etwas festerer Sandweg, der nach einem halben Kilometer für einen Pkw unbefahrbar wurde. Rademacher stoppte und atmete tief durch.

»So, da wären wir!«

Mike starrte ihn entsetzt an. »Wie? Hier, mitten in der Wildnis?«

»Ja, genau hier. Komm, wir müssen leider unseren Gast noch ein paar Meter zu Fuß schleppen. Da hinten steht eine Baracke. Eigentlich nicht viel mehr als eine Holzhütte. Zu meiner Militärzeit war das ein Lagerraum für alle möglichen Gerätschaften, die für die Waldarbeit gebraucht wurden. Soweit ich weiß, wird die Hütte nicht mehr benutzt. Wir haben sie also für uns. Das geilste Versteck der Welt. Hier sucht uns keiner.«

Mike schien davon keineswegs überzeugt zu sein. Er brummte missmutig, sagte aber nichts.

Der nach wie vor in eine Decke gewickelte Wilfried Kloppenburg war am Ende der Fahrt von tiefer Ohnmacht in ein Zwischenstadium zwischen Bewusstlosigkeit und Wachzustand gelangt. Rademacher wusste, dass sie sich beeilen mussten. Ein hellwacher Kloppenburg würde schreien. Auch wenn sie hier im Herzen der Finsternis steckten, wollte er kein Risiko eingehen.

Gemeinsam zerrten sie ihren Gefangenen aus dem Auto. Rademacher zog eine starke Taschenlampe hervor und machte Licht. Mike, der seine eigenen Verletzungen offenbar vorübergehend vergessen hatte, wollte sich den mächtigen Körper Kloppenburgs locker über die Schultern werfen, schrie aber schmerzhaft auf und beendete den Versuch, indem er Kloppenburg einfach in den weichen Sennesand fallen ließ. Erst als Rademacher mitanfasste, gelang es den beiden, den Zweizentnermann etwa dreißig Meter weit bis zu einer kleinen Lichtung zu schleppen. Hier war im Licht der

Taschenlampe eine Holzbaracke zu sehen, die in keinem sehr guten Zustand mehr war.

»Wie kommen wir denn hier rein?«, fragte Mike, als er die verschlossene Tür sah.

Rademacher stieß ein blechernes Lachen aus. »Was weiß ich? Du bist doch der Mann, der alles kann«, hetzte er. »Ein Kerl wie du wird doch wohl in eine alte Holzhütte eindringen können.«

Rademacher wusste, dass er sich auf vermintes Gebiet begab, wenn er Mike provozierte. Dieser unterdrückte offenbar sein Bedürfnis, ihn schnell und gründlich zusammenzuschlagen. Schließlich waren sie hier nicht im Urlaub. Der Chef hatte sie zusammen hierhergeschickt, um einen Job zu machen, und da hatte sich auch Mike zu disziplinieren.

Tatsächlich standen sie wenig später in der kaum möblierten Baracke. Es gab einen langen Tisch, einige Holzstühle und an der Wand leere, verstaubte Regale. Dicke Spinnennetze hingen von der Decke herab, und das leise Rascheln und Trappeln von Mäusen war zu hören. Alles wirkte so heruntergekommen, als wäre seit Jahren niemand mehr hier gewesen. Aber es gab immerhin einen Wasserhahn mit fließendem Wasser, wie Rademacher feststellte, als er die Hütte mit der Taschenlampe ausleuchtete. Ihn schauderte ein wenig davor, hier eine Nacht verbringen zu müssen, aber er versuchte, sich nichts anmerken zu lassen.

Zu Mike sagte er, ganz der Boss: »Kümmere du dich um unseren Gefangenen. Ich gehe noch mal zurück zum Auto.«

Kurz darauf kam er wieder zurück und zerrte einen großen Koffer hinter sich her. »Hier ist alles, was wir brauchen«, berichtete er stolz, als Mike ihn fragend ansah. »Lebensmittel, Gaskocher, Campingleuchten, sogar Klopapier. Und noch ganz viel mehr. Der Chef hat wirklich an alles gedacht. Sogar eine Flasche Wodka hat er eingepackt, damit du deine Schmerzen betäuben kannst. Ist schon ein tüchtiger Mann, unser Chef. Und schau mal, hier sind Handschellen für unseren Gast. Und was ist das? Ein Zettel mit einer Liste von Fragen, die wir ihm stellen sollen.«

Hauptkommissar Horst Schwiete war stocksauer. Er hatte immer schon seine größeren und kleineren Probleme mit seinem Nachbarn Johnny Winter gehabt, aber diesmal war Winter eindeutig zu weit gegangen.

»Wie kommst du dazu, auf eigene Faust Ermittlungen zu führen? Was geht dich das Ganze überhaupt an?«, fragte Schwiete wütend, als in der Küche von Hilde Auffenberg um kurz vor Mitternacht die große Runde zusammentraf. Außer Schwiete und Winter saßen oder standen noch Hilde Auffenberg, Willi Künnemeier und Herbert Höveken in der Küche.

»Habt ihr euch zu irgendeinem Zeitpunkt eurer kindischen Aktion einmal klargemacht, was hätte passieren können? Wenn die euch entdeckt hätten ... Ich will mir das gar nicht ausmalen.«

Horst Schwiete zeigte Emotionen, die bislang noch niemand an ihm wahrgenommen hatte. Hilde Auffenberg versuchte, die Wogen etwas zu glätten.

»Stimmt schon, Herr Schwiete. Aber es ist ja nichts passiert. Ich bin mir sicher, Johnny und Willi sehen ein, dass es ein Fehler war, allein Detektiv zu spielen.«

»Ach ja?«, fragte Winter provokant. »Woher willst du das wissen? Ihr könnt sagen, was ihr wollt, aber Willi und ich haben in den letzten drei Stunden mehr herausbekommen als die Polizei seit dem Diebstahl des Sarges. Und ganz nebenbei haben wir eine Entführung beobachtet und können der Polizei nun wertvolle Hinweise anbieten. Ja, und das Kennzeichen eines der beiden Autos haben wir auch geliefert. Ist das nichts?«

Herausfordernd blickte er sich um. Er sah in müde Gesichter, was angesichts der Uhrzeit wenig erstaunte. Am müdesten wirkte Herbert Höveken.

»Mir ist es völlig wurscht, ob es richtig war, was Willi und Johnny gemacht haben. Ich will nur meinen Sarg zurückhaben. Kann ich ihn morgen dort abholen, Herr Schwiete?«

Der Polizist schnaubte. »Nein! Ihren Sarg bekommen Sie schon noch zurück. Aber überlassen Sie es uns, wann es so weit ist. Es gibt vorher eine Menge zu klären. Und Frau Kloppenburg wird im Augenblick ganz andere Sorgen haben als diesen verdammten Sarg. Darf ich die Anwesenden im Raum daran erinnern, dass ihr Mann vor zwei Stunden entführt worden ist?«

Nun meldete sich Willi Künnemeier, bei dem offenbar die Aufregung der letzten Stunden wie eine Frischzellenkur gewirkt hatte, munter zu Wort: »Was passiert denn nun mit den Entführern? Werden die schon verfolgt? Oder müssen Johnny und ich noch mal ran?«

»Unterstehen Sie sich!« Schwiete drosch mit der Faust auf den Küchentisch und wollte eben weiterreden, als Hilde Auffenberg ruhig dazwischenging.

»In meiner Küche haut nur eine auf den Tisch, und das bin ich, Herr Schwiete. Ihre berechtigte Sorge in allen Ehren, aber hier sitzen nur erwachsene Menschen, und von denen erwarte ich einen angemessenen Tonfall.«

Als Schwiete bei diesem Einlauf mit hochrotem Kopf heftig nach Luft schnappen musste, fuhr sie in beruhigendem Tonfall fort: »Sie haben ja recht, Herr Schwiete. Aber es ist doch keinem was passiert außer dem Ehemann meiner Freundin, und das wäre auch geschehen, wenn unsere beiden Helden nicht dabei gewesen wären. Belassen wir es also bei einer ernsten Ermahnung.«

Winter fügte sich der älteren Frau, die für ihn viel mehr war als nur eine Vermieterin.

»Also«, schnaufte Schwiete. »Seit einer halben Stunde läuft die Großfahndung. Das Kennzeichen des Autos, das Johnny verfolgen wollte, haben wir bereits festgestellt. Ich sage euch aber nicht, um wen es sich handelt, denn es ist eine laufende Ermittlung, und ich darf darüber noch nicht reden. Wir werden noch während der Nacht versuchen, den Besitzer des Autos festzunehmen. Über das andere Auto, also das Transportfahrzeug des Entführten, wissen wir nur, dass es sich um einen alten Ford Focus handelt. Nicht gerade viel, aber wesentlich besser als nichts, zugegeben. Ihr seht, dass alles getan wird, was getan werden muss. Und nun wünsche ich euch allen eine gute Nacht. Schlaft gut, und lasst uns unseren Job machen.«

Nachdem sich Herbert Höveken verabschiedet hatte, fragte Willi Künnemeier: »Johnny, kannst du mir 'nen Kollegen von dir rufen? Ich brauche ein Taxi, und mit dir kann man ja heute nicht mehr fahren.«

Das war vielleicht eine Nacht gewesen. Dieser Künnemeier hatte es geschafft, das halbe Ükernviertel zur Verbrecherjagd aufzurufen. Und das Zentrum der Bewegung war wieder einmal die Küche seiner Vermieterin Hilde Auffenberg. Schwiete rieb sich das müde Gesicht. Sein Wohnungsnachbar Johannes Winter und dieser Künnemeier hatten eigentlich nur die Absicht gehabt, einen Sargdiebstahl aufzuklären, und waren Zeugen einer Schlägerei geworden, die mit einer Entführung geendet hatte.

Schwiete fasste sich an den Kopf. Solche abstrusen Geschichten erlebte auch nur der alte Schützenoberst Künnemeier.

Dieser Wilfried Kloppenburg war in der Tat seit gestern Abend nicht mehr aufgetaucht. Das hatte seine Frau bestätigt.

Angeblich war einer der Entführer Werner Hatzfeld. Von dem hatten sich Winter und Künnemeier das Nummernschild gemerkt. Genau der Werner Hatzfeld, dem nicht nur das in die Luft gesprengte Haus gehörte, sondern auch die Immobilie, in der der Club Oase untergebracht war. Und genau der Werner Hatzfeld, der bei Staatsanwalt Becker wahrscheinlich ein und aus ging.

Schwiete hatte sofort eine Fahndung nach dem Fahrzeug eingeleitet. Die Kollegen waren bereits bei Hatzfeld zu Hause gewesen, hatten ihn jedoch nicht angetroffen.

Hauptkommissar Schwiete rieb sich die Augen. Er hatte nicht nur wenig, er hatte auch schlecht geschlafen, denn er hatte andauernd an Karen Raabe denken müssen. Ja, er fand sie bemerkenswert, keine Frage, aber was hatte ihn geritten, als er sie zum Essen einlud? Schwiete war noch nie mit einer Frau ausgegangen. Wie gestaltete man so einen Abend?, fragte er sich. Über was für Themen unterhielt man sich? Er hätte sich ohrfeigen können. Wieso hatte er seine ausgetretenen Pfade verlassen und sich auf dieses Abenteuer eingelassen?

Aus beruflicher Sicht würde der Tag viel Arbeit mit sich bringen. Vielleicht entwickelten sich die Ereignisse so dramatisch, dass Schwiete die Verabredung heute Abend absagen konnte. Vielleicht sollte er es gleich jetzt erledigen, dann hatte er eine Sorge weniger. Schwiete sah auf seine Armbanduhr. Gleich halb sieben. Um diese Zeit war Karen Raabe mit Sicherheit noch nicht im Büro. Eine private Telefonnummer hatte er nicht. Er musste die Absage der Verabredung nach hinten schieben.

Okay, dann würde er eben jetzt den Staatsanwalt anrufen. Er musste mit ihm über Hatzfeld reden. Im Gericht würde er den obersten Ankläger Paderborns um diese Uhrzeit bestimmt nicht antreffen. Doch die Brisanz der Ereignisse erlaubte es, ihn zu Hause zu stören. Schwiete wählte die Nummer für Notfälle, die ihm der Staatsanwalt irgendwann mal gegeben hatte.

Auch Herr Becker schien ein Frühaufsteher zu sein. Nach dem zweiten Klingeln hatte Schwiete ihn am Apparat.

»Guten Morgen! Wo brennt es?«

»Guten Morgen«, erwiderte Schwiete. »Ich muss mit Ihnen noch einmal über die Explosion im Lohfeld reden.«

»Wieso?«, erwiderte der Staatsanwalt unwirsch. »Da deutet doch alles auf Selbstmord hin. Die Akte wollten wir doch schließen, wenn nichts Außergewöhnliches passiert.«

»Nun ja, jetzt ist vielleicht eine Situation entstanden, die man als solche bezeichnen könnte.«

»Wie meinen Sie das? Was soll diese Rumeierei, Herr Hauptkommissar?«

Schwiete machte eine Pause und atmete tief durch, ehe er von der mutmaßlichen Entführung berichtete. »Der Mann, um den es sich handelt, heißt Kloppenburg.«

»Der Bauunternehmer?«

Schwiete blätterte in der Akte. »Genau. Kennen Sie ihn?«

»Der ist bei mir im Lions Club, Sie wissen schon. Da ist Werner Hatzfeld übrigens auch Mitglied.«

Der Staatsanwalt dachte einen Moment nach.

»Komische Sache«, resümierte er dann und fragte: »Ist Kloppenburg tatsächlich entführt worden? Haben Sie das überprüft?«

»Er war seit der Beobachtung eines angeblichen Kampfes und der anschließenden Verschleppung nicht mehr zu Hause. Das sagt jedenfalls seine Frau.«

»Das heißt erst mal gar nichts, Herr Schwiete. Ich glaube,

es kam bei Kloppenburg in letzter Zeit öfter mal vor, dass er die eine oder andere Nacht aushäusig verbracht hat. Midlife-Crisis, Sie verstehen, Herr Hauptkommissar?«

So richtig verstand Schwiete das nicht, beließ es jedoch dabei.

»Wenn das alles so ist, warum fragen Sie Hatzfeld nicht einfach nach einem Alibi? Das lässt sich doch schnell klären. Herr Schwiete, nun behelligen Sie mich doch nicht mit jeder Kleinigkeit. Ein bisschen selbstständiges Arbeiten, ich bitte Sie!«

Schwiete hatte das Gefühl, der Staatsanwalt wollte auf Distanz zu diesem Fall bleiben. Er hatte kein Interesse daran, zu sehr in die Ermittlungen eingebunden zu werden.

»Das ist gar nicht so einfach«, entgegnete Schwiete sachlich. »Um ihn zu befragen, müssten wir ihn erst finden. Auch Hatzfeld war seit gestern Abend nicht mehr zu Hause.«

»Dann suchen Sie ihn, Schwiete, dann suchen Sie ihn. Sie können mich ja auf dem Laufenden halten. Noch was?«

»Ja«, entgegnete der Polizist. »Wir haben herausgefunden, dass Werner Hatzfeld der Besitzer der Immobilie ist, in der der Club Oase untergebracht ist.«

»Ja, mein Gott, Schwiete, auch die Gebäude, in denen sich Bordelle ansiedeln, müssen jemandem gehören. Ich möchte nicht wissen, was sonst noch in den Liegenschaften von Hatzfeld untergebracht ist. Dem gehört doch halb Paderborn. Ach ja, Schwiete, das Bordell hat übrigens Kloppenburg gebaut. Das ist nicht nur ein Kumpel von Werner Hatzfeld, das ist sozusagen auch noch dessen Haus-und-Hof-Bauunternehmer. Von daher finde ich die Geschichte, die Sie mir da auftischen, ziemlich abstrus. Klären Sie die Angelegenheit, Herr Hauptkommissar, und dann muss es aber auch gut sein. Ach, und bitte, Schwiete, spielen Sie nicht den Elefanten im Porzellanladen, keine Presse und so. Sie wissen schon.«

Das waren die letzten Worte des Staatsanwalts. Grußlos beendete er das Gespräch.

Na gut, dachte Schwiete. Dann lege ich mal los. Und ein nettes kleines Detail hat Becker gleich mitgeliefert. Hatzfeld und Kloppenburg kannten sich, und zwar nicht nur flüchtig. Das stinkt doch gewaltig zum Himmel. Warum war der Staatsanwalt an dieser Stelle nur so sorglos? Das Einzige, was ihn interessierte, war, dass die ganze Angelegenheit nicht an die Öffentlichkeit kam.

Dieser Hatzfeld, überlegte Schwiete, hatte mit Sicherheit keine saubere Weste. Immer wieder tauchte der Name dieses Mannes auf. Das konnte kein Zufall sein.

Das Telefon unterbrach seine kurz zuvor begonnenen Überlegungen.

Kükenhöner ärgerte sich. Seine Frau hatte ihm am Vorabend zwischen Tür und Angel mitgeteilt, dass sie sich heute um acht Uhr morgens zu einer Lerngruppe mit ihren Referendarskollegen verabredet hatte. Wie lange sollte das noch so gehen?, fragte sich Kükenhöner. Kein gemeinsames Frühstück mehr, die Kinder machten, was sie wollten, und er war mittlerweile zum Beherrscher der Waschmaschine mutiert.

Es war nur noch eine Frage der Zeit, bis ihn seine Kollegen mit Küchenschürze bekleidet oder beim Wäscheaufhängen sehen würden. Was für eine Blamage das wäre. Na, wer den Schaden hat, spottet jeder Beschreibung, dachte Kükenhöner.

Die nächste Hiobsbotschaft war gleich heute Morgen gekommen. Denn um kurz nach sieben hatte Schwiete ihn angerufen und ihm mitgeteilt, dass es eine Entführung gegeben habe. Er brauchte jetzt jeden Mann. Seit der Besprechung mit Schwiete hatte Kükenhöner nur noch Büroarbeit gemacht und sich um Schreibkram gekümmert. Obwohl er diese Formulare hasste wie die Pest, bewahrten sie ihn doch vor allzu vielen Überstunden. Papier war schließlich geduldig.

Kükenhöner hatte bei seinem Chef noch das gemeinsame Frühstück mit seinen Kindern heraushandeln können. Er hatte versprochen, um zehn in der Kreispolizeibehörde zu sein. Anschließend war er durchs Haus gezogen, hatte an allen Türen geklopft und seine Sprösslinge aufgefordert, augenblicklich aufzustehen, um mit ihm zu frühstücken.

Er hatte keine Lebenszeichen von den Schlafmützen bekommen, aber das kannte er ja. Jetzt saß Kükenhöner allein vor seiner Tasse Kaffee und dachte nach. Gleich würde er in die Riemekestraße fahren. Wenn wirklich kapitale Verbrechen begangen wurden, ging es eben nicht ohne Kükenhöner. Da konnte die kleine Klocke noch so ehrgeizig sein, er hatte die Erfahrung, auf die man nicht mal eben so verzichten konnte.

Gut zu wissen, dass es so ist, dachte er. Man trifft sich eben immer zweimal im Leben, mein lieber Schwiete.

»Verdammt, wo bleiben die denn?«

Kükenhöner wurde langsam unruhig. Er wartete jetzt schon eine geschlagene halbe Stunde auf seine Brut, um wenigstens gemeinsam mit seinen Kindern zu frühstücken, wenn seine Frau es schon nicht mehr für nötig hielt, am Familienleben teilzunehmen. Diese elende Warterei, war er denn nur noch der Willi in diesem Haushalt? Verärgert begab er sich wieder in die erste Etage seines Hauses. Zuerst würde er seinen Jungen aus den Federn treiben. Der gewöhnte sich mit seinen zehn Jahren schon die gleichen Marotten an, wie die Mädchen sie draufhatten.

Er riss die Tür zum Kinderzimmer auf. Doch das Bett war leer. Wo war Karl? Hatte er irgendetwas nicht mitbekommen? Er rief den Namen seines Sohnes, niemand meldete sich. Er stürzte weiter zum Zimmer seiner Ältesten. Hier konnte er nicht einfach hineinpoltern. Das würde Ärger geben. Also klopfte er brav an. Kein Ton. Keine Antwort. Vorsichtig drückte Kükenhöner die Klinke herunter und schob die Tür einen Spaltbreit auf. Er linste ins Zimmer. Es war niemand da.

Das konnte doch nicht sein. Kükenhöner war fassungslos. Wo waren seine Kinder? Aufgeregt ging er zur nächsten Tür. An der klebte ein riesiges Schild: »Papa, in diesem Zimmer hast du nichts zu suchen!«

Na, das wollte Kükenhöner doch mal sehen. Die Tür war abgeschlossen. Er rüttelte an der Klinke.

»Maren, verdammt noch mal, mach die Tür auf!«, brüllte er.

Es tat sich nichts. Kükenhöner lauschte. Flüsterte da jemand? »Wenn du nicht augenblicklich die Tür öffnest, trete ich sie ein!«, schrie er.

»Mach doch, ist ja deine Tür«, kam die patzige Antwort von innen.

»Du sollst aufmachen!« Kükenhöner trommelte mit den Fäusten gegen die Tür. Dieser Lärm schien Wirkung zu zeigen. Der Schlüssel drehte sich im Schloss. Im nächsten Augenblick stand seine spärlich bekleidete Tochter vor ihm.

»Sag mal, Papa, geht's noch?«

Kükenhöner drängte sich ins Zimmer und sah sich um. Außer seiner Tochter war niemand zu sehen.

»Wo ist Karl?«

»Der schläft bei Paul, das ist der Torwart seiner Fußballmannschaft. Sag mal, kriegst du überhaupt nichts mehr mit? Darüber haben wir gestern noch in epischer Breite geredet.«

Kükenhöner hörte seiner Tochter nicht weiter zu. Er öffnete die Kleiderschranktür. Es war niemand drin.

»Papa, spinnst du, was erlaubst du dir? Mein Zimmer ist für dich tabu!«

»Für mich ist gar nichts tabu!«, blaffte Kükenhöner. »Wo ist deine Schwester Christine?«

»Bei ihrem Freund.«

Kükenhöner entglitten die Gesichtszüge. Maren bemerkte augenblicklich, dass sie bei ihrem Vater einen wunden Punkt getroffen hatte. Sie legte nach.

»Mama hat's erlaubt! Die ist nicht so antiquiert wie du.«

»Antiquiert, ich gebe dir gleich antiquiert.«

Kükenhöner machte eine eindeutige Handbewegung. In diesem Moment streifte ein kalter Luftzug seine Wange. Die Gardine bewegte sich. Er griff danach und zog sie zur Seite. Das Fenster stand sperrangelweit offen. An die Hauswand war eine Leiter angelegt, und ein dunkelhaariger Lockenkopf kletterte gerade über den Gartenzaun.

»Stubenarrest für immer!«, brüllte Kükenhöner seine Tochter an und nahm die Verfolgung auf.

44

Wäre es allein nach ihm gegangen, dann hätte die Vernehmung schon längst begonnen. Aber Patrick Rademacher hatte sich nicht durchsetzen können. Am gestrigen Abend war er nach einem hastig eingenommenen Mitternachtsessen durchaus in der Verfassung gewesen, seinen Gefangenen mal so richtig hart ranzunehmen. Er hatte sich so stark gefühlt wie lange nicht mehr.

Wilfried Kloppenburg war kurz nach ihrer Ankunft in der Hütte wieder vollständig erwacht. Zuerst hatte er Schwierigkeiten gehabt, sich zu orientieren und sich darüber klar zu werden, in welcher Situation er sich befand. Doch dann hatte er begonnen, sich laut zu beschweren. Rademacher wurde beschimpft, wie er es bisher nicht kannte. Als Kloppenburg seine wütenden verbalen Angriffe – zu mehr war er wegen der Handschellen, mit denen er am Stuhlrücken befestigt worden war, nicht in der Lage – immer mehr forcierte, war ihnen nichts anderes übrig geblieben, als ihn zu knebeln. Dann hatte er grummelnd dagesessen und seine beiden Entführer wütend angestarrt.

Während Rademacher nun gern mit der Befragung Kloppenburgs begonnen hätte, war Mike fix und fertig gewesen. Seine Verletzungen waren nicht einfach mit Willenskraft zu heilen, sie brauchten Zeit. Anstatt sich in einem anständigen Bett zu pflegen, hatte Mike sich geprügelt und saß nun in einer Holzbaracke, in der es keinerlei Bequemlichkeiten gab. Der kleine Kanonenofen in der einen Ecke hätte die Hütte durchaus etwas wärmen können, aber keiner von beiden hatte Lust verspürt, im dunklen Wald nach trockenem Holz zu suchen. Also blieb die Hütte kalt, was besonders Wilfried Kloppenburg spürte, der keine Möglichkeit hatte, sich nennenswert zu bewegen. Rademacher hatte ihm daher ein kleines Gläschen Wodka spendiert, mehr gab es nicht. Nachdem Mike ein ganzes Wasserglas davon getrunken hatte, war er schläfrig geworden und hatte sich auf eine der Luftmatratzen, die im Koffer gewesen waren, gelegt und zugedeckt.

Bei Rademacher aber war die Lust daran gewachsen, seine Macht dem Gefangenen gegenüber auszuspielen. Kloppenburg bekam keine Decke und durfte sich auch nicht hinlegen. Mit Blick auf den eben einschlafenden Mike sagte Rademacher abschätzig, aber leise: »So eine Pflaume! Wenn ich den Kerl vor mir hätte, der mir ein halbes Ohr abgeschnitten hat, dann würde ich nicht schlafen. Dem würde ich jedes bisschen Schmerz doppelt heimzahlen.«

Dann war er zu Kloppenburg gegangen und hatte ihm den Knebel aus dem Mund gezogen. Aber nicht aus Mitgefühl, sondern um mit ihm sprechen zu können. Er gab dem Wehrlosen eine harte Kopfnuss mit der Taschenlampe, leuchtete ihm dann ins Gesicht und fragte:

»Wie hast du es denn gemacht mit dem Ohr? Ein einziger schneller Schnitt – oder hast du es langsam gemacht, ganz genüsslich?«

Kloppenburg, der wegen der blendend hellen Taschenlampe die Augen schließen musste, hatte nur wütend gebrummt: »Sie haben doch 'ne weiche Birne. Ich weiß von keinem Ohr, wovon reden Sie?«

Wieder schlug Rademacher mit der Taschenlampe zu. Diesmal traf er Kloppenburgs rechtes Knie. Der schrie vor Schmerz auf. Davon schreckte Mike hoch und rief Rademacher zornig zu: »Mensch, wenn du jetzt nicht sofort Ruhe gibst, dann ramme ich dich unangespitzt in den Boden. Ich muss pennen! Kapier das doch mal: Ich bin schwer verletzt worden. Gönn mir wenigstens etwas Schlaf. Wir können uns morgen früh in aller Ruhe mit diesem Kerl befassen. Der kriegt schon noch seinen Teil. Ich habe das Ohr nicht vergessen, keine Sorge. Aber Rache soll man kalt genießen, dann macht's mehr Spaß.«

Das war die längste Rede, die Rademacher jemals von Mike zu hören bekommen hatte. Danach war ihm nichts anderes übrig geblieben, als sich ebenfalls aufs Ohr zu legen und die Decke über den Kopf zu ziehen. Den hilflosen Gefangenen zu quälen war die eine Sache, sich mit einem gereizten Mike auseinanderzusetzen eine ganz andere.

Die Kälte hatte nur wenig Schlaf zugelassen. Immer wieder war Rademacher aufgewacht, hatte versucht, sich enger in seine Decke zu wickeln. Aber auch das war letztlich zwecklos geblieben. Mike hingegen schlief tief und fest. Wie es seinem Gefangenen ging, der nach wie vor gefesselt auf dem Stuhl saß und außer seinem Mantel nichts zum Schutz gegen die

Kälte hatte, kümmerte ihn nicht weiter. Im Gegenteil, Rademacher entdeckte während dieser Nacht etwas Neues an sich, etwas, was ihm zuvor nie bewusst geworden war. Es bereitete ihm Vergnügen, Macht zu haben und Macht auszuspielen. Und wenn das Opfer seiner Machtspiele dabei Schmerzen empfand, dann war dies das Sahnehäubchen auf seinem Glück.

Früh am Morgen war er dann endgültig wach und stand auf. Er verließ die Hütte und erleichterte sich draußen. Der Regen hatte aufgehört, aber es war empfindlich kühl. Als er wieder hereinkam, sah er sich einem blau gefrorenen, bibbernden Wilfried Kloppenburg gegenüber, der am Ende seiner Kräfte war. Mike schlief noch immer. Rademacher setzte einen Blechtopf mit Wasser auf den kleinen Gaskocher, um Kaffee zu machen.

Kloppenburg zerrte an seinen Handschellen und war drauf und dran, mitsamt dem Stuhl umzustürzen. Dann rief er: »Hört mal, ihr Schlauberger! Ich muss pinkeln. Lasst mich mal raus!«

Nun blieb Rademacher nichts anderes übrig, als Mike aufzuwecken. Der drehte sich unwirsch zur Seite, kam dabei aber auf seinem nicht mehr ganz vorhandenen Ohr zu liegen und schrie kurz vor Schmerz auf, ehe er sich aufrecht hinsetzte und Rademacher mit leerem Blick anstarrte. Der machte ihm klar, dass sie zusammen den Gefangenen bewachen mussten, während der seine Notdurft verrichtete. Mike brummte mürrisch, stand aber auf. Er zog wortlos eine kleine Pistole unter seiner dicken Steppjacke hervor und richtete sie mit der linken Hand auf Kloppenburg.

»Mach ihn los!«, befahl er Rademacher, der sich heftig erschrocken hatte, als die Pistole auftauchte. Fünf Minuten später waren sie wieder in der Hütte, und Kloppenburg wurde erneut an die Handschellen gekettet. Es gab Kaffee und für jeden ein Stück Brot und Salami. Fast hätte man annehmen können, es handele sich hier um ein fröhliches Männertrio auf einem Wanderausflug. Wären da nicht die Handschellen gewesen. Und die Pistole, mit der Mike dem Gefangenen nun vor dem Gesicht herumwedelte.

Rademacher verspürte große Lust, Kloppenburg selbst zu quälen, ließ aber Mike den Vorrang. Der nahm laut schlürfend einen großen Schluck Kaffee. Bislang hatte er kaum ein Wort gesprochen. Ohne Vorwarnung schrie er plötzlich den Gefangenen an: »Warum? Warum hast du mich überfallen?«

Dabei trat er Kloppenburg mit voller Kraft vor das Schienbein. Der kippte mitsamt seinem Stuhl hintenüber und schlug laut polternd auf dem Holzfußboden auf. Dann lag er auf dem Rücken, hilflos wie eine umgedrehte Schildkröte. Rademacher nutzte die Gelegenheit und ließ genüsslich etwas heißen Kaffee auf Kloppenburgs Kopf rinnen. Doch Mike schubste ihn rüde zur Seite.

»Der gehört mir. Es geht um mein Ohr. Los, pack mal mit an!«

Zusammen stellten sie den Stuhl mit Kloppenburg wieder auf die Füße. Mike stellte weitere Fragen, wollte endlich herausbekommen, warum er überfallen worden war.

»Weil ich dich damals zusammengeschlagen habe? Als du im Club wilde Sau gespielt hast? War es deshalb?«

Nun schrie Kloppenburg, dessen Nerven jetzt offenbar völlig versagten: »Ihr seid doch beide durchgeknallt. Vollkommen irre. Ich habe niemanden überfallen. Wovon redet ihr denn?«

Nun schlug Rademacher ihn mit der flachen Hand ins Gesicht. Wieder schob Mike ihn angeekelt zur Seite. Rademacher ließ sich dadurch aber nicht davon abhalten, die nächste Frage zu stellen.

»Du hast also nicht diesen Herrn hier von hinten überfallen? Hast ihm nicht die Schulter zertrümmert? Hast ihm nicht das Ohr beschnitten und es in meinem Auto deponiert?

Zusammen mit einem Zettel, auf dem wir alle bedroht werden? Rede, du Drecksack!«

Rademacher steigerte sich in einen unkontrollierten Wutanfall hinein. Er spuckte Gift und Galle und wäre nun nicht mehr zu stoppen gewesen, hätte ihn nicht Mikes Anwesenheit ausgebremst.

Kloppenburg verdrehte verzweifelt die Augen. »Nein, habe ich nicht. Okay, das mit der Eingangstür eures Puffs, das war ich, beziehungsweise das habe ich veranlasst. Aber sonst nichts. Kapiert das endlich!«

Rademacher keifte wieder los: »Aber der Chef ist sich ganz sicher, dass du es warst. Er glaubt auch, dass du eine Gefahr für ihn darstellst. Deshalb will er, dass wir dich aus dem Verkehr ziehen. Verstehst du? Offenbar weißt du zu viel über ihn.«

Kloppenburg lachte ein dürres, trostloses Lachen. »Und ob ich viel über ihn weiß. Darauf könnt ihr euch verlassen. Wenn ich auspacke, kann er seinen Immobilienladen dichtmachen. Und seinen widerlichen Puff gleich mit.«

Plötzlich hielt ihm Mike die Pistole direkt vor die Stirn.

»Siehst du? Und das müssen wir verhindern. Kapiert?«

»Wer bitte ist am Apparat? Herr Hatzfeld?«, fragte Schwiete sicherheitshalber noch einmal nach.

»Ganz genau, hier ist Hatzfeld! Wir hatten noch nicht das Vergnügen, Herr Hauptkommissar. Bisher bin ich nur Ihrer reizenden Kollegin Frau Klocke begegnet. Vor einer Minute hat mich mein Freund, der Staatsanwalt Becker, angerufen. Zu meiner großen Verwunderung hat er mir mitgeteilt, dass nach mir gefahndet wird. Da muss es sich um ein Missverständnis handeln, Herr Schwiete, das ich gerne aufklären möchte. Wie machen wir es am besten?«

Schwiete war immer noch sprachlos. Donnerwetter, dachte er. Die Netzwerke, in denen Hatzfeld die Fäden zog, funktionierten prächtig.

»Es wäre sinnvoll, wenn Sie bei uns in der Kreispolizeibehörde vorbeikämen und uns ein paar Fragen beantworten würden. Die zweite Möglichkeit wäre die, dass wir zu Ihnen nach Hause kämen.«

»Machen Sie sich keine Umstände, Herr Schwiete. Wann soll ich bei Ihnen sein?«

»Passt Ihnen heute Vormittag elf Uhr?«

»Aber sicher, Herr Schwiete, ich bin pünktlich. Bis gleich!«

Damit war das Telefongespräch beendet.

Schwiete stand da und wunderte sich. So etwas war ihm auch noch nicht passiert. Er kratzte sich am Kinn. Wie war das Vorgehen des Staatsanwaltes einzuordnen? Sollte er sich über dessen Handeln nun ärgern, oder sollte er sich bedanken, dass Becker die Suche nach Hatzfeld auf seine Weise beendet hatte?

Der Lärm von ein paar knallenden Türen riss Schwiete aus seinen Überlegungen. Das war mit Sicherheit Kükenhöner, dem wieder irgendetwas nicht passte. Im nächsten Augenblick stand sein Kollege, ohne anzuklopfen, auch schon mitten im Büro.

Schwiete verkniff sich eine unfreundliche Bemerkung und empfing Kükenhöner mit den Worten: »Schön, dass du gekommen bist, Karl. Tut mir leid, dass ich dir den Samstag mit deiner Familie vermiest habe. Du hast einen gut bei mir.«

»Ach, den Samstag mit meiner Familie hat mir meine Familie selbst vermiest. Horsti, es gibt Tage, da beneide ich dich um den Status des Junggesellen. Was gibt es denn?«

Schwiete brachte Kükenhöner kurz auf den aktuellen Stand der Ermittlungen.

»Unser alter Schützenoberst Künnemeier, der Verbrecherjäger aus dem Ükernviertel.« Kükenhöner musste grinsen. »Na, wenn der wieder mal die Bösen und Schrecklichen dingfest machen will, können wir uns ja auf was gefasst machen.«

Schwiete verdrehte die Augen. »Ich habe Künnemeier und Winter schon ordentlich ins Gewissen geredet. Vielleicht hilft das ja.«

Kükenhöners Grinsen wurde breiter. »Mal sehen! Aber jetzt was anderes: Kloppenburg kenne ich. Der war in meiner Klasse, genau wie dieser saubere Werner Hatzfeld. Im Gegensatz zu dem war Kloppenburg ein netter Kerl. Ich weiß bis heute nicht, warum das so ein guter Kumpel vom Arschloch Hatzfeld war. Ehrlich, Horsti, ich hasse Hatzfeld wie die Pest. Trotzdem kann ich mir nicht vorstellen, dass er etwas mit der Entführung von Kloppenburg zu tun hat.«

Einen Moment lang wunderte sich Schwiete über die aufblitzende Professionalität, die Kükenhöner seit zwei Minuten an den Tag legte. Er wurde aus seinem Kollegen einfach nicht schlau.

Wie aus dem Nichts fiel Schwiete, mitten im Gespräch mit Kükenhöner, Karen Raabe ein. Er musste sie unbedingt noch erreichen, um die Verabredung heute Abend abzusagen. Schwiete erinnerte sich an Karen Raabes Behauptung, dass Hatzfeld in der Bordelllandschaft Paderborns eine herausragende Rolle spiele. Diese Behauptung präsentierte er nun Kükenhöner als ein Gerücht, das er neulich mal irgendwo gehört habe.

Kükenhöner überlegte eine Weile. »Immerhin glaube ich, dass das Gerücht, das du gehört hast, eher zutrifft als die Behauptung, Kloppenburg sei von Hatzfeld entführt worden«, sagte er schließlich.

Das Telefon klingelte, und die Kollegen von der Eingangspforte meldeten, dass Hatzfeld eingetroffen sei. »Gut, ich hole Herrn Hatzfeld gleich unten ab. Er soll noch eine Minute warten«, sagte Schwiete und beendete das Telefonat.

An Kükenhöner gewandt, sagte er: »Karl, du kennst den Verdächtigen. Damit wir später keine Probleme mit Hatzfelds Kumpel, dem Staatsanwalt Becker, bekommen, gehst du in die Beobachterrolle. Ich möchte, dass du dich in keiner Weise an dem Gespräch beteiligst!«

Kükenhöner nickte und machte dabei fast einen devoten Eindruck. Komisch, dachte Schwiete, was hatte dem sonst so vorlauten und oft egozentrischen Kollegen nur so zugesetzt?

»Okay, Karl, dann hole ich jetzt mal deinen alten Kumpel von unten ab, und dann hören wir mal, was er uns zu sagen hat.«

Kurze Zeit später saßen die beiden Polizisten und Hatzfeld in einem der Vernehmungszimmer. Als Hatzfeld Kükenhöner sah, war der sonst so selbstsicher auftretende Mann für einen kurzen Augenblick aus der Ruhe gebracht. Anscheinend kam Kükenhöner ihm bekannt vor. Er wusste aber wahrscheinlich nicht, wo er ihn in seinem Bekanntenkreis einzuordnen hatte.

Schwiete bemerkte diese kleine Unsicherheit, ging aber darüber hinweg. »Herr Hatzfeld, bitte berichten Sie uns, wie Sie den gestrigen Abend verbracht haben.«

»Wieso das? Verdächtigen Sie mich in irgendeiner Art und Weise?«

»Bitte, Herr Hatzfeld, berichten Sie einfach, und wir hören zu«, bat Schwiete noch einmal höflich, aber nachdrücklich. »Ich bin mir sicher, es klärt sich alles auf.«

»Na gut, gestern war Freitag. Da gehe ich oft in die Westfalen-Therme von Bad Lippspringe. Wir haben seit vielen Jahren eine nette Saunarunde. Allerdings sind selten alle da. Gestern waren wir zu fünft. Die Namen kann ich Ihnen gerne später nennen. Die Sauna habe ich gegen neunzehn Uhr dreißig verlassen. Vielleicht auch etwas später. Ich habe nicht auf die Uhr geachtet. Mit dem Besuch der Westfalen-Therme läute ich immer mein Wochenende ein. Dann versuche ich, das Leben nach der Uhr so weit wie möglich zu vermeiden.«

Hatzfeld tat so, als müsste er nachdenken. Fuhr dann aber nach wenigen Sekunden mit seinem Bericht fort. »Anschließend bin ich zurück nach Paderborn gefahren. Ich habe in einem Restaurant im Ükern zu Abend gegessen. Die Gaststätte heißt Staebner. Zunächst war ich alleine. Später kamen unter anderem der Bürgermeister und der Staatsanwalt Becker hinzu. Die Personen, mit denen ich getrunken und geplaudert habe, wechselten. Ich habe später noch mit einigen Freunden einen Zug durch die Gemeinde unternommen. Auch die Namen kann ich Ihnen gerne nennen. Nach Hause gekommen bin ich mit einem Taxi. Es muss ungefähr drei Uhr gewesen sein. Mein Auto steht noch im Ükern. Nach unserer Unterredung werde ich dann hoffentlich einen kleinen Spaziergang dorthin machen, um meinen Wagen abzuholen.«

Schwiete nickte. »Stimmt es, dass Ihnen das Gebäude gehört, in dem der Club Oase untergebracht ist?«

Hatzfeld zuckte mit den Schultern. Er sah zum wiederholten Mal irritiert und gleichzeitig nachdenklich in Richtung Kükenhöner. Dann erst beantwortete er die Frage.

»Kann sein, kann nicht sein, ich weiß es nicht. Ich besitze so viele Immobilien, dass ich zehn Sachbearbeiter, einen Buchhalter und drei Betriebswirte beschäftigt habe. Deren Aufgabe ist es, meine Gebäude in meinem Sinne zu pflegen und zu verwalten. Ich bin heute Morgen nicht in der Lage, Ihnen genaue Auskunft zu geben. Da müssen Sie bis Montag warten. Es sei denn, die Antwort ist unabdingbar für Ihre weitere Arbeit. Ich müsste dann meinen Bürovorsteher hierherbemühen.«

Schwiete winkte ab. »In Ordnung, Herr Hatzfeld, dann war es das. Ich danke Ihnen, dass Sie sich so umgehend gemeldet haben. Ich wünsche Ihnen noch ein schönes Wochenende.«

»Ich auch!«, schloss sich Kükenhöner keck an.

Hatzfeld sah ihn noch einmal prüfend an. »Sagen Sie, kennen wir uns? Sie kommen mir irgendwie bekannt vor.«

»Ja«, antwortete Kükenhöner mit einem süffisanten Grinsen auf den Lippen. »Ich überlege auch schon die ganze Zeit, in welchem Zusammenhang und mit welcher Straftat Sie mir schon einmal untergekommen sind.«

Diese Antwort ärgerte Hatzfeld offensichtlich. Er drehte sich abrupt um, verabschiedete sich und hatte schon den Türgriff in der Hand, da ergriff Schwiete noch einmal das Wort: »Eine Frage hätte ich noch: Sagt Ihnen der Name Irina Koslow etwas?«

Hatzfeld war von einem Moment auf den anderen völlig von der Rolle. »Koslow?«, stotterte er. »Nein, nie gehört, den Namen.«

Der kleine Unfall hatte alles durcheinandergebracht. Winter hatte seinem Chef plausibel erklären können, dass er das Taxi kurzfristig aus dem Verkehr gezogen hatte. Er hatte seinem Boss was von schabenden Geräuschen erzählt, die im Motorraum zu hören waren. Der Taxibesitzer war ziemlich beunruhigt gewesen, doch Johnny hatte ihn beruhigt und erzählt, dass er kein Risiko eingegangen sei und den Wagen daher gleich in eine kleine nahe gelegene Werkstatt gebracht habe. Der Betreiber sei ein guter Bekannter und unbedingt zuverlässig.

Der Taxiunternehmer hatte Winter gelobt. Endlich mal ein Fahrer, der mitdachte. Klar, er hatte vielleicht Einnahmeverluste von ein paar Hundert Euro in dieser Nacht zu verschmerzen. Aber wenn der Motor wirklich durch Winters umsichtiges Handeln keinen handfesten Schaden genommen hatte, dann waren diese vergleichbar geringen finanziellen Einbußen zu verschmerzen.

Winter hatte seinem Chef auch noch versprochen, sich weiter zu kümmern und den Wagen, sobald er wieder in Ordnung sei, von der Werkstatt zur Taxizentrale zu bringen. Jetzt musste das Taxi nur noch vernünftig trocknen, dann war Winter ohne Schaden aus der ganzen Sache herausgekommen.

Er öffnete die Eingangstür des Café Röhren. Hier hatte er sich mit Künnemeier verabredet, um den Daimler heute Vormittag wieder auf Vordermann zu bringen.

Ein wunderbarer Duft von frischen Brötchen und Kaffee waberte Winter entgegen. Augenblicklich bekam er Lust auf ein Frühstück. Gerade hatte er den ersten herzhaften Bissen ins Brötchen getätigt, da stand Künnemeier im Raum. Er schwenkte die Zeitung und posaunte munter drauflos: »Steht noch nichts von der Entführung drin, die wir beide aufgedeckt haben, Johnny!«

Augenblicklich hatte er die Aufmerksamkeit sämtlicher Cafébesucher auf sich gezogen. Einer der Anwesenden, der gerade eine Tüte mit Brötchen in Empfang nahm, fragte den Schützenbruder interessiert: »Was soll denn in der Zeitung stehen? Warst du wieder mal auf Verbrecherjagd, Willi?«

»Ich kann jetzt noch nicht so viel zu sagen, Herrmann«, antwortete Künnemeier mit stolzgeschwellter Brust. »Die Ermittlungen laufen noch. Die Polizei ist sowieso schon sauer auf mich, weil ich denen mal wieder gezeigt habe, wie man ein Verbrechen aufklärt.«

Winter verdrehte die Augen, aber viele im Laden brummten zustimmend.

»Ja, ja, die von der Polizei sind auch nicht mehr so wie früher. Zu meiner Zeit, da haben die noch durchgegriffen, aber heutzutage nehmen die ja sogar Mädchen. Das sind doch alles Modepuppen in Uniform. Nee, ich sage euch: Polizeiarbeit ist Männersache.«

Wieder zustimmendes Gemurmel. Winter kümmerte sich nicht um die Diskussion über die Qualität der Polizei, die jetzt entbrannte. Er trank den letzten Schluck Kaffee aus, fasste Künnemeier am Arm und zerrte ihn mit den Worten »Willi, komm! Auf uns wartet viel Arbeit« aus dem Lokal.

Alle anderen Cafébesucher dachten natürlich, die beiden Männer seien jetzt wieder in Sachen Verbrechensbekämpfung unterwegs. Und Künnemeier wäre der Letzte gewesen, der ihnen widersprochen hätte.

»Wir müssen zusehen, dass wir das Taxi wieder in Gang kriegen. Hoffentlich ist die Auslegeware des Daimlers schon wieder trocken. Gott sei Dank ist ja nicht so viel Wasser hineingelaufen. Da haben wir echt noch mal Glück gehabt.«

Auf den ersten Blick wirkte die Werkstatt von Hans-Hermann Bickmeier etwas heruntergekommen. Aber beim zweiten Hinsehen stellte sich heraus, dass Hans-Hermann komplett ausgerüstet war und darüber hinaus sein Handwerk verstand. Er hatte gleich einen großen Industriestaubsauger aus einer Ecke gezogen und das Wasser abgesaugt. Dann hatte er kleine Heizlüfter in den Wagen gestellt, um so das Wasser verdunsten zu lassen.

Als Künnemeier und Winter die Werkstatt betraten, hatte der Autoschlosser die kleinen Öfchen schon wieder weggeräumt und behandelte gerade die Veloursteppiche des Daimlers mit einer Bürste, die auf dem Schlauch eines Staubsaugers steckte.

»Alles wieder trocken, Jungens«, begrüßte er die beiden. »An ein paar Stellen waren noch kleine Wasserränder zu sehen, die habe ich aber schon entfernt. Die Karre sieht aus wie neu. Dass da mal Wasser dringestanden hat, merkt kein Mensch mehr.«

Hans-Hermann Bickmeier schaltete den Staubsauger aus und griff in die Brusttasche seiner Latzhose. Er zog ein Foto heraus und hielt es Winter hin.

»Ach ja, hier, das habe ich gefunden. Scharfe Frau! Ist das deine Freundin?«

Winter betrachtete das Bild, und auch Künnemeier machte einen langen Hals, um sich die Details der abgebildeten Schönheit genauer anzusehen. Die Katze auf dem Foto war ebenfalls ein ganz besonderes Exemplar – nur schade, dass ihr ein Ohr fehlte.

»Stimmt«, sagte Winter. »Die sah klasse aus. Ich habe die Frau neulich zum Flughafen gefahren, aber wie das so ist mit den Schönheiten dieser Welt: Die wissen auch, dass sie gut aussehen. Dabei war sie eigentlich gar nicht eingebildet, sondern einfach ziemlich komisch. Das Bild muss ihr beim Bezahlen aus dem Portemonnaie gefallen sein. Na, vielleicht fahre ich die Dame ja noch mal. Dann gebe ich ihr das Bild zurück.«

Die drei Männer saugten und wienerten noch weiter an dem Auto herum, bis alles auf Hochglanz getrimmt war.

»So, fertig!«

Bickmeier schaltete den Staubsauger endgültig ab und räumte ihn weg. Winter zog eine dicke Geldbörse aus der Jackentasche, in der er die Einnahmen der Taxifahrten und sein Trinkgeld aufbewahrte.

»Was kostet denn der Spaß?«, fragte er großspurig, obwohl er nicht gerade über Reichtümer verfügte.

»Ach, lass stecken! Das bisschen Strom, den brauchst du mir nicht zu bezahlen. Außerdem, wann fährt schon mal einer mit seinem Taxi in die Pader? Das kommt nicht jeden Tag vor. Wir haben gestern Abend noch richtig gelacht über euch Experten. Das war großes Kabarett, was ihr da geboten habt, Jungs, und deshalb ist diese kleine Autokosmetik jetzt auch kostenlos. Ihr könnt ja demnächst im Thi-Brunnen noch mal einen ausgeben.«

Künnemeier nickte, und Winter war froh, dass der kleine Unfall so glimpflich ausgegangen war. Doch Künnemeier hatte schon wieder neue Pläne.

»Du, Johnny, bevor du die Karre wegbringst, lass uns eben nach Bad Lippspringe fahren. Wir sollten uns den Tatort noch mal ansehen. Vielleicht hat die Polizei ja was übersehen. Denen traue ich alles zu.«

Das Ganze wurde immer unübersichtlicher. Was hatte die Frau, die bei der Explosion Im Lohfeld umgekommen war, mit Kloppenburgs Entführung zu tun? Gab es zwischen den beiden Begebenheiten überhaupt einen Zusammenhang? Und der Angriff auf den Türsteher der Oase, wie passte der ins Bild? Gab es im Hintergrund einen Krieg zwischen unterschiedlichen Gruppierungen des organisierten Verbrechens? War vielleicht die Gasexplosion der Auftakt zu einer Auseinandersetzung zwischen rivalisierenden Banden des Rotlichtmilieus? Und welche Rolle spielte dieser Hatzfeld, angeblich ein honoriger Bürger der Stadt? War er der Pate der Paderstadt oder nur ein reicher Mann, der versehentlich in ein für Schwiete unbekanntes Schussfeld geraten war?

Vor allem aber: Welche Motive standen dahinter? Den Tatbestand der Zuhälterei, den Karen Raabe ins Spiel gebracht hatte, wollte Schwiete zum jetzigen Zeitpunkt gar nicht erst in seine Überlegungen mitaufnehmen.

Beim Gedanken an Karen Raabe bekam Schwiete feuchte Hände und einen trockenen Mund. Er musste dieses unselige Rendezvous heute Abend absagen.

»Der gute Hatzfeld ist ja ziemlich nervös«, meinte Kükenhöner grinsend. »So ganz sauber ist seine Weste bestimmt nicht.«

»Ich glaube auch, dass Hatzfeld irgendwas zu verbergen hat«, stimmte Schwiete ihm zu. »Wir müssen unbedingt mit Kloppenburgs Frau reden. Und wir müssen diese Irina Koslow finden. Zumindest müssen wir ihre Wohnung durchsuchen. Vielleicht entdecken wir da noch Hinweise.«

Kükenhöner nickte. Die Zusammenarbeit mit Schwiete funktionierte eigentlich ganz gut, wenn die dämliche Kollegin Klocke nicht dabei war, dachte er. Laut sagte er: »Sehe ich genauso, Horsti. Wilfrieds Frau sollten wir sofort besuchen. Die Wohnung von dieser Nutte kann ruhig warten, die nehmen wir uns am Montag vor. Es sei denn, es passiert noch was Gravierendes. Dann gehen wir da sofort rein. Von wegen Gefahr im Verzug.«

»Wer ist denn Wilfried?«, hakte Schwiete nach und fragte sich, warum Kükenhöner die Leute immer so abwerten musste. Warum benutzte er das Wort Nutte, statt von Frau Koslow zu sprechen? Versuchte er sich durch die Herabwürdigung anderer Personen zu einem besseren Menschen zu machen?

»Sag mal, du wirkst so unkonzentriert, so fahrig. Wilfried Kloppenburg natürlich«, konterte Kükenhöner. »Ich bin doch mit ihm in einer Klasse gewesen, darum Wilfried.«

Schwiete nickte. »Hatte ich kurz vergessen, Karl. Ja, da fahren wir jetzt hin. Ich muss nur eben noch ein privates Telefongespräch führen.«

Schwiete erwartete, dass Kükenhöner nun diskret den Raum verließ, doch weit gefehlt. Der Kollege setzte sich auf einen Stuhl und wartete.

Daher entschloss sich Schwiete, die Örtlichkeiten zu wechseln. »Ich bin gleich wieder da, Karl.«

Auf dem Flur drückte er auf seinem Handy die inzwischen

einprogrammierte Nummer von Karen Raabe. Nach dem fünften Klingeln sprang der Anrufbeantworter an. Schwiete hinterließ keine Nachricht. Dann endlich fiel bei ihm der Groschen. Heute war ja Samstag. Da waren die wenigsten Büros besetzt. Er würde Karen Raabe bis heute Abend bestimmt nicht mehr erreichen. Die Schweißproduktion seiner Handflächen verdoppelte sich von einem Moment zum nächsten, während sich die Trockenheit in seinem Mund der einer Sandwüste näherte.

Er würde heute Abend wohl oder übel zu der Verabredung gehen müssen – ob er wollte oder nicht. Jemanden versetzen, das kam für ihn nicht infrage. Warum bin ich nur so ein Prinzipienreiter?, schalt er sich selbst, doch er konnte einfach nicht aus seiner Haut.

Da kam ihm eine Idee. Vielleicht gab es ja bei dem Verein Theodora eine Notfallnummer? Doch noch bevor er das herausfinden konnte, stand Kükenhöner neben ihm.

»Horsti, Horsti, du hast Geheimnisse vor mir!« Der Kollege hatte jetzt dieses hämische Grinsen aufgesetzt, das Schwiete so anwiderte.

»Nein, Karl, ich habe keine Geheimnisse vor dir. Du sollst nur nicht alles wissen.«

Den Satz verstand Kükenhöner nicht. Wenn ich etwas nicht wissen darf, dann ist das für mich ein Geheimnis, überlegte er. Kükenhöner hasste Wortspiele. Wollte Schwiete ihn auf den Arm nehmen, oder war er selbst zu blöde, den Sinn des Satzes zu begreifen? Er traute sich nicht nachzufragen. Womöglich war die Antwort so simpel, dass er dumm dastehen würde.

Schwiete reichte ihm die Autoschlüssel und sagte: »Du fährst!«

Kükenhöner pfiff leise durch die Zähne, als er das Polizeifahrzeug in die Straße Zum See lenkte. Hier wohnten reiche Leute. War die Familie Kloppenburg damals schon so wohlhabend gewesen, dass sie sich an solcher Stelle ein Anwesen leisten konnte? Oder hatte sein ehemaliger Schulkollege Wilfried diesen Reichtum geschaffen? Kükenhöner konnte sich nicht mehr an den gesellschaftlichen Status der Familie erinnern.

Zwei Minuten später öffnete eine gut aussehende, aber hart wirkende Frau die Haustür. Sie starrte Kükenhöner an wie einen Menschen von einem anderen Stern. Noch bevor sich die beiden Polizisten ausweisen konnten, fragte Brigitte Kloppenburg überrascht: »Karl? Karl Kükenhöner? Bist du das?«

»Brigitte? Brigitte Wanzleben?«

»Schön, dass du dich an mich erinnerst, Karl.«

»Allerdings, Brigitte, ich erinnere mich. Und wie ich mich erinnere!«

Frau Kloppenburg drohte Kükenhöner fast schelmisch mit dem Finger.

Schon wieder so ein Auftritt, der so gar nicht ins Bild passte, wunderte sich Schwiete. Reagierte so eine Frau, deren Mann entführt wurde?

»Kommt doch rein. Ihr seid sicher wegen der angeblichen Entführung meines Mannes hier.« Sie schloss Schwiete in das joviale Du gleich mit ein. Doch in dem Augenblick, als sich die Unterhaltung um Wilfried Kloppenburg drehte, hatte sie wieder diesen harten Zug um den Mund.

»Ja, mein Mann ist heute Nacht nicht nach Hause gekommen. Aber das ist nichts Neues, der robbt ja seit Jahren durch die Betten Paderborns. Ich kann mir nicht vorstellen, dass er entführt worden ist. Wenn dem etwas zustößt, dann nur durch die Fäuste eines gehörnten Ehemanns. Kidnappen tut den keiner. Andernfalls wäre doch schon längst eine Lösegeldforderung eingegangen. Oder etwa nicht?«

Plötzlich herrschte Stille. Über das eben noch so harte Gesicht von Frau Kloppenburg liefen plötzlich Tränen.

»Ich halte das nicht mehr aus!«, schluchzte sie jetzt. »Ewig neue Liebschaften, immer wieder verschwindet Wilfried mit einer neuen Bekanntschaft oder einer Prostituierten für mehrere Tage und taucht dann wieder auf. Das ist alles so entwürdigend.«

Brigitte Kloppenburg wurde von einem Weinkrampf geschüttelt, doch schon bald hatte sie sich wieder unter Kontrolle. Sie wischte sich mit dem Handrücken die Tränen weg und verschmierte ihr Make-up.

»Wir haben jahrelang eine wirklich gute Ehe geführt. Na ja, Krisen erlebt jede Beziehung. Aber seit zwei Jahren rennt der Kerl jedem Rock nach, der seinen Weg quert. Midlife-Crisis – dass ich nicht lache. Der Kerl macht sich und mich permanent lächerlich. Seit Wilfried mich betrügt, streiten wir ständig. Die Auseinandersetzungen sind immer heftiger geworden. Stellt euch vor, letzte Woche habe ich einen Sarg in unserer Garage gefunden. Das ist doch eine Drohung, die Wilfried an mich richtet. Der will mich umbringen! Ich mache das nicht mehr mit. Letzte Woche ist eine schöne Stadtwohnung von uns frei geworden. Da ziehe ich ein. Ich habe die Nase voll! Montag bin ich hier weg!«

Jetzt meldete sich Schwiete zu Wort. »Sagen Sie, Frau Kloppenburg, sind Sie sich sicher, dass Ihr Mann den Sarg auf Ihr Anwesen gebracht hat? Vielleicht wollte jemand Ihrem Mann damit drohen?«

»Sie meinen …? Darüber habe ich noch gar nicht nachgedacht. Aber warum sollte jemand das tun?«

»Wo steht denn der Sarg, Frau Kloppenburg?«

»In der Garage.«

»Dürfen wir uns mal umsehen?«

»Natürlich. Ich will, dass diese schaurige Geschichte mit dem Sarg möglichst bald aufgeklärt wird. Egal, für wen er gedacht war – für mich oder für meinen Mann –, der Scherz oder auch die Drohung ist der Gipfel der Geschmacklosigkeit.«

»Wir müssen noch heute die Spurensicherung kommen lassen«, beschloss Schwiete. »Vielleicht finden wir ja etwas, das uns weiterhilft. So lange darf keiner die Garage betreten.«

»Ich gebe dir gleich den Schlüssel, Karl«, schlug Brigitte Kloppenburg vor. »Dann könnt ihr sie selbst abschließen und ihn an die Spurensicherung weitergeben, nachdem ihr euch umgesehen habt.«

Schwiete nickte. »In Ordnung, Frau Kloppenburg, so machen wir es. Wenn Ihr Mann wieder auftauchen sollte, soll er sich umgehend mit uns in Verbindung setzen. Bitte sagen Sie ihm das. Wir sehen uns noch die Garage an, rufen die Spurensicherung und sind dann weg.«

Nachdem Schwiete und Kükenhöner den Sarg begutachtet hatten, fuhren sie zurück nach Paderborn. »Brauchst du mich heute Abend noch, oder kann ich Feierabend machen?«, erkundigte sich Kükenhöner.

»Nein, lass uns Feierabend machen. Soll ich dich bei dir zu Hause absetzen?«

Wenige Minuten später hielt Schwiete vor dem Gartentor des Kollegen. Am Zaun standen ein paar Möbelstücke im Regen. Kükenhöner verschlug es die Sprache. Das war doch die Zimmereinrichtung seiner Tochter Maren! Was führte die jetzt schon wieder im Schilde? Hastig verabschiedete er sich und rannte den Gartenweg entlang zum Hauseingang, während Schwiete den ersten Gang einlegte und das Auto im Schritttempo auf die Straße rollen ließ.

Er sah auf das Display des Bordcomputers. Es war kurz vor sechs. Plötzlich wurde ihm klar, dass er die Verabredung mit Karen Raabe nicht mehr absagen konnte. Er musste sich dem ersten Rendezvous seines Lebens stellen.

Winter war genervt. »Komm, lass uns abhauen! Ich kann nicht den ganzen Abend mit dem Taxi hier herumstehen. Wenn mein Chef dahinterkommt, dass ich die Karre privat nutze, schmeißt der mich sofort raus.«

»Nur noch eine Viertelstunde, Johnny, ich bezahle dir auch die Fahrt«, versuchte Künnemeier Zeit zu schinden.

Die beiden Männer hatten das Auto im Schatten einer Hecke geparkt und beobachteten die Straße. Winter wurde von Minute zu Minute genervter, Künnemeier aufgeregter. Ihn hatte das Jagdfieber gepackt.

Nach weiteren fünf Minuten bog ein Auto in die Straße ein und rollte langsam auf das Kloppenburg'sche Anwesen zu. Kurz bevor der Wagen das parkende Taxi passierte, blendete der Fahrer die Autoscheinwerfer auf. Als die beiden Männer wieder einigermaßen sehen konnten, war das Fahrzeug bereits von der Bildfläche verschwunden.

»Das war der Typ von gestern!«, rief Künnemeier aufgeregt. »Los, komm, den schnappen wir uns!«

Der Alte unternahm Anstalten auszusteigen, doch Winter packte ihn am Revers. »Bist du wahnsinnig? Wenn das ein Gangster ist, sind wir beide tot. Und wenn nicht, haben wir ein Problem. Wir haben auf dem Grundstück nichts zu suchen. Das ist Hausfriedensbruch. Der Mann hat uns bemerkt, sonst hätte er doch nicht aufgeblendet. Nee, Willi, für heute haben wir genug Detektiv gespielt. Ich fahre jetzt nach Paderborn, stelle das Taxi bei meinem Chef auf den Hof und hoffe, dass der nicht herausfindet, dass ich auf seine Kosten mit dir durch die Gegend juckele.«

Künnemeier wollte protestieren, doch Winter startete den Motor.

Zufrieden schaltete Werner Hatzfeld den Fernseher per Fernbedienung aus. Er hatte sich die Samstagsausgabe der WDR-Sendung *Lokalzeit Bielefeld* angeschaut. Weniger, weil er sich so sehr für die Ereignisse in seiner ostwestfälischen Heimat interessierte, sondern weil er wissen wollte, ob es neue Nachrichten über die Entführung eines Bauunternehmers aus Bad Lippspringe gab. Doch sie hatten nichts gebracht, und Hatzfeld war zufrieden. Keine Nachrichten sind gute Nachrichten, dachte er, leerte sein Bierglas in einem einzigen Zug und stand auf.

Seitdem seine Exfrau vor drei Jahren ausgezogen war, lebte er allein in der stattlichen Villa. Er beschäftigte lediglich eine Haushälterin, die sich um die alltäglichen Dinge kümmerte. Das Haus war für einen Junggesellen viel zu groß, aber es machte was her. Hatzfeld war nicht frei von Eitelkeit, und es bedeutete ihm viel, Geschäftspartnern, Gästen, vor allem aber seinen diversen Damenbekanntschaften ein repräsentatives Haus bieten zu können. Er war stolz auf das, was er erreicht hatte, und zeigte das auch gern. Am liebsten ging er essen, gern im nahe gelegenen Sternerestaurant Balthasar, oder er ließ sich etwas kommen. Er hatte sein Leben gut im Griff. Selbst körperlich war er gut in Schuss, fand er, als er unter der Dusche stand und prüfend an sich herunterschaute. Seine sechsundvierzig Jahre sah ihm niemand an. Alles war gut.

Er wählte Jeans, einen schlichten Pullover und eine gefütterte Jacke aus. Sein Abendprogramm sah nicht vor, eine gesellschaftliche Rolle zu spielen. Sein Ziel an diesem Samstagabend war eine kleine Holzbaracke in der Senne. Nach dem telefonischen Bericht seines Angestellten Patrick Rademacher hatte er entschieden, diese Angelegenheit nun doch, entgegen seiner ersten Planung, zur Chefsache zu machen. Rademacher war ehrgeizig, schoss aber oft über das Ziel hinaus und war dadurch nur bedingt verwendbar, fand er.

Und Mike? Mike war stark und rücksichtslos und – wenn es hart auf hart kam – gut zu gebrauchen. Aber für eine Vernehmung fehlte es ihm einfach an Grips. Hatzfeld brauchte Informationen. Er musste herausfinden, wie viel Kloppenburg über seine geschäftlichen Verflechtungen wusste und ob er tatsächlich ein Risiko für ihn darstellte.

Er löschte das Licht, ging hinaus und schloss die Haustür ab. Draußen empfing ihn eine dunkle, mondlose Nacht. Eine einzelne Straßenlaterne kämpfte gegen die totale Finsternis an – mit mäßigem Erfolg. Er wollte eben mit der Fernbedienung das Garagentor öffnen, als sein Blick eher zufällig auf das Pflaster fiel und er dort einen Frauenschuh liegen sah. Einen roten, hochhackigen Frauenschuh. Keinen Schuh, den eine solide Ehefrau tragen würde. Sehr auffällig, sehr aufreizend, etwas nuttig.

Hatzfeld runzelte die Stirn. Er konnte sich keinen Reim darauf machen. Wie kam dieser Schuh auf sein Grundstück? Neugierig schaute er sich weiter um. Aus seiner Neugier wurde Unruhe, als er zwei Meter weiter, an der Ecke der Garage, einen zweiten Schuh sah. Offenbar das passende Gegenstück zum ersten. Neben der Garage führte ein kleiner Pfad in den Gartenbereich dahinter. Hatzfeld aktivierte die Taschenlampen-App seines Handys, um diesen Bereich auszuleuchten. Sofort sah er seine Befürchtung bestätigt: Ein grüner Damenblazer lag zerknüllt auf der Erde. Was war hier los?

Seine Unruhe wuchs. Langsam ging er zu dem Kleidungsstück und hob es auf. Er fragte sich, ob ihm dieser Blazer vielleicht bekannt vorkam, aber vor seinem inneren Auge erschien kein dazugehöriges Gesicht. Das musste aber nichts heißen, denn wie bei nahezu allen Männern galt seine Aufmerksamkeit in der Regel weniger der Kleidung einer Frau als dem, was darunter zu erwarten war. Hatzfeld ging ein paar Schritte weiter. Am Ende der Garage lag eine Bluse. Zerknüllt und achtlos in den Dreck geworfen.

Er bückte sich, um sich die Bluse näher anzuschauen. Als er sie in die Hand nahm, hörte er neben sich ein leises Rascheln. Er drehte schnell den Kopf in die Richtung des Geräusches, sah eine hoch aufgerichtete dunkle Gestalt vor sich, dann spürte er noch ganz kurz einen kaum zu ertragenden Schmerz, bevor ihm die Sinne schwanden.

Warum hatte er das nur getan? Nächste Woche wurde er fünfzig Jahre alt. Eine halbes Jahrhundert! Während dieser gesamten Zeit war Schwiete nicht ein einziges Mal mit einer Frau ausgegangen. Er hatte sich einfach nicht getraut, obwohl er sogar vermutet hatte, dass ihn die eine oder andere Frau, die ihm im Laufe seines Lebens begegnet war, nett gefunden hatte und ihm sicher keinen Korb gegeben hätte, wenn er sie zum Essen oder auf ein Bier eingeladen hätte.

Als junger Mann hatte er darunter gelitten, dass er in dieser Frage so unbedarft war. Vielleicht hatte es ja mit dem frühen Tod seiner Mutter zu tun. Um ihn hatte sich ja ausschließlich sein Vater gekümmert.

Oft hatte er damals nachts wach gelegen und darüber nachgedacht, wie er es wohl anstellen könnte, eine Frau um ein Rendezvous zu bitten. Die Ergebnisse seiner Grübeleien waren am nächsten Morgen jedoch immer wieder über den Haufen geworfen worden. Also hatte er seine Theorien über das Ausgehen mit Frauen nie auf Realitätstauglichkeit geprüft. Den Feldversuch, eine Frau zu bitten, sich mit ihm zu treffen, hatte Schwiete ein Leben lang gescheut.

Irgendwann hatte er aufgegeben, darüber nachzudenken. Seitdem hatte er für sich Lebensbedingungen geschaffen, in denen eine Freundin oder gar Frau keine Rolle spielte. In dieser Angelegenheit war er zum Neutrum mutiert.

Schwiete war gut mit diesem Zustand klargekommen. Und dann hatte er diese Karen Raabe getroffen, hatte ihr in die wunderschönen grünen Augen geblickt, war von diesem sinnlichen Lächeln, das ihren etwas zu breiten Mund umspielte, fasziniert gewesen. Und dann hatte ihn der Teufel geritten.

Schwiete, du Idiot!, schalt er sich. Fünfzig Jahre bekommst du es nicht hin, eine Frau zu fragen, ob sie mit dir essen geht. Und dann traust du dich einmal, und wohin lädst du sie ein? In eine Dönerbude.

Jetzt stand er vor seinem Kleiderschrank und stellte sich die alles entscheidende Frage: Was ziehe ich an? Schon wieder erwies sich eine seiner Lebensannahmen als falsch. Bis vor fünf Minuten hatte er noch geglaubt, dass dieses Problem nur Frauen betreffen würde, denn er selbst hatte immer die Kleidung gewählt, die er am einfachsten greifen konnte. Und jetzt? Genervt schloss er die Tür seines Kleiderschranks. Er hatte einfach nicht die geeigneten Klamotten.

Dann fasste er einen Entschluss. Er hatte Karen Raabe in eine bessere Imbissbude eingeladen. Dort zog man nicht seinen besten Anzug an, den er im Übrigen auch gar nicht besaß. Er würde sich einfach nicht umziehen, sondern mit dem, was er jetzt trug, zu seinem Rendezvous gehen.

Er kam etwas früher bei Silos Kebaphaus an als geplant. Jetzt besteht die letzte Möglichkeit, sich vor der Verabredung zu drücken, ging es Schwiete durch den Kopf. Unauffällig versuchte er einen Blick ins Innere des Lokals zu werfen. Augenblicklich schoss sämtliches Adrenalin, das ihm zur Verfügung stand, durch seinen Körper. Dieses Gefühl hatte Schwiete das letzte Mal in solcher Intensität erlebt, als vor einigen Jahren auf ihn geschossen worden war und die Kugel nur ein paar Zentimeter an seinem Kopf vorbeisirrte. Damals empfand er seine Körperreaktion als durchaus angemessen. Schließlich war er dem Tod gerade so von der Schippe gesprungen. Aber jetzt war der Grund für die Stresshormone eine Tee trinkende, gut aussehende Frau. War das normal?

Mit wackligen Knien betrat Schwiete das Lokal. Der Wirt begrüßte ihn mit Handschlag und wollte seinem Gast einen freien Tisch zuweisen. Doch Schwiete wies zu der wartenden Karen Raabe, die jetzt ihren Kopf hob und lächelte. Er musste feststellen, dass es noch einen Superlativ von wackligen Knien gab. Dann sammelte er Mut und Kraft, lächelte ebenfalls und ging zu ihr. Am Tisch begrüßte er sie förmlich und war froh, als er endlich saß. Im nächsten Moment hatte der Wirt schon zwei Raki auf den Tisch gestellt.

Karen Raabe schob ihr Glas zu Schwiete hinüber. »Ich bleibe bei Tee und Wasser«, sagte sie lächelnd. Diese Getränke hätte Schwiete auch bevorzugt, doch wie sollte er sich am besten verhalten? Auch was Höflichkeitsrituale gegenüber freizügigen Gastwirten betraf, bewegte er sich auf unsicherem Terrain. In den letzten zwanzig Jahren war er höchstens zehnmal in einer Kneipe gewesen. Egal, dachte Schwiete, meinen Raki trinke ich. Also prostete er Karen Raabe zu und nippte an seinem Glas. Die griff zu ihrem Tee und deutete eine ähnliche Geste an.

Der Wirt brachte die Speisekarte. Die beiden wählten ihr Essen aus, und dann saßen sie sich gegenüber. Schwiete räusperte sich.

»Tja, Frau Raabe, schön, dass Sie gekommen sind.«

Karen Raabe lächelte, und ihre grünen Augen sandten kleine wunderschöne Blitze aus.

Wenn du nicht weißt, worüber man reden soll, dann rede doch darüber, dass du nicht weißt, worüber du reden sollst, hatte mal jemand zu Schwiete gesagt. Also nippte er noch einmal an seinem Raki und füllte seine Lunge mit Kneipenluft.

»Sie müssen wissen, Frau Raabe, ich bin kein Kommunikationswunder.« Er räusperte sich wieder. »Sondern eher das Gegenteil. Ich habe mich schon sehr auf diesen Abend mit Ihnen gefreut, nicht dass Sie mich missverstehen. Doch ich habe keinerlei Erfahrungen, wenn es darum geht, jemanden zu unterhalten.«

Schwiete schwieg einen Moment, leerte sein Schnapsglas und stellte es mit entschlossener Geste zurück auf den Tisch. »Seit ich Sie gebeten habe, sich mit mir zu treffen, habe ich mir überlegt: Worüber kann ich mit Ihnen reden? Wie kann ich Sie unterhalten? Mir ist nichts eingefallen, was ich für angemessen gehalten hätte. Deshalb habe ich heute mehrfach versucht, Sie zu erreichen, um unsere Verabredung wieder abzusagen. Ich hatte jedoch nur Ihre Büronummer, und da habe ich Sie nicht erreicht.«

»Was für ein Glück!« Karen Raabe lächelte Schwiete an. »Ich wäre sehr traurig gewesen, wenn Sie Ihre Einladung zurückgezogen hätten. Im Übrigen mag ich Männer, die zu ihrer Unsicherheit stehen und sie nicht durch Lautstärke und formal witzige Phrasen kaschieren.« Sie machte eine kurze Pause und fuhr dann fort: »In Ordnung, Herr Schwiete, Sie haben mir gerade Ihre Unsicherheit gestanden. Wenn wir schon dabei sind, werde ich Ihnen etwas über mich verraten, was ich nicht jedem erzähle.«

Wieder hielt sie inne und schien nach passenden Worten zu suchen. Auf einmal füllten sich ihre Augen mit Tränen, die sie vergeblich wegzuzwinkern versuchte. Schwiete entging ihr Stimmungswechsel keineswegs. Sie holte tief Luft und begann dann zu erzählen: »Ich habe einige Jahre als Prostituierte gearbeitet. Doch ich habe es irgendwie geschafft, mein Studium abzuschließen. Das erste beste Jobangebot habe ich genutzt, um aus dem Milieu zu verschwinden.« Jetzt liefen ihr die Tränen die Wangen hinab. Sie versuchte sie mit dem Ärmel zu stoppen, verwischte jedoch nur ihr Make-up. »Ich wollte mich nicht mehr erniedrigen, und ich wollte mich nicht mehr erniedrigen lassen. Ich wollte schon vor Beendigung meines Studiums mehrfach aussteigen. Ich weiß nicht, wie oft ich daraufhin verprügelt worden bin, wie oft man mich misshandelt hat. Aber ich habe es geschafft. Ich bin jetzt Sozialarbeiterin und versuche Frauen zu helfen, die in einer ähnlichen Situation gelandet sind wie ich damals. Und ich versuche Männern, wie ich sie in meiner Zeit als Prostituierte erlebt habe, das Handwerk zu legen. Das sind meine erklärten Feinde!«

Höveken und Hilde Auffenberg hatten schon eine Weile gewartet. Heute Abend wollte das Geburtstagsvorbereitungskomitee Nägel mit Köpfen machen. Man wollte alle Details festlegen, um Schwietes Geburtstag zum rauschendsten Fest des Jahres werden zu lassen. Und wer fehlte? Winter und Künnemeier! Als die beiden abgehetzt die Auffenberg'sche Küche, das Kommunikationszentrum des Ükernviertels, betraten, war Hövekens Stimmung bereits im Keller. Er hasste es, warten zu müssen.

»Tut mir leid, dass wir zu spät sind«, brachte Winter außer Atem heraus. »Aber Willi wollte unbedingt noch einmal nach Bad Lippspringe.«

»Herbert, da steht dein Sarg. Ich hatte dir ja versprochen: Ich bringe ihn dir zurück!«, versuchte Künnemeier das Zuspätkommen auf seine Weise zu entschuldigen.

»Ach, lass doch diesen verdammten Sarg«, grummelte Höveken. »Den habe ich längst abgeschrieben. Ich habe der Versicherung den Diebstahl gemeldet, und fertig. Außerdem wisst ihr doch, dass ihr nicht mehr Detektiv spielen sollt. Wenn unser Schwiete euch erwischt, sperrt er euch ein. Wegen Behinderung der Polizeiarbeit! Und unsere schöne

Party fällt ins Wasser, weil ihr hinter schwedischen Gardinen sitzt!«

»Pah!«, erwiderte Künnemeier und hob zu einer Verteidigungsrede an.

Doch Hilde Auffenberg erstickte sie im Ansatz. »Der Grund für unsere Verabredung heute ist der Geburtstag von Horst Schwiete. Unser lieber Herbert hat sich bereit erklärt, sein Sarglager auszuräumen. Einen Raum für die Feier hätten wir also schon.«

Nach einer Stunde schrieb Künnemeier den letzten Merkposten auf seinen Zettel. Anschließend faltete er die Liste sorgfältig zusammen und steckte sie in seine Brieftasche.

»Mensch, das wird 'ne Fete! Die wird unser Schwiete sein Lebtag nicht vergessen!«, rief der Schützenoberst. »Und von Feiern verstehe ich was, das könnt ihr mir glauben. So, und jetzt gehen wir alle in Silos Kebaphaus. Da essen wir einen Happen, und ich gebe einen aus. Wir können ja nicht immer unserer Hilde Auffenberg die Ecken leer saufen.«

Die Begeisterung der anderen hielt sich in Grenzen. Sie waren müde und wollten ins Bett. Doch Künnemeier ließ keine Ausreden gelten.

»Ach, ich freue mich schon auf einen richtig schönen Lammspieß mit Salat und Pommes frites«, schwadronierte der alte Schützenoberst, als er den Gastraum des Lokals betrat. Fast alle Plätze waren mittlerweile besetzt. Er wollte schon enttäuscht kehrtmachen, da fiel sein Blick auf einen Tisch, an dem ein Pärchen saß.

»Ich fasse es nicht!«, polterte Künnemeier drauflos. »Unser Hauptkommissar mit seiner Freundin. Die hat er uns noch gar nicht vorgestellt.«

Jetzt ist unser guter Schützenoberst aber völlig durchgeknallt, dachte Winter, der – wie die anderen beiden auch – von seinem Standort den Gastraum nicht recht überblicken konnte.

Völlig ungeniert steuerte Künnemeier auf den Tisch zu, an dem Schwiete saß, klopfte auf die Tischplatte und fragte: »Ihr habt doch noch Platz, oder? Können wir uns noch dazusetzen?«

Er winkte dem Rest seiner Leute und zwinkerte ihnen zu, noch bevor er eine Antwort erhielt.

»Kommt, hier ist noch Platz.«

Viel später, Schwiete hatte nun schon zum zweiten Mal in seinem Leben mehr als ein Glas Bier getrunken, brachte er, nachdem die etwas angeschwipste Runde seiner Mitbewohner und Nachbarn zum allgemeinen Aufbruch entschlossen war, Karen Raabe zu ihrem Auto.

»Es war ein schöner Abend«, verabschiedete sie sich von ihm.

»Ja.« Schwiete nickte. »Es war ein schöner Abend.«

Karen Raabes Mund umspielte wieder dieses unnachahmliche Lächeln. »Ich würde Sie gerne wiedersehen, Herr Schwiete.«

»Ja«, sagte er. »Das wäre schön.«

Wieder keine Verbindung! Patrick Rademacher schob wütend sein Handy zurück in die Hosentasche. Jetzt hatte er schon vier Versuche gestartet, mit seinem Chef zu telefonieren, aber jedes Mal war er nur vom Anrufbeantworter vertröstet worden. Es war fast zweiundzwanzig Uhr. Eigentlich wollte Werner Hatzfeld um kurz nach zwanzig Uhr bei ihnen gewesen sein. Offenbar hatte er sein Handy nicht angeschaltet. Aber warum meldete er sich nicht? Warum rief er nicht zurück? Das sah ihm gar nicht ähnlich.

Nicht, dass er sich Sorgen um seinen Chef gemacht hätte. Ach, dachte er, der wird Frauenbesuch bekommen und dabei Zeit und Raum vergessen haben. War zwar nicht die feine Art, seine Leute ohne Nachricht sitzen zu lassen, aber dafür war er eben der Chef. Rademacher hatte nicht die Absicht, seinen guten Job dadurch zu gefährden, dass er seinen Arbeitgeber auf solche Kleinigkeiten hinwies.

Aber es gab ein anderes Problem. Er wusste nicht, wie es mit ihrem Gefangenen weitergehen sollte. Sie konnten doch nicht tagelang in dieser elenden Hütte hausen. Wenn es den Arsch der Welt wirklich gab, dann musste der ganz in der Nähe liegen. Tagsüber war er einmal nach Hövelhof gefahren, hatte Lebensmittel und andere notwendige Dinge besorgt, um einigermaßen angenehm über die Runden zu kommen. Doch er hätte eine ganze Lkw-Ladung mit Köstlichkeiten kaufen können, angenehm wäre es trotzdem nicht geworden. Es war einfach unmöglich, sich mit Mike in einem geschlossenen Raum aufzuhalten und sich dabei wohlzufühlen. Mike war jemand, der seinen niederen Instinkten einen Altar gebaut, aber seinen Verstand in eine Schublade gesteckt und dort vergessen hatte. Wenn denn überhaupt jemals eine nennenswerte Portion davon vorhanden gewesen war.

Und der Gefangene?

Werner Kloppenburg schien sich fatalistisch in sein Schicksal ergeben zu haben. Er jammerte nicht, er schimpfte nicht, saß meistens still und in sich gekehrt auf seinem Stuhl. Nach wie vor mit Handschellen am Stuhlrücken gefesselt. Rademacher hatte ihm zweimal ein paar Butterbrote geschmiert. Jedes Mal hatte Kloppenburg die Stullen mit Heißhunger verdrückt. Sie waren dreimal mit ihm vor die Hütte gegangen und hatten ihn unter Bewachung sein Geschäft verrichten lassen. Niemand konnte behaupten, sie wären nicht gut mit ihrem Gefangenen umgegangen, fand Rademacher. Dabei hatte es ihn selbst immer wieder in den Fingern gejuckt, diesen Mann etwas zu quälen. Aber sein Chef hatte in dieser Hinsicht klare Ansagen gemacht. Einschüchtern ja, aber nichts kaputt machen. Daran hielt sich Rademacher.

Leider war Mike aus ganz anderem Holz geschnitzt. Dieser Mann war eine tickende Zeitbombe, die jeden Moment explodieren konnte.

»Dieser Scheißkerl hat mir ein Ohr abgeschnitten!«, schrie er immer wieder. »Glaub bloß nicht, dass ich das schon vergessen habe!«

Nein, das glaubte Rademacher keine Sekunde. Er hatte Mike oft genug im Einsatz erlebt, wenn er in der Oase »Hausputz« machte und zahlungsunwillige oder regelüberschreitende Freier hinauswarf. Dann war Mike in seinem Element, war eins mit sich und seiner Arbeit. So einer vergaß keine Demütigung.

»Du weißt, was der Chef gesagt hat!« Mit diesem Argument versuchte Rademacher immer wieder, ihn auszubremsen. Aber seit einer Stunde lachte Mike darüber nur noch trocken.

»Der Chef!«, höhnte er. »Den interessiert das hier doch gar nicht mehr. Der liegt gerade mit irgendeiner Schlampe aus dem Club im Bett und lässt sich verwöhnen. Weiß bloß nicht, auf welche Titten er es gerade abgesehen hat. Jetzt, wo Irina schon tagelang weg ist.«

Auch Rademacher hatte mittlerweile herausbekommen, dass der Chef mit Irina schlief. Sie war immer schon seine Favoritin gewesen, in der letzten Zeit wohl auch seine Vertraute. Das hatten ihm die anderen Prostituierten des Clubs mittlerweile gesteckt.

»Wer passt heute eigentlich auf den Club auf, wenn wir beide nicht da sind?«, sagte Rademacher.

Mike zuckte mit den Achseln. »Ist mir doch egal! Wenn der Chef mich hierherschickt, kann er nicht erwarten, dass ich gleichzeitig im Club den Türsteher mache. Soll er doch selber die Dreckskerle beim Kragen packen und rauswerfen. Ist doch kein Schwächling. Ich bin jedenfalls hier. Und ob du da bist oder nicht, ist sowieso egal. Dich vermisst dort keiner.«

Rademacher protestierte empört, aber Mike setzte sofort nach: »Ist doch so. Wenn ein besoffener Freier Randale macht und die Mädchen oder andere Besucher belästigt, dann brauchen wir keinen Geschäftsführer, der beim Chef einen schriftlichen Antrag auf angenehmere Kunden stellt. Dann erwartet der Chef, dass so einer wie ich eingreift und den Kerl zusammenfaltet. Und zwar sofort und so gründlich, dass der nicht mehr wiederkommt. Also, wer ist nun wichtiger?«

Rademacher gab ihm in Gedanken recht, wenn auch nur widerwillig. Seine Tätigkeit war mehr organisatorischer Natur. Wenn der Laden abends lief, waren Typen wie Mike wirklich wichtiger als ein Geschäftsführer. Und es war tatsächlich Sache des Chefs, wie er seine Mitarbeiter einsetzte. Der würde schon wissen, was er tat. Aber warum ging er jetzt nicht an sein Handy? Und wie konnte Rademacher Mike daran hindern, den Gefangenen in ganz kleine Stücke zu zerlegen?

Immer wieder zuckten Lichtblitze auf, dann wurde es wieder dunkel. Er hörte Stimmen, aufgeregte, besorgte Stimmen, aber auch die versanken wieder in dem riesigen, alle Geräusche dämpfenden Wattebausch, der ihn einhüllte wie ein gewaltiger Kokon. Zwischendurch durchschnitten heftige Schmerzen seinen Kopf, aber auch diese verloren sich wieder. Die Abstände zwischen den Lichtblitzen wurden immer kürzer und die Schmerzen dauerhafter. Der Wattebausch schien immer dünner und durchlässiger zu werden, er schützte nicht mehr und war schließlich überhaupt nicht mehr vorhanden, als Werner Hatzfeld die Augen aufschlug und sie, von grellem Licht geblendet, sofort wieder schloss. Er stöhnte, denn nun waren die Schmerzen im Kopf kaum noch zu ertragen. Am liebsten wäre er wieder abgetaucht, hätte sich wieder eingekuschelt in diesen weichen, stillen Wattebausch. Aber nun waren auch die Stimmen um ihn herum noch lauter, noch aufgeregter geworden. Vorsichtig öffnete Hatzfeld erneut die Augen, wenn auch nur einen Spalt.

»Da!«, rief eine unerträglich laute Stimme direkt neben seinem Kopf. »Er wird wach!«

Werner Hatzfeld wollte sich gegen das Erwachen zur Wehr setzen, aber die Vitalfunktionen seines Körpers waren stärker, und ohne es zu wollen, schlug er nun die Augen voll auf und sah sich um.

Offenbar befand er sich in seinem Garten, neben der Garage. Er lag auf einer dicken Isomatte und war mit einer Decke gegen die feuchte Kälte geschützt. Zwei Augen blickten ihn prüfend an. Sie gehörten zu einem Mann in weißer Kleidung, der eine Spritze in der Hand hielt.

»Alles wird gut!«, redete der Mann beruhigend auf ihn ein. »Sie bekommen jetzt eine Spritze, damit Sie einschlafen. Sie werden im Krankenhaus wieder erwachen. Machen Sie sich keine Sorgen, wir werden uns gut um Sie kümmern. Alles Weitere verschieben wir auf später.«

Hatzfeld verkniff sich einen Schrei, denn wieder durchzog eine heftige Schmerzwelle seinen Kopf.

»Was ist passiert?«, fragte er mit einer Stimme, die ihm seltsam fremd vorkam. »Wie kommen Sie hierher?«

Der Arzt überlegte kurz, entschloss sich dann aber zur Offenheit. »Ich bin als Notarzt vor einer Viertelstunde durch eine SMS alarmiert worden. Wir hatten erst Zweifel an der

Echtheit des Alarms, sind aber auf Nummer sicher gegangen und sofort losgefahren. Und das war auch gut so, denn es hat Sie böse erwischt.«

Er wollte endlich die Spritze ansetzen, aber Hatzfeld hob die Hand, um ihn noch einmal zu stoppen. »Wieso? Ich habe große Schmerzen, aber sonst weiß ich von nichts. Was ist mit mir?«

»Sie sind ganz übel zusammengeschlagen worden, und zwar nicht mit Fäusten, sondern mit einem stumpfen Gegenstand, wie es so schön heißt. Ihren Kopf hat es schlimm erwischt. Aber das Erstaunlichste ist ...« – hier machte der Arzt eine Kunstpause, die Hatzfeld überhaupt nicht behagte – »... das Ohr.«

»Was ist denn mit dem Ohr? Ist es verletzt?«

»Im Grunde nicht. Es ist eigentlich noch komplett, wenn man einmal davon absieht, dass es nicht mehr an Ihrem Kopf befestigt ist. Das rechte Ohr wurde fein säuberlich abgetrennt und neben Ihrem Kopf abgelegt. Zusammen mit einer kurzen Nachricht, die wohl an Sie gerichtet ist.«

Hatzfeld war schockiert. Wieso hatte man sein Ohr abgeschnitten? Genau wie vor zwei Tagen bei Mike. Was passierte hier? Und was war das für eine Nachricht?

»Machen Sie sich keine Sorgen. Das Ohr nähen wir Ihnen wieder an. Das wird besser aussehen als vorher. Ach ja, die Nachricht. Warten Sie, hier steht: ›Diesmal das Ohr – beim nächsten Mal dein Leben. Aber wir können reden. Wenn du zahlst, darfst du leben. Sonst nicht. Ich melde mich wieder.‹ So, jetzt wird es aber wirklich Zeit für die Spritze.«

Warum war immer er an der Reihe, wenn es darum ging, das langweiligste Thema der Woche zu besetzen? Frank Heggemann war freier Mitarbeiter der *Paderborner Zeitung*, stand damit auf der untersten Stufe der Hackordnung in der Redaktion und musste sich mit dem zufriedengeben, was man ihm gnädigerweise überließ. Am Freitag war in der Redaktionssitzung irgendein Schlauberger auf die Idee gekommen, noch einmal den Fall mit dem explodierten Haus aufzugreifen, und zwar die emotionale Seite der Geschichte. Der pfiffige Redakteur hatte Wind davon bekommen, dass die ums Leben gekommene Frau erst ihre Katze bei den Nachbarn in Sicherheit gebracht und sich dann in die Luft gesprengt hatte. Das sei doch eine Story, die den Lesern zu Herzen gehe, fand die Runde und beschloss, Heggemann mit dieser rührseligen Angelegenheit zu beauftragen. Es hatte schlicht und einfach niemand sonst Lust dazu gehabt.

Heggemann hatte sich bei den Nachbarn der Selbstmörderin zu einem Gesprächstermin angemeldet. Er hatte nur wenig Zeit, denn am späten Sonntagnachmittag war in der Sportredaktion Hochbetrieb, und da wurde auch er gebraucht. Ein kurzes Gespräch, ein oder zwei Fotos von dem alten Ehepaar mit der Katze auf dem Arm – und nichts wie weg.

Als Walter Hermskötter die Haustür öffnete, schlug Heggemann bereits im Flur Kaffeeduft entgegen. Okay, an einer schnellen Tasse Kaffee im Stehen war nichts auszusetzen.

»Schön, dass Sie gekommen sind«, begrüßte ihn Hermskötter freundlich. »Meine Frau hat extra einen Kuchen gebacken. Sie macht den besten Kuchen in Paderborn, Sie werden zufrieden sein.«

Frank Heggemann schluckte seine Einwände hinunter, als

er Frau Hermskötter gegenüberstand, die ihm voller Stolz ihre liebevoll gestaltete Kaffeetafel präsentierte. Er brachte es nicht mehr übers Herz, die gastfreundlichen alten Leute zu enttäuschen, und setzte sich resigniert an den Tisch. Es dauerte eine geschlagene Stunde, bis es Heggemann zum ersten Mal gelang, auf das eigentliche Thema seines Besuches zu sprechen zu kommen. Walter Hermskötter, der offenbar gern redete, hatte genau wissen wollen, wie es zuging in so einer Zeitungsredaktion. Dabei versäumte er nicht, Heggemann auf die vielen Fehlentwicklungen in der Stadt hinzuweisen, über die er unbedingt mal schreiben sollte. Heggemann nickte geduldig und versprach so oft, sich um alles zu kümmern, bis Hermskötter zufrieden war. Immer wieder goss Maria Hermskötter Kaffee nach und legte ein neues Stück Frankfurter Kranz auf den Teller ihres Besuchers. Heggemann beschloss nun, energisch zu werden.

»Vielen Dank, Frau Hermskötter, aber ich muss nun zur Sache kommen. Auch Sie wollen ja morgen früh die Zeitung lesen, und deshalb muss ich mich beeilen. Wo ist denn eigentlich die Katze? Die habe ich ja noch gar nicht gesehen.«

»Ach«, schwärmte die Hausfrau, »Natascha hat ihr eigenes Zimmer bekommen. Wir haben ja viel Platz, seit die Kinder aus dem Haus sind. Ich hole sie mal eben.«

Kurz darauf kam sie zurück und trug eine kleine, schwarz-weiß gestreifte Katze auf dem Arm. Sofort fiel Heggemann auf, dass dem Tierchen das rechte Ohr fehlte.

»Das ist unsere Natascha!«, verkündete sie stolz. »Ich sage unsere, denn wir haben uns so an sie gewöhnt. Und ihr Frauchen kann sie ja nun leider nicht mehr holen. Einfach schrecklich, die ganze Sache.«

»Genau darüber wollte ich mit Ihnen sprechen. Unserer Zeitung geht es vor allem um den rührenden Aspekt mit der Katze. Ihre Natascha wird noch berühmt werden, verlassen Sie sich darauf. Erzählen Sie doch bitte noch einmal, wann haben Sie denn Natascha zum ersten Mal gesehen? Und was ist mit dem Ohr passiert?«

Etwas umständlich ergriff nun wieder der Herr des Hauses das Wort und schilderte in buntesten Farben, was am Abend des Totensonntags passiert war. Er ließ nichts, aber auch gar nichts aus.

»Aber was mit dem Ohr passiert ist, wissen wir auch nicht. Natascha sah schon so aus, als sie zu uns kam«, beendete Hermskötter seine Ausführungen.

Heggemann fühlte sich leicht benommen, wobei er nicht wusste, ob das mit der Menge an Kuchen oder dem ausschweifenden Redefluss von Walter Hermskötter zu tun hatte. Besser so, als einem alles aus der Nase ziehen zu müssen, tröstete sich Heggemann.

»So, und jetzt machen wir ein paar schöne Fotos mit Ihnen und dem süßen Kätzchen.«

Auch hier hatten die Hermskötters ihre eigenen Vorstellungen, und Heggemann musste deutlich mehr Fotos machen, als eigentlich nötig gewesen wären. Er versprach den beiden Alten, ihnen die Bilder auf Fotopapier auszudrucken und zu schicken.

Als er wieder in seinem Auto saß, war es draußen bereits dunkel. Die Kollegen von der Sportredaktion waren jetzt mit Sicherheit schon stocksauer, weil er noch nicht zum Dienst erschienen war. Das würde Ärger geben. Aber immerhin war er mal richtig satt geworden. Für einen freien Mitarbeiter einer Tageszeitung ist das ja nicht selbstverständlich.

»Wie eine Mumie«, stöhnte Werner Hatzfeld, als er sich zu Hause im Spiegel begutachtete. Vorsichtig betastete er sein Gesicht, strich leicht mit den Fingerkuppen über den Verband, der mehrfach über die Stelle gewickelt worden war, an der in besseren Zeiten ein ganz normales rechtes Ohr gesessen hatte. Ob das angenähte Exemplar jemals wieder so aussehen würde wie früher, war mehr als fraglich. Funktionieren würde es vermutlich auch nicht mehr richtig. Hatzfeld konnte es immer noch nicht fassen, dass es jemand gewagt hatte, ihm so etwas anzutun. Ihn zu verstümmeln, seine Würde zu verletzen.

Als hätte er auf einen Alarmknopf gedrückt, durchfuhr ihn plötzlich eine heftige, kaum zu kontrollierende Wut. Hatzfeld trat gegen eine teure antike Kommode. Dass dabei eine kaum weniger wertvolle Porzellanschale zu Boden fiel und krachend in Hunderte kleiner Scherben zerbarst, fachte seinen Tobsuchtsanfall nur noch weiter an. Er schrie vor Zorn, riss ein Gemälde mit dickem edlen Holzrahmen von der Wand und schleuderte es durch den ganzen Flur. Endlich hielt er schwer atmend inne und starrte mit leicht irrem Blick auf das Chaos, das er angerichtet hatte.

Resigniert ging er in sein Wohnzimmer. Er nahm eine Flasche und ein Glas aus dem Schrank und schenkte sich großzügig ein. Genau davor hatte ihn der Arzt vor gerade mal einer Stunde dringend gewarnt, da er unter starken Schmerzmitteln stand. Alkohol sei da pures Gift. Aber Hatzfeld wollte jetzt nicht vernünftig sein, er wollte rebellieren. Gegen die einengende Vernunft, gegen den Arzt, gegen sein künftiges Schicksal als hässliches Monster, gegen alles.

Nachdem er das Glas in einem Zug geleert hatte, warf er es quer durch das große Wohnzimmer. Zufrieden hörte er, wie es an der Wand zerschellte, und freute sich, als an der Stelle ein feuchter Fleck zurückblieb. Sollte doch alles draufgehen!

Es war Sonntagnachmittag. Seine Haushälterin hatte frei, dennoch überlegte er, ob er sie anrufen und herbeizitieren sollte. Er brauchte jetzt jemanden, der sich um ihn kümmerte. Dann verwarf er diesen Gedanken wieder. Eigentlich war er froh, allein zu sein. Er wollte niemanden sehen und von niemandem gesehen werden. Und einen Kaffee konnte er sich auch allein kochen.

Immer wieder fragte er sich, wer ihn überfallen haben mochte. Er hatte sich bereits im Krankenhaus das Hirn zermartert und versucht, sich die letzten Bilder vor der Ohnmacht vor Augen zu führen. Aber mehr als eine dunkle Silhouette, die mit erhobenen Armen vor ihm stand und zuschlug, brachte er nicht zustande.

Ärgerlich wischte er diese Frage beiseite und zwang sich, an Näherliegendes zu denken. Er musste dringend Rademacher anrufen und herausfinden, wie es in der Hütte stand. Hatten sie Kloppenburg schon ausreichend weich geklopft, oder bockte er noch? Überhaupt, was sollte mit Kloppenburg geschehen? Selbst wenn sein ehemaliger Geschäftspartner ihm schwören würde, nichts von dem auszuplaudern, was er über Hatzfelds Geschäfte wusste ... könnte er ihm trauen? Kloppenburg war und blieb ein Risiko für ihn.

Er griff zum Telefon und drückte es sich gewohnheitsmäßig ans rechte Ohr, doch sofort schrie er auf vor Schmerz und wechselte die Seite. Als Rademacher sich meldete, raunzte Hatzfeld ihn heftiger an, als er es eigentlich geplant hatte. Sein völlig eingeschüchterter stellvertretender Geschäftsführer gab ihm zaghaft Auskunft.

»Alles klar so weit, Chef. Ich denke, der Gefangene ist mürbe. Der gibt keinen Mucks mehr von sich. Selbst wenn man ihn ein bisschen mit dem Messer kitzelt, schaut er einen nur mit leerem Blick an. Der Mann ist fertig. Um den müssen wir uns keine Gedanken mehr machen.«

»Halten Sie den Mund, Rademacher!«, fuhr Hatzfeld ihn an. »Ob wir uns Gedanken machen müssen oder nicht, entscheide immer noch ich. Was ist mit Mike? Was macht seine Verletzung?«

»Oh, dem geht es nicht so gut. Er ist mies gelaunt und jammert den ganzen Tag. Der Kerl soll sich mal nicht so anstellen. Als ob so ein abgeschnittenes Ohr ein Problem wäre, da haben andere doch ...«

Was Hatzfeld nun durchs Telefon jagte, ließ vermutlich seinen hochgewachsenen Gesprächspartner auf Zwergenformat schrumpfen. Rademacher hatte eine erstaunliche Begabung, stets das Falsche zu sagen.

»Ich melde mich heute Abend noch einmal und gebe dann Anweisungen, was mit dem Gefangenen geschehen soll. In der Zwischenzeit soll Mike in den Club fahren und dort bis Schichtende seinen Job machen. Ich brauche dort eher einen Türsteher als einen Geschäftsführer. Und einen gefesselten und entkräfteten Gefangenen zu bewachen dürfte doch selbst für Sie kein unlösbares Problem darstellen, oder?«

Erbost legte Hatzfeld das Telefon weg. Diesen Rademacher musste er bei nächster Gelegenheit wieder loswerden. Der Mann war einfach nicht zu gebrauchen. Wenn es hart auf hart käme, würde er sich eher an Mike wenden. Der war zwar nicht der Hellste, aber praktisch veranlagt und hatte keine störenden Hemmungen. Auch wenn Hatzfeld noch keine endgültige Entscheidung getroffen hatte, sagte ihm sein Bauchgefühl, dass Wilfried Kloppenburg nicht lebend aus der Hütte herauskommen durfte. Er würde den Befehl dazu nicht mit leichter Hand geben, es würde ihm sogar verdammt schwerfallen, seinen langjährigen Geschäftspartner zum Abschuss freizugeben, aber ein Kloppenburg, den er nicht unter Kontrolle hatte, war für Hatzfeld einfach zu gefährlich.

Plötzlich fiel sein Blick auf eine Restaurantquittung, die auf einem Sideboard lag. Es war die Quittung, die er am Freitag bei seinem Besuch im Restaurant Staebner bekommen hatte. Sofort schoss ihm ein weiteres Problem durch den Kopf. So vorsichtig sie bei der Entführung auch zu Werke gegangen waren, es hatte dennoch Zeugen gegeben. Jemand hatte ihn offenbar beobachtet, von Bad Lippspringe aus verfolgt, bis tief ins Ükernviertel hinein, und der Polizei sein Autokennzeichen gemeldet. Das war alles andere als beruhigend. Er hatte zwar ein glaubwürdiges, da gut geplantes Alibi vorweisen können, aber der Gedanke an diesen Zeugen nagte an ihm und ließ ihm keine Ruhe. Auch hier musste er etwas unternehmen. Hatzfeld setzte sich und zwang sich zum Nachdenken.

Gestern, am späten Nachmittag, war er zu Kloppenburgs Frau gefahren. Die war mittlerweile fest entschlossen, ihren Gatten zu verlassen. Ihre Wut und die Tatsache, dass Hatzfeld ein alter Freund der Familie war, hatten es ihm leicht gemacht, von Brigitte das zu erfahren, was er wissen wollte.

Es war der Ehefrau, so behauptete sie jedenfalls, mittlerweile völlig egal, was aus ihrem Mann würde.

»Soll er doch verrecken!«, hatte sie mit einer so hasserfüllten Stimme hervorgebracht, dass Hatzfeld fast das Blut in den Adern gefroren war.

Die Frau war lange Zeit leidensfähig gewesen, dachte er. Über Jahre hatte Kloppenburg ihr Hörner aufgesetzt und sie zum Gespött der illustren Paderborner Gesellschaft gemacht. Brigitte Kloppenburg hatte seine Eskapaden immer ertragen. Doch jetzt hasste sie ihren Mann, wie nur eine tief verletzte Frau hassen konnte.

Hatzfeld grinste schmierig. Wenn man der lieben Brigitte jetzt eine Knarre in die Hand drücken und ihr den verhassten Ehemann präsentieren würde – sie würde ihn abknallen, ohne mit der Wimper zu zucken. Aus dem Hause Kloppenburg drohte also keine Gefahr, da war sich Hatzfeld sicher. Brigitte hatte andere Sorgen.

Aber gestern Abend war doch noch etwas anderes gewesen? Hatzfeld überlegte. Genau, das Taxi, das so völlig unmotiviert vor dem Anwesen der Kloppenburgs herumgestanden hatte. Es hatte irgendwie verdächtig ausgesehen. Sicherheitshalber hatte sich Hatzfeld das Kennzeichen notiert, sobald er es im Scheinwerferlicht gesehen hatte. Eine intuitive Handlung, die ihm vielleicht weiterhalf. Er ging zur Garderobe und durchsuchte die Taschen seiner Jacke. Sekunden später hielt er einen Papierschnipsel mit der Autonummer in der Hand. Er würde seine Beziehungen spielen lassen und herausfinden, wer dieses Taxi fuhr.

Taxi? In seinem schmerzenden Kopf wuchs der nächste Gedanke heran. Da war doch etwas? Hatzfeld begann sich sein Hirn zu zermartern. Stück für Stück setzte sich das Erinnerungspuzzle zusammen. Und dann hatte er auf einmal Gewissheit. Genau, so war es! Als er am Freitag vom Kloppenburg'schen Anwesen zum Essen nach Paderborn gefahren war, da war ihm ebenfalls ein Taxi gefolgt. Schon in der Bonhoefferstraße war es ihm aufgefallen, weil es angerast kam und anschließend so dicht auffuhr. Dann war es die ganze Zeit hinter ihm geblieben. In der Krämerstraße in Paderborn hatte er es zum letzten Mal gesehen. Ein Taxi? Was hatte das wohl zu bedeuten? Hatzfeld würde es herausfinden. Und Mike würde eine Menge Arbeit bekommen.

55

Mit zitternden Händen steckte Patrick Rademacher sein Handy in die Innentasche seiner Daunenjacke und zog den Reißverschluss bis zum Anschlag hoch. Im kleinen Kanonenofen bollerte zwar ein Feuerchen, aber da die Hütte nicht isoliert war und der Wind durch alle Fugen pfiff, blieb es empfindlich kalt. Dabei war es weniger die Kälte, die ihn zittern ließ, sondern das soeben beendete Telefonat, das ihn tief erschüttert hatte. Werner Hatzfeld, sein Chef, war ein Mann klarer Worte, aber mit wenig Einfühlungsvermögen.

»Kloppenburg muss weg!«, waren seine einführenden Worte gewesen. »Machen Sie es, wie Sie wollen, aber töten Sie den Kerl!«

Ehe Rademacher noch seine Bestürzung hatte äußern können, waren die Folgeanweisungen wie ein Trommelfeuer auf ihn eingeprasselt. »Mike kommt am frühen Morgen nach seiner Schicht zurück und kann beim Abtransport und beim Verstecken helfen. Und überlegen Sie sich gut, wie Sie die Leiche entsorgen, Rademacher. Keine unnötig langen Transporte. Zu gefährlich. Es darf keine Spuren geben, verstanden? Verbuddeln Sie ihn irgendwo in der Nähe im Wald. Sie sind doch da am Arsch der Welt, da gibt es sicher genug Möglichkeiten. Oder werfen Sie ihn in einen Tümpel oder sonst was. Wenn er jemals gefunden wird, drehe ich Ihnen ganz langsam den Hals um, und wenn es das Letzte ist, was ich tun kann.«

Immer wieder hatte Rademacher entsetzt nach Luft schnappen müssen. Doch Hatzfeld war noch nicht fertig gewesen.

»Töten Sie ihn jetzt sofort! Nicht, dass noch irgendwas dazwischenkommt. Ich würde es ja selbst machen, aber ich habe das Gefühl, dass mich jemand ständig beobachtet. Solange ich nicht weiß, wer mich überfallen hat, darf ich nichts riskieren. Also, Rademacher, seien Sie ein Mann, und tun Sie es sofort!«

Nervös drehte Rademacher ein paar Runden durch den kleinen Raum. Immer wieder schaute er auf den Gefangenen, der gefesselt auf seinem Stuhl saß und schlief. Die Hände waren nach wie vor mit den Handschellen an den Stuhlrücken gekettet, sein Kopf war ihm nach vorn auf die Brust gefallen. Wie konnte der Kerl nur schlafen? Für Kloppenburg musste die Kälte doch noch deutlich spürbarer sein, da er sich nicht bewegen konnte. Außerdem schwebte er ständig in Lebensgefahr – wo nahm er die Nerven her, einfach zu schlafen? Vermutlich totale körperliche und seelische Erschöpfung, erklärte sich Rademacher das Phänomen.

Und diesen friedlich schlafenden Menschen sollte er nun töten? Einfach so? Technisch war alles kein Problem. Mike hatte ihm seine Pistole dagelassen. Einfach das Ding an den Kopf halten, abdrücken – und fertig. Rademacher spürte ganz deutlich, dass er einfach nicht in der Lage war abzudrücken. Einen Menschen im Kampf zu töten hätte er sich vorstellen können. Einen hilflosen Gefangenen, der noch dazu friedlich schlief … Auf keinen Fall.

Aber er musste es tun. Jetzt. Komisch, dachte Rademacher, er hatte doch sein Vergnügen daran gefunden, diesen Mann zu schlagen, ihn mit dem Messer zu verletzen. Was hielt ihn nun zurück? Da kam ihm ein Gedanke. Er fasste Kloppenburg mit beiden Händen bei den Schultern und schüttelte ihn wach. Vielleicht konnte er es tun, wenn der Gefangene vor Angst schrie und zappelte, wenn Rademacher dem Ganzen zumindest den Anschein von Notwehr geben konnte. Doch Kloppenburg schrie nicht, und er zappelte nicht. Er starrte Rademacher nur schlaftrunken an. Mit einer Resignation im Blick, als hätte er mit seinem Leben sowieso abgeschlossen. Dann fiel sein Kinn zurück auf die Brust, und er schlief weiter.

Rademacher stampfte wütend auf und drehte wieder seine

Runden. Es ging nicht, er konnte es einfach nicht. Sollte doch Mike den Job machen. Mike war der Richtige für schmutzige Arbeiten. Wer in der Lage war, frisch eingetroffene und verängstigte Mädchen brutal zu vergewaltigen, um ihren Willen zu brechen, der war vermutlich auch bei anderen Anforderungen nicht zimperlich.

Es ging ihm gleich spürbar besser, nachdem er seine Entscheidung getroffen hatte. Er würde einfach warten, bis Mike in der Frühe kam, und ihm das Ganze überlassen. In der Zwischenzeit wollte Rademacher sich Gedanken machen, wie er die Leiche am geschicktesten verbergen konnte. Ohne Spuren zu hinterlassen.

Selbst ein so robuster Mann wie Mike kam gelegentlich an die Grenzen seiner Leistungsfähigkeit. Müde schaute er auf seine Armbanduhr. Es war halb sechs morgens. Vor einer Stunde war der letzte Kunde gegangen. Danach musste Mike die Mädchen abkassieren. Normalerweise machte das der Geschäftsführer, aber Rademacher war ja nicht da. Der hatte es gut, fand Mike, der konnte in der Hütte friedlich am bollernden Kanonenofen schlafen. Der Gefangene machte ja keine Arbeit. Nachts durfte nicht gepinkelt werden, was sollte also passieren?

Mike hatte sich im Laufe der Nacht einige spöttische Bemerkungen anhören müssen, da sein Kopf noch immer bandagiert war. Es war nicht immer einfach für ihn gewesen, das nötige Maß an Selbstbeherrschung aufzubringen.

Die Frauen lieferten brav ihre »Miete« ab und verzogen sich in die Schlafräume im Anbau. Im eigentlichen Club hatten nur Mike und Rademacher ihre Zimmer. Zu gern hätte sich Mike jetzt in sein Bett gelegt und ein paar Stunden geschlafen. Er fühlte sich müde und zerschlagen. Seine Verletzungen hatte er nicht wirklich auskuriert, und geschlafen hatte er in den beiden letzten Tagen kaum. Wenn die Geschichte mit dem Gefangenen ausgestanden war, würde er ein paar Tage Urlaub nehmen und sich richtig ausruhen. Heute ging das aber nicht. Er musste zurück in die Hütte und den Gefängniswärter spielen. Eigentlich hatte er auf zwei Männer aufzupassen. Auf den Gefangenen, damit der nicht entwischte, und auf Rademacher, damit der keine Dummheiten machte. Ein Scheißjob, fand Mike.

Er schloss die Einnahmen der Nacht in den Tresor ein und machte noch einen Kontrollgang durch alle »Gästezimmer«. Dann setzte er sich auf Rademachers Bürostuhl und rauchte genüsslich eine Zigarette. Rademacher würde es hassen, Zigarettenasche und eine ausgedrückte Kippe auf seiner Schreibtischplatte zu finden. Das allein war die Zigarette schon wert, fand Mike.

Endlich hievte er sich aus dem Bürostuhl, zog sich seine dicke Jacke an, schloss den Club von außen und betrat den noch immer stockfinsteren Parkplatz. Es regnete gerade mal nicht, dafür war es so schneidend kalt, dass er trotz seiner warmen Kleidung fror. Die Scheiben seines Autos waren zugefroren, das Türschloss war vereist, und so dauerte es eine Weile, bis er endlich einsteigen und den Wagen starten konnte. Es widerte ihn an, sich auf den Fahrersitz hocken zu müssen. Das Blut war zwar so gut wie möglich abgewaschen worden, aber das Polster hatte sich unwiderruflich rot gefärbt, und es roch noch immer merkwürdig im Auto. Eine Mischung aus Blut und einer Ahnung von Weiblichkeit – es war ein Geruch, der ihn schon irritiert hatte, als er in dem Auto von hinten angefallen worden war. Reflexhaft schaute er nach hinten, aber da war niemand, der ihn bedrohte.

Mike schalt sich wütend ein Weichei, blickte wieder nach

vorn durch die enteiste Frontscheibe und startete das Auto. Er brauchte drei Versuche, bis die alte Karre ansprang und mit kreischendem Keilriemen losfuhr. Mike verließ den Parkplatz und bog auf der Marienloher Straße nach rechts ab.

Den kleinen Peugeot, der an einer Stelle am Straßenrand parkte, von der aus der Clubparkplatz gut einsehbar war, bemerkte er nicht. Ihm fiel auch nicht auf, dass in dem parkenden Auto ab und zu der Glutpunkt einer brennenden Zigarette aufleuchtete. Auch nicht, dass der Peugeot Sekunden später ebenfalls startete und ihm mit etwas Abstand durch die Dunkelheit folgte.

Johnny Winter träumte plötzlich von einer großen Panzerschlacht. Kanonen donnerten, die Erde bebte. Es dauerte einige Sekunden, bis sein Unterbewusstsein erfasste, dass es kein Kanonendonner war, der ihn aus dem Schlaf gerissen hatte, sondern Hilde Auffenberg, die hartnäckig an seine Zimmertür klopfte. Fluchend kletterte er aus dem Bett und schaute auf die Uhr. Es war neun Uhr morgens – eigentlich gar nicht so früh, aber er war die ganze Nacht hindurch Taxi gefahren und hatte sich seinen Schlaf redlich verdient. Und jetzt diese Störung nach lächerlichen drei Stunden Schlaf.

Mit T-Shirt und Boxershorts bekleidet, mit zerzausten Haaren und knittrigem Gesicht öffnete er die Tür und schaute seine Vermieterin bitterböse an.

»Nun friss mich nicht gleich auf, Johannes!«, sagte Hilde Auffenberg und lachte. Johannes nannte sie ihn immer dann, wenn sie ihn ärgern wollte. »Tut mir ja auch leid, wenn ich dich wecken muss, aber Willi Künnemeier ist gerade gekommen und will etwas ganz Wichtiges mit dir besprechen.«

»Künnemeier? Der soll mich in Ruhe lassen!«

Trotz seines Ärgers über den gestörten Schlaf stand Winter kurz darauf, wenn auch sehr nachlässig gekleidet, in Hilde Auffenbergs Küche. Er begrüßte Künnemeier so brummig und zurückhaltend, dass sogar der sonst wenig empathische alte Haudegen Winters unterdrückten Zorn spürte.

»Oh, oh!«, sagte der Alte. »Da ist aber einer mit dem falschen Bein zuerst aufgestanden. Können wir uns trotzdem kurz unterhalten? Ich habe etwas Wichtiges mitzuteilen, glaube ich.«

Winter brummte irgendwas, wurde aber aufgeschlossener, als Hilde Auffenberg ihm eine dampfende Tasse Kaffee auf den Tisch stellte. Willi Künnemeier knallte mit großer Geste die *Paderborner Zeitung* auf den Küchentisch.

»Hier, lies das!«, kommandierte der ehemalige Schützenoberst.

Winter blätterte lustlos die Seiten durch und fand nichts, was die Unterbrechung seines Schlafes gerechtfertigt hätte.

»Mann, nun reib dir mal endlich den Schlaf aus den Augen, und guck richtig hin!«, wies ihn Künnemeier zurecht und blätterte selbst, bis er schließlich nachdrücklich mit dem Zeigefinger auf einen halbseitigen Artikel tippte. »Hier!«, rief er. »Kann man doch gar nicht übersehen.«

Noch immer verstand Winter nicht, was der alte Mann eigentlich von ihm wollte. Sein Verstand war noch im Standby-Betrieb und musste erst vorsichtig aufgeweckt werden. Hilde Auffenberg, mit der Weisheit einer Endsechzigerin, schenkte ihm Kaffee nach. Langsam, ganz langsam wurden die Buchstaben vor Winters Augen deutlicher, und er las die Überschrift: »Verwaiste Katastrophenkatze findet liebesvolles Zuhause.«

Was hatte das mit ihm zu tun?, fragte er sich verwirrt, las aber weiter. Der Artikel über die Explosion am Totensonntag beschrieb, wie eine junge Frau mit einem kleinen Kätzchen auf dem Arm zum Haus der Eheleute Hermskötter gekommen war. Der Schreiber hatte den ganz großen Pinsel genommen und richtig dick aufgetragen. So dick, dass ein eher unterkühlter Mensch wie Johnny Winter das Gefühl bekam, in diesem Ozean der Emotionen zu ertrinken. Aber noch immer war ihm der Zusammenhang nicht klar, bis Künnemeier erneut eingriff und mit seinem knotigen Finger auf eines der drei Fotos tippte.

»Hier, du Schlafmütze! Guck dir mal dieses Bild an!«

Beim ersten Hinsehen begriff Winter noch immer nicht, was der Alte meinte. Doch dann war ihm, als hätte jemand in seinem Hirn einen Schalter umgelegt.

»Diese Katze! Bei der Katze fehlt das rechte Ohr!«, rief er aufgeregt. Als Künnemeier bestätigend nickte, dachte er laut weiter: »Auf dem Foto, das wir im Taxi gefunden haben, war auch eine Katze, der das rechte Ohr fehlte. Sollte das etwa …?«

»Richtig, das kann nur eines bedeuten. Ich weiß nicht, wie viele Katzen in Paderborn diese Fellzeichnung haben. Aber von denen wird es wohl keine zwei geben, denen das rechte Ohr fehlt. Ich kann es nicht beweisen, aber ich behaupte einfach mal, dass dies die Katze vom Foto im Taxi ist. Hast du das Bild zur Hand?«

Hatte Winter natürlich nicht, aber er lief, plötzlich hellwach, die Treppe zu seinem Zimmer hinauf und kam zwei Minuten später wieder. Alles passte – sowohl die Fellzeichnung als auch das fehlende Ohr. Winter schnappte vor Jagdfieber nach Luft.

»Also, wenn das ein und dieselbe Katze ist, dann müsste die Frau auf meinem Foto mit ziemlicher Wahrscheinlichkeit auch die Frau sein, die das Kätzchen bei dem Ehepaar abgeliefert hat und die kurz danach bei der Explosion ums Leben gekommen ist. Stimmt das so weit?«

Als Künnemeier und auch Hilde Auffenberg zustimmten,

spann Winter seinen Faden weiter: »Aber die Frau auf meinem Foto ist ohne Zweifel auch die Frau, die ich zum Flughafen gefahren habe. Es war schon sehr spät. Wann genau war die Explosion?«

Die drei steckten die Köpfe zusammen und lasen gemeinsam im Artikel.

»Hier steht's!«, rief Hilde Auffenberg. »Die Explosion war um 22.15 Uhr. Die Katze wurde gegen 20 Uhr abgegeben. Wann hast du die Fahrt gemacht?«

Winter grübelte hektisch. »So genau weiß ich das auch nicht mehr. Es war schon sehr spät. Ich schätze mal, so zwischen zehn und halb elf. Aber ...« Winter sprang auf. »Ich bin während der Fahrt geblitzt worden. Dann lässt sich die Uhrzeit ja ganz genau bestimmen. Vielleicht kann Horst Schwiete das herausfinden. Wenn die Frau um elf Uhr bei mir im Auto saß, kann sie nicht die Frau gewesen sein, die um kurz nach zehn bei der Explosion getötet wurde. So weit alles richtig?«

Wieder stimmten die beiden zu.

»Es gab aber nachweislich eine tote Frau in den Trümmern«, fuhr Winter fort. »Wer war das? Und wer war die Frau, die zum Flughafen wollte? Was ist wirklich passiert?«

Nach einer kurzen Denkpause stellte Hilde Auffenberg fest:

»Ich glaube, wir sollten sofort Horst Schwiete anrufen.«

Endlich hörte Rademacher schwere Schritte, die sich der Hütte näherten. Er sprang auf und stellte sich hinter die Tür, für alle Fälle mit der Pistole im Anschlag. Doch es war Mike, der immer näher kam und nun an die Tür klopfte und rief: »Mach die Bude auf, Mann! Ich habe Hunger und will pennen.«

Beruhigt öffnete Rademacher die Holztür und ließ Mike eintreten. Draußen war es immer noch dunkel, nur im Osten kündete ein fahler Lichtstreifen von der bevorstehenden Morgendämmerung. Rademacher zog die Tür hinter Mike wieder zu und verriegelte sie von innen.

Mike legte eine große Tüte auf den Tisch und brummte: »Ich habe unterwegs Brötchen gekauft. Mach schon mal Kaffee. Mir hängt der Magen in den Kniekehlen.«

Er zog seine Jacke aus und ging zu dem Gefangenen, der besinnungslos auf seinem Stuhl hing. Ab und zu sah er mit leerem Blick durch die Hütte.

»Total kaputt, der Typ«, murmelte Mike verächtlich. »An dem ist ja nichts Lebendiges mehr.«

Nun sah Rademacher den Zeitpunkt gekommen, vom Telefonat mit ihrem gemeinsamen Chef zu erzählen. Wohlweislich unterschlug er dabei Hatzfelds Forderung, Kloppenburg sofort umzubringen.

»Der Chef meinte, du könntest das besser und ich solle dich das machen lassen«, log Rademacher. »Ich habe mir auch schon Gedanken gemacht, wie wir die Leiche entsorgen. Ohne Spuren zu hinterlassen, versteht sich.«

Mike hob nur leicht die Augenbrauen, kaute aber weiter. Die Aufforderung, gleich einen wehrlosen Menschen zu töten, hatte offenbar keinen Einfluss auf seinen Appetit und sein seelisches Gleichgewicht. Das ist wirklich ein harter Hund, dachte Rademacher in einer Mischung aus Anerkennung und Ekel.

Endlich war Mikes Hunger gestillt, er wischte sich mit der Hand die letzten Krümel von den Lippen und zündete sich eine Zigarette an.

»Du weißt doch, dass ich diesen Rauch nicht abkann«, beschwerte sich Rademacher. »Warum gehst du nicht vor die

Tür und qualmst da? Es riecht doch ohnehin schon scheußlich in dieser gammeligen Bude.«

Mike schaute ihn an und schien kurz zu überlegen, ob er tatsächlich hinausgehen oder vielleicht einfach Rademacher zusammenschlagen sollte. Dann stand er auf, kraulte sich den Genitalbereich und grinste.

»Ich muss sowieso mal raus zum Pinkeln. Hast Glück gehabt, Langer. Beim nächsten Mal gibt's was auf die Fresse.«

Mit schleppenden Schritten ging er hinaus und ließ die Tür dabei sperrangelweit offen stehen. Es zog eiskalt herein. Sofort sprang Rademacher auf und schloss sie wieder. Wenig später kam Mike wieder herein und zog die Tür betont langsam hinter sich zu. Rademacher wollte ihm eben vorhalten, dass die Tür verriegelt werden müsse, traute es sich aber doch nicht. Vermutlich wartete Mike nur auf einen solchen Anlass, um gewalttätig zu werden. Die Hauptsache war, dass der Türsteher nun das erledigte, was Rademacher schon vor Stunden hätte tun sollen. Mit großer Geste gab er Mike die Pistole zurück.

»So, jetzt kannst du loslegen.«

Verächtlich schob Mike die Pistole weg. Dann bückte er sich, griff an seinen rechten Stiefel und zog ein feststehendes Messer hervor. Fast liebevoll betrachtete er es, bevor er es direkt vor sich auf den Tisch legte.

»Das ist mein Gerät«, meinte er grinsend. »Eine Pistole ist schön und gut, aber damit kann es jeder. Um es mit einem Messer zu machen, musst du einen Arsch in der Hose haben. Einen richtigen Arsch. Hier, probier es mal aus. Vielleicht bist du ja doch ein Kerl und nicht nur ein zu lang geratenes Stück Elend.«

Mit diesen Worten schob er das Messer auf Rademachers Tischseite. Angeekelt schob der es sofort wieder zurück.

»Nichts da, der Chef hat ganz klare Anweisungen gegeben. Mike soll das machen, Mike wird für so was bezahlt, hat er gesagt. Also, jetzt mach schon. Bevor es draußen taghell wird und uns eine britische Militärpatrouille dabei sieht, wie wir eine Leiche in einem Tümpel versenken.«

Mikes Augen funkelten bösartig. »Okay«, sagte er drohend, »dann mache ich jetzt meine Arbeit. Aber wenn wir mit allem fertig sind, dann kann es sein, dass ich Überstunden mache, verstehst du? Irgendwie kann ich dich einfach nicht leiden.«

Rademacher schauderte. Dann stand er auf, nahm die Pistole in die Hand und sagte betont lässig: »Gut! Dann gehe ich raus und stehe Schmiere. Damit nichts schiefgeht, während du deinen Job machst.«

Er wollte sich eben umdrehen und zur Tür gehen, als Mike rief: »Das könnte dir so passen, du Weichei! Nichts da, du bleibst und schaust mir zu!«

»Nein!«, schrie Rademacher gequält. »Ich kann mir das nicht ansehen. Das halte ich nicht aus.«

Mike lachte wieder. »Aber an ihm herumspielen konntest du? Ihm ein bisschen wehtun, das ging in Ordnung? Was bist du doch für ein erbärmlicher Typ.« Dann winkte er ihn mit einer energischen Handbewegung hinaus. »Mach, dass du rauskommst! Bevor du mich bei meiner Arbeit störst.«

Er drehte sich zum Gefangenen um, der gerade sein Bewusstsein wiedererlangte, aber offenbar nichts von ihrem Disput verstanden hatte. Apathisch hing er an seiner Stuhllehne und starrte dumpf vor sich hin.

Rademacher hatte es nun sehr eilig. Er huschte, so schnell es ging, hinaus und warf die Tür hinter sich zu. Draußen war es fast schon taghell geworden. Er stand schwer atmend vor der Tür und hielt sich die Ohren zu. Die Pistole hatte er in seine Jackentasche gesteckt. Schon beim ersten Schrei des Todgeweihten würde Rademacher ohnmächtig zu Boden sinken, befürchtete er und hoffte inständig, dass Mike seine Arbeit sauber und schnell durchführte.

Er vernahm vorerst keinen verzweifelten Todesschrei, aber wegen der zugehaltenen Ohren hörte er auch nicht die leichten Schritte hinter sich. Im nächsten Moment fuhr ihm ein Baseballschläger krachend gegen die Schläfe und warf ihn zu Boden. Er spürte, dass sich jemand an seiner Jacke zu schaffen machte. Die Pistole, fuhr es ihm durch den Kopf. Aber er war außerstande, sich zu wehren.

Wie im Drogenrausch sah er die Gestalt, die ihn niedergeschlagen hatte, farblich völlig überzeichnet. Immerhin nahm er wahr, dass die Person nun durch die Tür in die Hütte ging. Dann hörte er einen scharfen Befehl.

Rademacher stemmte sich mit letzter Kraft in die Vertikale und sah durch die offene Tür ins Innere der Hütte. Mike stand mit erhobenen Armen vor dem Gefangenen. Ob der noch lebte oder nicht, konnte Rademacher nicht ausmachen.

»Mach ihn frei!«, wurde Mike von einer hellen Stimme angewiesen, die einen osteuropäischen Akzent hatte. Die Gestalt drehte sich blitzschnell um, trat einen Schritt zurück und richtete die Pistole auf Rademacher. Mittlerweile war die Waffe entsichert.

»Du kommst rein und hältst auch die Arme hoch! Und keine dummen Tricks!«

Rademacher gehorchte. Vor ihm stand eine zierliche, vermutlich noch junge blonde Frau, die trotz des Dämmerlichtes eine dunkle Sonnenbrille trug. Jetzt wandte sie sich wieder an Mike: »Los, wird's bald? Nimm ihm die Handschellen ab, und führ ihn zur Tür!«

Betont langsam führte Mike ihre Anweisung aus. Die Frau war hellwach und ließ ihn keine Sekunde aus den Augen.

»Du bist doch Irina, oder?«, sagte Mike plötzlich. »Wieso machst du das? Wir führen nur eine Anweisung des Chefs aus.«

»Schnauze!«, bellte die Frau. Sie strahlte einen so starken Hass aus, dass keiner der beiden Männer es wagte, eine falsche Bewegung zu machen. Widerstandslos half Mike dem geschwächten Kloppenburg hoch. Er musste ihn stützen, da dessen Beine kaum noch durchblutet waren und immer wieder nachgaben.

»Los!«, rief die Frau nun Rademacher zu. »Hilf ihm!«

Rademacher, der sich selbst kaum auf den Beinen halten konnte, blieb nichts anderes übrig, als Kloppenburg von der anderen Seite unter die Arme zu greifen. Draußen lehnten sie auf Anweisung der Frau den schwer atmenden Kloppenburg an die Wand der Hütte. Mit einer eindeutigen Bewegung der Pistolenhand wies sie die beiden an, wieder zurück in die Hütte zu gehen.

»Stell dich mit dem Rücken an den Balken!«, zischte sie Mike an. Als Mike an dem massiven Eichenbalken stand, der als Stützpfeiler für das Dach diente, kam der nächste Befehl: »Die Hände nach hinten!«

Dann befahl sie Rademacher: »Nimm die Handschellen, und schließe seine Hände hinter dem Balken zusammen! Dann gibst du mir den Schlüssel. Aber mach keine Dummheiten, sonst kommt ihr aus dieser Hütte nicht mehr lebend heraus. Glaubt mir, ich könnte mir nichts Schöneres vorstellen, als euch beiden Kotzbrocken das Licht auszublasen!«

Keiner von ihnen zweifelte daran, dass sie ihren Worten Taten folgen lassen würde. Gehorsam ließ Rademacher die Handschellen zuschnappen und übergab ihr den kleinen Schlüssel. Dann bekam er die nächste Anweisung: »Du wirst mitkommen und mir helfen, den armen Kerl da draußen zu meinem Auto zu bringen. Und denk bloß nicht an irgendwelche Tricks.«

Nun stellte sie sich direkt vor den gefesselten Mike und starrte ihm in die Augen. »Oh, wie gerne würde ich dich in ganz dünne Scheiben schneiden. Leider fehlt mir die Zeit. Hier kriegst du noch eine kleine Erinnerung!«

Beim letzten Wort riss sie ihr Knie hoch und rammte es mit

voller Wucht Mike zwischen die Beine. Der stöhnte auf und sackte so weit zusammen, wie es die Handschellen zuließen.

Nun drehte sich die Frau um, ließ Rademacher vorgehen und schob die Tür von außen zu. Rademacher legte sich Kloppenburgs linken Arm über die Schulter und ging langsam mit ihm los. Er trug ihn mehr, als dass er ihn stützte. Unter normalen Bedingungen wäre Rademacher nach den ersten zehn Metern zusammengebrochen, denn Wilfried Kloppenburg war ein schwerer Mann. Aber die Bedingungen waren eben nicht normal, wenn eine Frau mit entsicherter Pistole hinter einem herlief.

Als Kloppenburg endlich in dem kleinen Peugeot verstaut worden war und die Frau hinter dem Lenkrad saß und den Wagen startete, rief sie Rademacher zu, der völlig entkräftet dastand und um Atem rang: »Geh zurück zu deinem Kumpel, und sieh zu, wie du die Handschellen aufbekommst. Egal, wie lange du brauchst, wir sind dann über alle Berge. Wenn du noch einen guten Tipp willst: Ich würde den Kerl in der Hütte verrotten lassen, bis er stinkt. Damit tätest du der ganzen Welt einen Gefallen und dir selbst auch. Er wird es dir nicht danken, wenn du ihn befreist. Aber das musst du selber entscheiden!«

Woher hatte seine Tochter nur das Geld für ihre neue Zimmereinrichtung? Diese Frage ließ Kükenhöner seit Samstagabend nicht mehr los.

Als er die ausrangierten Möbel gesehen hatte, die am Morgen noch in Marens Zimmer gestanden hatten, war er wutentbrannt ins Haus gestürzt. Er hatte seine Tochter angeschrien und sie ihn.

Nachdem sich beide ein wenig beruhigt hatten, bekam er von seiner Tochter erklärt, dass ihr die Mädchenmöbel in ihrem Zimmer schon lange auf die Nerven gegangen waren. Sie habe sich daher eine neue Zimmereinrichtung gekauft, die heute geliefert werden sollte.

Als Kükenhöner anmerkte, dass die Möbel, die sie vor die Tür gestellt hatte, noch fast neu seien und er keine Lizenz zum Gelddrucken habe, hatte er nur ein »Ist mir doch egal« zu hören bekommen. Und auf die Frage, wo sie denn das Geld für die Neuanschaffung hernehmen wolle, denn von ihm bekomme sie keinen müden Euro, kam nur ein gelangweiltes: »Hab selber Geld.«

Danach war Funkstille. Kükenhöner hatte gedroht, gebettelt, geschrien und getobt, doch ohne Erfolg. Seine Tochter redete seitdem nicht mehr mit ihm. Langsam, aber sicher machte er sich ernsthaft Sorgen um seine Tochter. Da ist doch was faul, dachte er.

In diesem Moment hastete Linda Klocke in sein Büro und störte ihn bei seinen Grübeleien.

»Bingo! Langsam kommt Licht ins Dunkel!«, berichtete sie aufgeregt. »Wir haben die Ergebnisse der DNA-Analysen. In zehn Minuten treffen wir uns im Besprechungsraum.«

Kükenhöner sah Linda Klocke stumpf an. Was für DNA-Analysen? Doch die Kollegin war so aufgekratzt, wie er sie noch nie erlebt hatte. Schließlich stemmte er sich aus seinem Schreibtischstuhl hoch und folgte ihr gemächlich. Mit jedem Meter, dem er sich dem Besprechungsraum näherte, stieg seine Neugierde.

Irgendwie ahnten anscheinend alle beteiligten Polizisten, dass sie vor einem Durchbruch standen. Kükenhöner betrat den Raum als Letzter. Kaum hatte er die Tür hinter sich geschlossen, da legte Linda Klocke auch schon los.

Sie berichtete, dass sie von Schwiete den Auftrag bekommen habe, Irina Koslow einen weiteren Besuch abzustatten und in dem Zusammenhang eine Hausdurchsuchung durchzuführen. Da sie nicht auf einen richterlichen Beschluss habe warten wollen, sei sie gleich am Samstag noch einmal zu Frau Koslows Wohnung gefahren. Zwar habe sie die Bewohnerin nicht angetroffen, sich aber Zutritt zur Wohnung verschafft.

Schwiete sah sie mit gerunzelter Stirn an. Er war kein Freund von nichtautorisierten Aktionen. Schon gar nicht, wenn der Staatsanwalt besonders genau hinsah, dass alles mit Recht und Ordnung zuging.

Doch Linda Klocke winkte ab. Sie habe sich einfach Sorgen gemacht. Schließlich sei Irina Koslow angeblich schon seit Mittwoch wieder in Deutschland und sei seitdem von niemandem gesehen worden. Linda Klocke wollte einfach ausschließen, dass Frau Koslow womöglich tagelang tot in ihrer Wohnung lag, während die Polizei vergeblich versuchte, sie zu erreichen, und immer wieder unverrichteter Dinge abzog.

»Na, jedenfalls war die Wohnung leer. Ich meine, es war niemand anwesend«, gab sie lapidar zum Besten.

Rein zufällig habe sie ein paar Haare gefunden und untersuchen lassen, berichtete sie weiter, um anschließend eine rhetorische Pause zu machen.

Die Anwesenden begannen mit den Füßen zu scharren.

»Die DNA der Haare, die ich in Frau Koslows Wohnung gefunden habe, ist identisch mit der DNA der toten Frau, die in dem explodierten Haus umgekommen ist.«

Einige Sekunden war es totenstill im Raum, dann redeten alle durcheinander. Das Tohuwabohu steigerte sich noch, als ein Handy jämmerlich wimmerte. Schwiete hatte vergessen, seines abzustellen. Er nahm das Telefongespräch widerwillig an, um den Anrufer auf später zu vertrösten. Doch der ließ sich anscheinend nicht abwimmeln.

»Nein, Herr Künnemeier, es geht jetzt wirklich nicht«, sagte Schwiete eindringlich, hörte dann aber doch zu.

»Was sagen Sie?«, fragte er dann, immer aufgeregter werdend, nach. »Sie behaupten, Johannes Winter habe die Frau, die bei dem Rentnerehepaar ihre Katze abgegeben hatte, kurz nach der Explosion zum Flughafen gefahren? Und Sie sagen, Herr Winter habe ein Bild von der Frau? Ich fasse es nicht!«

Natürlich hatte Rademacher es nicht gewagt, Mike in der Hütte »verrotten« zu lassen, wie es ihm von der rätselhaften Frau empfohlen worden war. Er war brav zu ihm zurückgekehrt, musste aber feststellen, dass es gar nicht so einfach war, Handschellen ohne Schlüssel zu lösen. Zumindest für ihn, der mit zwei linken Händen auf die Welt gekommen war. Mike war dabei keine Hilfe gewesen, im Gegenteil. Sein Zetern hatte ihn noch hektischer gemacht, als er sowieso schon war. Ihm war am Ende nichts anderes eingefallen, als einen alten Freund anzurufen und um diskrete Hilfe zu bitten. Als Klempner bereitete es dem Freund wenig Mühe, die Handschellen mit geeignetem Gerät zu durchtrennen. Als Erklärung für die etwas pikante Situation gab Rademacher an, er und Mike seien bei einem Spaziergang von einem ganzen Trupp Männer überfallen und hierhergebracht worden. Ausgeraubt habe man ihn auch, log er ohne Scham, deshalb sei er auch außerstande, den Klempner für seine schnelle Hilfe zu bezahlen. Nur das Auto habe man ihm gelassen.

Als der Nothelfer wieder verschwunden war, musste beraten werden, wie sie nun am besten vorgingen. Während Mike so sehr mit sich und seiner Wut beschäftigt war, dass er keinen klaren Gedanken fassen konnte, dämmerte es Rademacher langsam, dass ihnen nichts anderes übrig blieb, als zu ihrem Chef zu fahren und dort ganz kleine Brötchen zu backen.

Hatzfeld war außer sich, als er hörte, was vorgefallen war. Er schrie, raufte sich die Haare und stürzte mehrere Gläser vom sündhaft teuren schottischen Whisky hinunter, den er schon auf seinem Schreibtisch stehen hatte, als die beiden armen Sünder ankamen. Nach einigen Minuten heftigsten Tobens ließ er sich erschöpft in einen Sessel fallen und schnappte nach Luft. Der Cocktail aus Medikamenten und Alkohol war selbst für einen erprobten Kampftrinker wie ihn zu viel, und er brauchte einige Zeit, um sich wieder zu fangen.

»Wer war die Frau?«, fragte er deutlich leiser, wenn auch nicht weniger aggressiv. »Hat sie einer von euch schon mal gesehen?«

»Ich glaube, Mike hat sie erkannt«, sagte Rademacher.

»Nein, erkannt habe ich sie nicht. Aber ich dachte kurz, ich würde sie kennen.« Mike druckste herum, wurde dann aber sicherer und fuhr fort: »Also, Chef, wenn ich nicht genau wüsste, dass es vollkommen ausgeschlossen ist, dann würde ich sagen, es war ... es war Irina.«

Hatzfeld starrte ihn an, als hätte Mike ihn gerade persönlich beleidigt. »Totaler Schwachsinn!«, murmelte er dann und schloss kurz die Augen. »Irina ist auf Mallorca. Und warum, zum Teufel, sollte sie so was tun? Sie konnte Wilfried Kloppenburg nie leiden, das hat sie mir oft genug gesagt. Vergiss es!«

»Die Frau trug eine dunkle Sonnenbrille und hatte sich geschminkt wie kleine Mädchen auf einem Kindergeburtstag«, warf Rademacher ein. »Da war nicht viel zu erkennen. Und ich wette mein Monatsgehalt, dass die Haare nicht echt waren. Das war eine Perücke.«

Zum ersten Mal seit ihrem Eintreffen hörten sie Hatzfeld lachen. Es war mehr ein bösartiges Grunzen als ein echtes Lachen. »Mit dem Monatsgehalt würde ich nicht wetten, Rademacher. Sie glauben doch nicht im Ernst, dass ich Ihnen nach all diesen Peinlichkeiten auch noch ein Gehalt bezahle? Nichts da, keinen Cent gibt es für euch.«

Die beiden Delinquenten standen konsterniert vor ihrem Chef. Mike war der Erste, der seine Sprachlosigkeit überwand. »Das war doch eindeutig die Schuld von diesem langen Elend! Ich wollte gerade meinen Job machen und dem Gefangenen die Kehle durchschneiden, als dieses Weib hereinkam. Mit der Pistole, die sie kurz zuvor diesem Trottel aus der Tasche gezogen hatte. Mit so einem Versager kann selbst ein Profi nicht zusammenarbeiten. Ist doch wahr. Er hat sich draußen vor der Hütte überrumpeln lassen wie ein Anfänger. Von einer Frau!«

Minutenlang ließ Hatzfeld seine Angestellten stehen, ohne sie zu beachten. Dann stand er auf, drehte ihnen den Rücken zu und schaute aus dem Fenster.

»Ihr müsst euren Fehler wieder ausbügeln!«, sagte er leise und etwas heiser. »Heute noch! Ich will, dass ihr sofort auf die Suche geht. Findet heraus, wo sich Kloppenburg aufhält, und wenn ihr ihn gefunden habt, dann fackelt nicht lange. Der Mann ist jetzt noch gefährlicher für uns als vor seiner Entführung. Und die Frau bringt ihr zu mir. Ich will wissen, wer sie ist und warum sie das getan hat.«

Gerade als Rademacher schüchtern nachfragen wollte, ob sie jetzt gehen könnten, drehte sich Hatzfeld um und schaute sie beide lange und prüfend an, als sähe er sie zum ersten Mal.

»Und noch eines«, flüsterte er mit belegter Stimme, »zwei Männer haben uns bei der Entführungsaktion beobachtet. Ich habe auch schon herausgefunden, wie sie heißen: Winter und Künnemeier. Und wo sie wohnen, kann ich euch auch sagen. Ich denke, ich muss euch nicht erklären, was es bedeutet, wenn diese Männer als Zeugen gegen uns auftreten. Vor allem dann, wenn es euch tatsächlich gelingt, Kloppenburg zu töten. Deshalb habe ich noch einen Spezialauftrag für dich, Mike. Wenigstens der eine der beiden Zeugen muss weg, und zwar für immer! Den anderen Zeugen halte ich für weniger gefährlich – der ist viel zu tatterig, um uns etwas anzuhaben.«

Mike grunzte zustimmend, und Hatzfeld gab ihm Winters Namen und die Daten des Taxis. »Wenn alles geklappt hat, gibt's auch wieder Geld! Dann lege ich sogar noch 'ne Schippe drauf!«

Im Allgemeinen war montags Totentanz für Taxifahrer. Das würde sich erst nächste Woche wieder ändern, wenn der Paderborner Weihnachtsmarkt eröffnet würde. In Erwartung eines ruhigen Abends hatte der Chef des Taxiunternehmens jedem zweiten seiner Leute freigegeben. Winter schnaubte, als er erfuhr, dass er heute Abend zu Hause bleiben könne. Das hörte sich nämlich großzügiger an, als es war. Klar, Winter brauchte nicht in seiner Droschke zu sitzen und den ganzen Abend auf den einen Fahrgast zu warten. Aber diese angenehme Seite des Abends hatte die unangenehme Begleiterscheinung, dass er heute auch kein Geld verdienen würde. In dem Taxiunternehmen, für das Winter arbeitete, trugen die Fahrer einen großen Anteil des unternehmerischen Risikos.

Das fand Winters Chef gut, ebenso wie die Tatsache, dass in seinem Laden absolute Flexibilität herrschte. Denn der Boss hatte die Vorstellung, dass Winter und seine Kollegen jederzeit Gewehr bei Fuß zu stehen hatten, zum Wohle des Taxiunternehmens. Wenn der Boss pfiff, dann hatten sie auf der Matte zu stehen. Und wer nicht spurte, der konnte gehen. Taxifahrer gab es genug in Paderborn.

»Nimm die Karre mit nach Hause«, hatte Winters Brötchengeber gesagt und sein Angebot als ungemein großzügig empfunden. »Dann kannst du morgen früh eine halbe Stunde länger schlafen und musst nicht erst zur Firma kommen, um den Wagen hier abzuholen. Die wird heute Nacht sowieso nicht mehr gebraucht. Ob die dann bei uns auf dem Hof herumsteht oder bei dir vorm Haus, ist mir völlig schnurz.«

Er drückte Winter den Schlüssel in die Hand.

»Aber keine Extratouren heute Abend! Das ist ein Taxi und nicht dein Privatwagen. Und morgen früh ab sechs fährst du dann die Krankentouren. Tschüss und schönen Feierabend.«

Winter hatte sich in seinen alten, aber gemütlichen Sessel gelümmelt und sich die Kopfhörer auf die Ohren gesetzt, um eine alte Scheibe von Eric Clapton mit der maximalen Lautstärke zu hören, die seine in die Jahre gekommene Anlage zuließ.

Gerade als sein Lieblingsgitarrist die ersten Akkorde des Songs *Key to the Highway* anspielte, fasste jemand Winter unsanft auf die Schulter. Der Schreck fuhr ihm in die Glieder wie ein Stromstoß von hunderttausend Volt. Panisch drehte er sich um. Willi Künnemeier stand vor ihm.

Wie ist denn der hier hereingekommen?, fragte sich Winter und war verärgert, dass der alte Mann ihn beim Musikhören störte.

Der Rentner bewegte die Lippen, doch das Gitarrensolo aus den Kopfhörern übertönte alles. Künnemeier erdreistete sich nun, den Klinkenstecker aus dem Verstärker zu ziehen.

»Sag mal, was soll das denn?«, raunzte Winter den Schützenoberst an. »Was hast du hier in meiner Wohnung zu suchen? Und wie bist du überhaupt hereingekommen?«

Künnemeier wedelte mit einer Scheckkarte. »Wollte schon immer mal ausprobieren, wie man mit so einem Ding die Tür aufbekommt. Hätte nicht gedacht, dass es so einfach ist.«

»Okay, du König der Diebe. Aber jetzt mach dich vom Acker! Ich will endlich mal wieder in aller Ruhe Musik hören.«

»Weißt du, Johnny, als ich eben dein Taxi da unten stehen sah, da dachte ich mir, wir beiden könnten doch noch mal nach Bad Lippspringe fahren. Ich glaube, heute Abend passiert noch was, das hab ich im Urin. Und ich würde mir mein Leben lang Vorwürfe machen, wenn ich hier untätig herumsitzen würde, während ich eigentlich ein Verbrechen verhindern könnte.«

»Du hast es im Urin?« Winter verdrehte die Augen. »Das ist die Prostata, alter Mann.«

Er hatte keine Lust, sein gemütliches Wohnzimmer zu verlassen, doch er kannte den alten Schützenoberst. Wenn der sich was in den Kopf gesetzt hatte, dann nervte der so lange, bis er seinen Willen bekam. Widerwillig erhob er sich und griff nach seiner Felljacke.

»Kostet dich aber zwanzig Euro, Willi. Schließlich muss ich jeden Kilometer mit meinem Chef abrechnen«, flunkerte Winter und dachte: Na, dann verdiene ich heute Abend wenigstens noch ein paar Euro. Außerdem ist es mit dem alten Künnemeier ja doch ganz amüsant. Der hatte immer den neuesten Klatsch zu erzählen.

Keine fünfzehn Minuten später stand das Taxi mit den beiden Männern in der Straße Zum See. Winter hatte das Fahrzeug im Schatten einer Hainbuchenhecke geparkt. Da ist ja auf dem Friedhof mehr los als hier, dachte Winter nach den ersten langweiligen Minuten.

Nach einer Weile bekam Winter kalte Füße und schlechte Laune. Gerade wollte er mit einer Nörgeltirade auch bei Künnemeier für miese Stimmung sorgen, da leckte das Licht von Autoscheinwerfern über den Asphalt.

»Runter!«, flüsterte Winter gerade noch rechtzeitig.

Nachdem Rademacher und Mike gegangen waren, versuchte Werner Hatzfeld, ein Stündchen zu schlafen. Doch sobald er auf dem Sofa lag, kreisten seine Gedanken um all die unangenehmen Ereignisse, die ihm in der letzten Zeit die Freude am Dasein vermiest hatten. So viele offene Fragen verlangten nach Antworten, so viele lose Fäden wollten verknüpft werden. Er fand einfach keine Ruhe zum Schlafen.

Nach zehn Minuten stand er wieder auf und schenkte sich ein weiteres Glas Whisky ein. Erst als das schottische Lebenswasser in Verbindung mit den Schmerzmitteln eine unwiderstehliche Müdigkeit ausgelöst hatte, legte er sich wieder hin und konnte nun tatsächlich einschlafen.

Eine Dreiviertelstunde war ihm vergönnt, bis sein Telefon schrillte. Verkatert rappelte Hatzfeld sich hoch und starrte orientierungslos durch sein Wohnzimmer. Es vergingen einige Sekunden, bis er wieder wusste, wer er war, wo er war und woher dieses schreckliche Geräusch kam. Genervt meldete er sich. Die Stimme am anderen Ende der Leitung kam ihm zwar bekannt vor, aber er konnte ihr keinen Namen und kein Gesicht zuordnen.

Sein Gesprächspartner schien das zu bemerken und stellte sich vor: »Ich bin's, Wilfried Kloppenburg. Hast du mich schon vergessen? Selbst wenn dein Plan funktioniert hätte, wäre ich gerade mal einen halben Tag tot. So schnell vergisst man doch einen alten Freund und Geschäftspartner nicht, oder?«

Schlagartig war Hatzfeld wieder hellwach und stocknüchtern. Seine Hände zitterten so stark, dass er beinahe das Telefon fallen gelassen hätte.

»Du sagst ja gar nichts, Werner? Hast du ein so schlechtes Gewissen? Es wäre mir allerdings neu, dass du überhaupt ein

Gewissen hast. Oder geht es dir einfach nicht gut? Habe gehört, du hättest beinahe ein Ohr verloren. Hoffentlich haben sie es sauber wieder angenäht. Die können ja heute so viel, die Ärzte.«

Hatzfeld wurde immer unruhiger. »Was willst du?«

Aber Kloppenburg ließ sich nicht hetzen. »Was ich will? Ein bisschen plaudern wollte ich und dir von meinem Kurzurlaub in einer beschaulichen kleinen Holzhütte in der Senne erzählen. Solltest du auch mal machen, war sehr lehrreich. Obwohl ich sagen muss, dass der Zimmerservice ziemlich mies war. Die beiden Kellner haben immer alles falsch verstanden. Einer hat mir sogar ein Messer an die Kehle gehalten. Wäre nicht meine reizende Begleitung aufgetaucht, hätte ich einen echten Grund zur Reklamation beim Hotelmanager gehabt. Aber ich will nicht meckern. Kost und Logis waren immerhin frei. Ja, und dafür wollte ich mich nun bedanken. Bei dem Mann, der mir diesen netten Urlaub ermöglicht hat. Du hast mich ja sogar von zu Hause abholen lassen. Toller Service!«

Hatzfeld wurde die Kehle staubtrocken. Er musste schlucken. Dann erst wagte er etwas zu sagen. »Schon gut, ich habe verstanden. Also, was willst du?«

Als Antwort kam ein etwas affektiertes Lachen. »Ich persönlich möchte eigentlich mit dir gar nichts mehr zu tun haben. Aber man kann sich das nicht immer aussuchen. Wir haben noch die eine oder andere Rechnung zu begleichen, du und ich. Wir müssen reden. Und zwar nicht am Telefon, sondern Auge in Auge. Oder hast du Angst?«

»Angst? Vor dir? So ein Quatsch. Aber sag mir mal, warum ich mit dir sprechen sollte? Ich finde, wir haben uns nichts mehr zu sagen.«

»Ach ja?«, höhnte Kloppenburg. »Findest du? Ich denke, wir haben eine Menge zu klären. Entweder du kommst zu dem Treffen, das ich dir gleich anbiete, oder ich gehe noch heute zur Polizei und liefere dich ans Messer. Du weißt, dass ich dafür genug Material habe. Vor allem nach dem besagten Kurzurlaub.«

Hatzfeld überlegte fieberhaft. Ihm blieb wohl kaum etwas anderes übrig, entschied er dann. Doch bevor er zustimmen konnte, musste er noch eines wissen: »Wer war die Frau, die dich aus der Hütte geholt hat?«

Nun legte Kloppenburg seinen leicht ironischen Plauderton ab und wurde hart. »Lass uns nicht weiter über diese Frau sprechen! Wenn du noch eine Frage in diese Richtung stellst, breche ich das Gespräch sofort ab und gehe gleich zur Polizei. Verstanden?«

Hatzfeld biss die Zähne zusammen, stimmte aber zu.

Sofort legte Kloppenburg nach: »Du kannst dir ja denken, dass ich für den völlig misslungenen Kurzurlaub und auch für andere Auslagen eine Entschädigung erwarte. Eine großzügige Entschädigung. Die kannst du dann gleich zu unserem Treffen mitbringen.«

So, nun war es raus. Das war es also, was Kloppenburg wollte. Vielleicht war es die beste Lösung für beide, tröstete sich Hatzfeld.

»Wie viel willst du?«

Kloppenburg nannte eine Summe, bei der Hatzfeld der Atem stockte. »Zwei Millionen! Bist du wahnsinnig? Wo soll ich die denn hernehmen?«

Auf das Lamento ging Kloppenburg jedoch nicht ein. Ungerührt fuhr er fort: »Kennst du die Sandgrube am Nesthauser See? Heute Abend Punkt acht erwarte ich dich dort mit einem Koffer voll Geld. Und keine Tricks! Du kannst dir sicher sein, dass auch ich Vorsichtsmaßnahmen ergreifen werde, um dir nicht ins offene Messer zu laufen. Also versuch es erst gar nicht. Bis später!«

Die Scheinwerferstrahlen krochen durch den Innenraum des Taxis. Künnemeier ächzte wie eine alte Eiche, die sich der Herbststurm vorgenommen hatte.

»Sich bücken, das war noch nie was für mich«, flüsterte er Winter zu, der ebenfalls alle Mühe hatte, sich auf dem Fahrersitz klein zu machen.

Die durch das Licht des vorbeifahrenden Fahrzeugs verursachte indirekte Beleuchtung des Taxis hielt nicht lange an. Nach wenigen Sekunden wurde es wieder stockdunkel. Künnemeier linste aus dem Seitenfenster und sah die roten Rücklichter des Autos in der Kloppenburg'schen Einfahrt verschwinden. Das schien für ihn das Startsignal zu sein. Er drückte die Autotür auf und wechselte in geduckter Haltung die Straßenseite. Winter fluchte. Verdammt, warum musste der alte Zausel immer diese Alleingänge starten? Man hätte sich doch auch mal absprechen können. Notgedrungen verließ auch er das Fahrzeug und folgte dem Schützenbruder.

Die Bewegungsmelder am Haus hatten auf das Fahrzeug reagiert. Mehrere Scheinwerfer beleuchteten einen kleinen Peugeot, als hätte er gerade die Wahl zum Auto des Jahres gewonnen.

Künnemeier hatte sich hinter den Betonpfeiler geschoben, an dem das schmiedeeiserne Tor befestigt war, und riskierte einen Blick. Das konnte doch nicht sein! Aus dem kleinen Auto quälte sich ein großer, breitschultriger Mann, den er schon einmal gesehen hatte – und zwar an genau der Stelle, wo der Kerl auch jetzt stand. Diesmal war der Mann, der sich jetzt auf die Haustür zubewegte, allein. Beim vorigen Mal hatte Künnemeier beobachtet, wie dieser Mann von drei Gestalten überwältigt und in ein Auto verfrachtet worden war.

Der Mann hatte die Haustür erreicht, zog einen Schlüssel

aus der Tasche und betrat wenige Augenblicke später das Haus. Die Scheinwerfer im Garten und im Hof erloschen.

Winter war leise hinter Künnemeier getreten. »Das muss dieser Kloppenburg sein«, zischte er.

Künnemeier zuckte zusammen. »Mein Gott, was habe ich mich verjagt«, japste er. »Das machst du nicht noch mal mit mir, Junge. Solche Schrecksekunden verkraftet mein altes Herz nicht mehr.«

Die beiden kehrten zum Taxi zurück. Winter lauschte in die Nacht, doch es war nichts Außergewöhnliches zu hören. Die Männer setzten sich, und Winter griff nach seinem Handy.

»Was hast du vor, Junge?«, fragte Künnemeier.

»Schwiete anrufen«, meinte Winter. Er wollte keinen weiteren Ärger mit seinem Hausbewohner.

»Quatsch! Willst du unnötig die Pferde scheu machen? Wenn der herausbekommt, dass wir uns schon wieder um diese Verbrecherbande kümmern, kriegen wir einen Einlauf, von dem wir uns nicht mehr erholen. Nee, Johnny, lass mal, anrufen können wir immer noch. Jetzt warten wir erst mal ab, was passiert.«

Winter hatte kein gutes Gefühl bei dem ganzen Unterfangen, aber er wollte keinen Streit mit dem alten Schützenoberst riskieren. Also schlichen die beiden Männer zu ihrem Versteck hinter dem Betonpfosten zurück und beobachteten das Anwesen. Es regnete mal wieder kontinuierlich vor sich hin. Nach einer halben Stunde war Winter durchgeweicht.

»Mir reicht's«, sagte er schlecht gelaunt. »Ich mache Feierabend. Du kannst ja machen, was du willst, aber ohne mich!«

Kaum hatte er diese Worte ausgesprochen, da öffnete sich die Haustür, und der Mann kam wieder heraus. Er trug einen kleinen Koffer in der Hand und hatte sich offensichtlich umgezogen.

Winter hatte den Eindruck, dass der Mann gebeugt ging und das rechte Bein etwas nachzog. War er verletzt?

»Komm zum Taxi!«, raunzte Künnemeier. »Der darf uns nicht durch die Lappen gehen.«

Kaum hatten die beiden Männer ihre angestammten Sitzpositionen eingenommen, da bretterte das kleine Auto auch schon aus der Einfahrt und raste mit der äußersten Geschwindigkeit, die die schmale Straße zuließ, am Taxi vorbei. Winter hatte den Motor schon gestartet und hängte sich an den Peugeot.

Den Rest des Tages hatte Werner Hatzfeld damit verbracht, Pläne zu schmieden. Immer neue, immer verrücktere Ideen waren ihm durch den bandagierten Kopf geschossen. Dann, als die Kopfschmerzen zu stark wurden, legte er sich auf einen Plan fest. Er rief Rademacher auf dem Handy an und bestellte ihn für halb acht in ein Grillrestaurant in der Nähe des Nesthauser Sees. Anschließend versuchte er Mike zu erreichen. Bei dem sprang jedoch nur die Mailbox an, auf die er dieselbe Nachricht sprach.

Um sieben Uhr abends fuhr er auf den Parkplatz des Grillrestaurants am Altenginger Weg und stellte seinen Mercedes dort ab. Es regnete nicht an diesem Abend, und es war auch nicht so kalt wie an den Vortagen. Dafür waberte eine Nebelbank vom See über den Parkplatz und hüllte alles wie in Watte. Er holte einen schwarzen Aktenkoffer vom Rücksitz, schloss ab und betrat Brinkmanns Braterei.

Den Reflex, sich ein Bier zu bestellen, wischte er schnell beiseite. Alkohol hatte er an diesem Tag schon mehr als genug gehabt. Nun hieß es nüchtern bleiben, den Verstand geschärft halten, wach sein. Er krabbelte auf einen der mit rotem Kunstleder bezogenen Barhocker an der Theke und bestellte sich Burger und Cola. Erst jetzt merkte er, dass er den ganzen Tag über nichts gegessen hatte, und verzehrte den Burger mit Heißhunger. Während des Essens schaute er sich immer wieder um, aber von den anderen Gästen des Restaurants kannte er niemanden. Jedes Mal, wenn die Eingangstür aufsprang, zuckte Hatzfeld zusammen in der bangen Erwartung, Kloppenburg hereinkommen zu sehen.

Schon den ganzen Nachmittag über hatte seine überhitzte Phantasie mit ihm Katz und Maus gespielt. Wo blieben eigentlich Rademacher und Mike? Die Kerle wurden immer unzuverlässiger. Wenn alles vorbei war, würde er eine neue Mannschaft für den Club zusammenstellen müssen. Auch Irina konnte dann ihren Abschied nehmen. Hatzfeld haderte mit der ganzen Welt. Am liebsten hätte er sich irgendwo verschanzt und niemanden an sich herangelassen.

Endlich kam Patrick Rademacher. Er grüßte und setzte sich auf den Hocker neben seinem Chef. Gierig blickte er auf die Reste des Burgers.

»Wo bleibt Mike?«, wollte Hatzfeld wissen.

Rademacher bestellte sich ein Getränk. »Keine Ahnung. Er wollte die Wohnung dieses alten Mannes beschatten und ich die von diesem Taxifahrer. Wahrscheinlich kommt er jeden Moment.«

Hatzfeld hatte seine Zweifel, wechselte aber das Thema. Es war schon spät, auf Mike konnte er nicht mehr warten. Er schaute sich um, und als er feststellte, dass niemand in unmittelbarer Nähe saß, erklärte er Rademacher seinen Plan.

Dann zahlte er, zog den dicken, sündhaft teuren Mantel wieder an, nahm den schwarzen Koffer in die Hand und ging hinaus auf den nebelfeuchten Parkplatz. Eine halbe Minute später folgte ihm Rademacher.

Kloppenburg fuhr, als säße ihm den Teufel im Nacken. Winter hatte echte Schwierigkeiten, dem kleinen Flitzer auf den Fersen zu bleiben.

Die Autos, die Winters Chef anschaffte, waren alles, nur keine Rennpferde. »Ihr sollt keine Rennen fahren, sondern eure Fahrgäste sicher zu ihrem Ziel bringen«, war sein Standardspruch, wenn seine Fahrer sich beschwerten, dass er schon wieder so eine lahme Karre eingekauft hatte.

Wie auch immer, Winters Fuß steckte mittlerweile in der Ölwanne, aber er blieb, wenn auch mit Mühe, in der Nähe des Peugeots. Dieser fuhr die Detmolder Straße Richtung Paderborn. Er vollzog einige gewagte Überholmanöver, konnte Winter aber nicht abhängen.

Warum heizt der Kerl so?, überlegte Winter. Ob er bemerkt hatte, dass er verfolgt wurde? Oder gab es einen anderen Grund dafür, dass Kloppenburg jede nur denkbare Verkehrsregel übertrat?

An der Stadtgrenze von Paderborn wurde die zügige Fahrt des Peugeots von einer Ampel gestoppt. Sie sprang zu einem Zeitpunkt auf Rot, an dem es dem Fahrer nicht mehr möglich war, die Kreuzung noch zu queren, geschweige denn rechts abzubiegen, ohne einen Unfall zu riskieren. Also trat er in die Bremsen und kam schlingernd zum Stehen.

Winter hielt so viel Abstand, dass er seinen Wagen gemütlich ausrollen lassen konnte. Unauffällig näherte sich das Taxi dem an der Ampel wartenden Fahrzeug.

Kloppenburg hatte mittlerweile den Blinker rechts gesetzt, und Winter tat es ihm nach. Er sah in den Rückspiegel und bekam Panik. Waren denn heute alle verrückt geworden? Nicht nur der Mann vor ihm raste wie ein Irrer. Jetzt kam schon wieder so ein Verrückter von hinten und versuchte seinen Wagen mit quietschenden Reifen zum Stehen zu bringen. Sicherheitshalber nahm Winter den Fuß von der Bremse und stemmte sich gegen das Lenkrad. Doch der Heranrasende schaffte es, seinen Wagen an ihm vorbeizumanövrieren, und brachte ihn auf der Linksabbiegerspur zum Stehen.

Winter war im Begriff, dem Mann im roten Audi einen Vogel zu zeigen. Doch da sprang die Ampel auf Grün, und der Fahrer des Peugeot gab sofort Gas und bog ab in den Diebesweg. Winter vergaß den Raser auf der Linksabbiegerspur und sorgte dafür, dass er an dem kleinen Flitzer dranblieb.

Das war definitiv die richtige Entscheidung. Denn Kloppenburg versuchte, alles aus dem Wagen herauszuholen, was dieser aufzubieten hatte. In einer Seitenstraße bremste er ab und fuhr auf den Parkplatz eines kleinen Hotels. Winter überholte ihn und suchte Deckung hinter einer Hecke.

Offenbar hatte Kloppenburg den Motor seines Autos gar nicht abgestellt. Als Winter ausstieg, hörte er die Maschine leise vor sich hintuckern. Durch die kahlen Zweige der Büsche hindurch konnte er sehen, dass der Mann auch die Fahrertür aufgelassen hatte. Es deutete alles darauf hin, dass Eile im Spiel war. Darum hatte der Peugeotfahrer ihn anscheinend gar nicht bemerkt.

Künnemeier, der die Verfolgungsjagd stoisch ertragen hatte, wollte sofort aussteigen und die Lage erkunden, doch Winter fasste ihn am Arm.

»Du bleibst hier, alter Mann. Wenn sich einer anschleicht, dann bin ich das. Wenn es zügig gehen muss, bist du der Langsamere von uns beiden. Rennen ist nicht gerade deine starke Seite.«

Winter sprintete zurück zur Straßenecke. Da bretterte wieder ein Auto mit unglaublicher Geschwindigkeit an ihm vorbei. Moment mal, war das nicht auch ein roter Audi, genau so einer wie der, der ihm eben an der Kreuzung beinahe hintendrauf gefahren wäre? Suchte der Kerl etwa ihn oder den Fahrer des Peugeots? Winter sah dem roten Wagen nach, der jetzt in einem Affenzahn Richtung Dubelohstraße fuhr.

Eine Tür schlug. Auf der Beifahrerseite des Peugeot war jemand eingestiegen, während Kloppenburg sich am Kofferraum zu schaffen machte.

Winter rannte zum Auto zurück. Währenddessen hörte er, wie eine Kofferraumklappe zugeschlagen wurde. Er startete den Motor des Taxis und fuhr rückwärts auf die Wiese. Die Fahrzeugbeleuchtung ließ er ausgeschaltet. Aus dieser Position konnte er alle Richtungen überschauen, in die der Peugeot fahren konnte.

Das Auto schlug die Richtung nach Schloss Neuhaus ein. Winter gab Gas, um nicht gleich wieder ins Hintertreffen zu geraten, doch das Taxi bewegte sich nur sehr langsam vorwärts.

Die Wiese war durch den Novemberregen zu einem einzigen Schlammloch geworden. Die Hinterreifen des Daimler drehten durch. Noch bewegte sich der Mercedes Zentimeter für Zentimeter nach vorn, aber wie lange noch? Hoffentlich versackt die Kiste jetzt nicht im Schlamm, dachte Winter.

In ihm war jetzt der Jäger erwacht.

»Komm, komm, komm«, redete er dem Mercedes gut zu. Doch der wurde nicht schneller, ganz im Gegenteil. Jetzt steckte das Auto fest. Das Heck rutschte nach links, schleuderte nach rechts.

»Scheiße«, wimmerte Winter. »Wir bleiben stecken.«

Der Satz war gerade ausgesprochen, da griffen die Räder, und das Fahrzeug schoss auf die Straße. Reflexartig trat Winter auf die Bremse und riss das Lenkrad nach rechts. Das Taxi schlitterte auf den Schwabenweg, und ohne die Vorfahrt zu beachten, riss Winter das Steuer nach links, schoss auf die Querstraße und bretterte Richtung Schloss Neuhaus.

Die Matschspritzer auf seiner Windschutzscheibe nahmen

ihm die Sicht. Als er die Scheibenwaschanlage betätigte, stand er vorübergehend völlig im Dunkeln. Doch dann schaffte es der starke Wasserstrahl, den Schlamm so weit zu verdünnen, dass die Frontscheibe mit jeder Scheibenwischerbewegung wieder klarer wurde. Das Erste, was Winter genau erkennen konnte, war ein roter Audi, der auf der Gegenfahrbahn an ihm vorbeischoss.

Werner Hatzfeld wartete am Auto, bis Rademacher ihn eingeholt hatte. »Wenn dieser Trottel Mike endlich hier wäre, könnten wir gehen. Versuchen Sie es noch mal, Rademacher!«

Sein Angestellter probierte es von seinem Handy aus, bekam aber keine Verbindung. Ratlos zuckte er mit den Schultern.

Hatzfeld brummte wütend: »Egal, dann muss es eben ohne ihn gehen. Schade, ich hätte so einen wie ihn gern dabeigehabt, falls es brenzlig werden sollte. Wenn man diese Kerle mal braucht, dann versagen sie. Haben Sie Ihre Waffe griffbereit, Rademacher?«

Der nickte und zog unter seiner Jacke eine Glock 21 hervor, die er sich am Nachmittag mithilfe von Hatzfeld besorgt hatte. Ohne Waffenschein, aber manchmal sind Beziehungen wertvoller als Bescheinigungen.

»Stecken Sie das Ding weg!«, rief Hatzfeld eine Spur lauter als beabsichtigt. »Muss doch nicht jeder sehen, dass Sie so etwas mit sich herumtragen.«

Hastig schob Rademacher die Waffe wieder in das Holster, das er gleich mitgekauft hatte, und schaute seinen Chef schuldbewusst an.

»Können Sie eigentlich damit umgehen?«, fragte Hatzfeld

im Flüsterton. »Ich stehe schließlich neben Ihnen. Vielleicht sollte ich mich hinter Sie stellen, um sicherer zu sein. Was meinen Sie?«

Nur dem nächtlichen Dunkel und dem Nebel war es zu verdanken, dass Hatzfeld nicht sehen konnte, wie peinlich berührt sein Mitarbeiter war. Nach einem kurzen Blick auf seine Rolex sagte er: »Auf geht's, Rademacher. Es wird Zeit. Wir wollen doch pünktlich sein. Der feine Herr Kloppenburg mag es nicht, wenn er warten muss.«

Hatzfeld kam gar nicht auf die Idee, dass Rademacher dem Wiedersehen mit dem Mann, den er noch vor wenigen Stunden in seiner Gewalt gehabt und alles andere als anständig behandelt hatte, mit noch viel größerem Bangen entgegensah als er selbst. Kloppenburg hatte allen Grund, ihm etwas heimzuzahlen, das war Rademacher sehr wohl bewusst.

Die beiden so ungleichen Männer verließen den gepflasterten Parkplatz. Die feuchte, kühle Luft drang durch ihre Kleidung und ließ sie frösteln. Man hatte eine Art Wall aufgeschüttet, um die Straße vom Parkplatz zu trennen. Auf der linken Seite sah Rademacher zwischen den Büschen gelegentlich das Wasser des Nesthauser Sees, in dem sich das Licht des Restaurants spiegelte. Vom See her waren gelegentlich Geräusche zu hören, wenn sich eine Ente umständlich in die Luft erhob oder geräuschvoll landete.

Nach etwa fünfzig Metern veränderte sich die Szenerie. Links waren die schwarzen Konturen von haushohen Sandbergen zu erahnen, wie die Gipfel einer Hügelkette. Die beiden konnten kaum noch die Hand vor Augen sehen.

»Ich hoffe, Sie haben eine Taschenlampe dabei«, flüsterte Hatzfeld. Nervös zerrte Rademacher eine kleine, aber leistungsstarke Taschenlampe aus den unendlichen Tiefen seiner Jacke und ließ einen konzentrierten Lichtstrahl durch die gewaltige Sandgrube zucken. Dabei zeigte sich ihnen kurz die beeindruckende Förderanlage, die hoch oben verlief.

»Runter damit, Sie Schwachkopf!«, zischte Hatzfeld ihn an. Erschrocken bemühte sich Rademacher, den Lichtstrahl nur auf das kleine Gebiet direkt vor ihren Füßen zu richten.

»Weiter nach vorn!«, kam sofort die Korrektur von Hatzfeld. »Der Lichtkegel muss mindestens zwei Meter vor uns sein, dann erkennen wir gerade noch den Weg und bleiben trotzdem selbst im Dunkeln. Oder wollen Sie zur Zielscheibe werden?«

Schweigend gingen sie weiter, Rademacher mit der Taschenlampe voran, Hatzfeld mit dem schwarzen Aktenkoffer dicht hinter ihm. Als sie etwa hundert Meter in die Sandgrube hineingegangen waren, ließ sich mehr erahnen als wirklich erkennen, dass sie am riesigen Sandbagger angekommen waren. Direkt vor ihnen stand, kurz von Rademachers Taschenlampe angeleuchtet, eine gelbe Planierraupe. Davor lagen, kreuz und quer, neben- und übereinander, einige Holzpaletten. Da es nicht weiterging, blieben die beiden Männer stehen und warteten ab. Minutenlang passierte nichts.

Jetzt war Winter gewarnt. Der rote Audi kurvte hier nicht von ungefähr herum. Er würde die Augen offen halten.

Der Pfad, in den der Peugeot mittlerweile abgebogen war, hieß Altenginger Weg. Das wusste Winter noch von seiner Taxifahrerprüfung. Er wusste auch, dass dieser Weg in einer Sandgrube endet. Kurz entschlossen bog er von der Bundesstraße ab und stoppte keine zehn Meter weiter auf dem Grasbankett.

»So, jetzt wird gelaufen, Willi«, rief er dem alten Schützenoberst aufmunternd zu. Der saß weiterhin auf dem Beifahrersitz und war, das bemerkte Winter jetzt erst, leichenblass. Das, was er für Abgeklärtheit oder Coolness gehalten hatte, war schlicht und ergreifend Angst.

»Was ist los mit dir?«, fragte er besorgt nach.

»Ach, Johnny, diese Raserei ist nichts für mich. Ich hatte vor Jahren mal einen Autounfall. Seitdem wird mir immer ganz anders, wenn einer so heizt wie du eben. Ich hab noch ganz weiche Knie.«

»Nutzt nichts, Willi, wo wir schon den ganzen Aufwand betrieben haben, bringen wir das jetzt auch zu Ende. Ich möchte wirklich mal wissen, was dieser Kloppenburg hier in der Sandgrube zu suchen hat. Komm, wir schlagen uns in die Büsche.«

»Warte, Johnny, vielleicht hattest du vorhin recht. Ab einem bestimmten Zeitpunkt ist Verbrecherjagd Polizeiangelegenheit. Verhaften soll Schwiete die Gangster selbst. Das ist nicht unsere Aufgabe.«

»Okay, Willi, wie du willst. Aber *du* erzählst unserem Horst, was Sache ist. Es war deine Idee, nach Bad Lippspringe zu fahren, um noch einmal nach dem Rechten zu sehen. Ich wollte zu Hause bleiben und Musik hören. Du hast mich mehr oder weniger genötigt, also holst du dir jetzt auch den Einlauf ab.«

Künnemeier besah sich das Smartphone, das Winter ihm hinhielt. »Mit diesen modernen Dingern kann ich nicht umgehen. Mach du das mal lieber mit dem Telefonieren«, versuchte er die unangenehme Aufgabe auf Winter abzuwälzen.

»Oh nein, mein Lieber! Ich drücke jetzt auf dieses Feld, und dann musst du nur noch sprechen.« Winter reichte Künnemeier das Handy.

»Ja, hallo, Herr Kommissar? Ja, hier spricht Künnemeier. Johnny und ich, wir haben da etwas herausgefunden. Ja, und weil Sie neulich sagten, wir sollen uns da heraushalten, da machen wir das natürlich auch.«

Künnemeier hörte mit verkniffener Mine zu. »Ja, Herr Kommissar, ja, ich erzähle Ihnen mal die ganze Geschichte.«

Während Künnemeier berichtete, wurde Winter immer ungeduldiger. Er wollte an Kloppenburg dranbleiben und suchte deshalb im Taxi nach einer Taschenlampe. Damit bewaffnet, signalisierte er Künnemeier, sich bitte schön zu beeilen, und als der sich dadurch nicht aus der Fassung bringen ließ, fasste er den Schützenbruder kurzerhand am Arm und zog ihn über die Bundesstraße.

»Nein, Herr Kommissar, wir machen nichts, wir gucken nur mal.« Weitere Anweisungen konnte Schwiete nicht mehr an den Mann bringen, denn plötzlich wusste Künnemeier, wie man ein Smartphone bediente, und legte einfach auf.

»Junge, war der sauer, ich konnte mir sein Geschimpfe einfach nicht mehr anhören«, sagte Künnemeier und gab das Telefon zurück.

»Los, komm«, mahnte Winter zur Eile, »wir müssen diesen Kloppenburg finden.«

Die beiden Männer gingen über eine Wiese, und jedes Mal, wenn sie einen Fuß auf die Grasnarbe setzten, schmatzte es, so aufgeweicht war das Erdreich. Das Laufen war Schwerstarbeit, denn all das, was der Matsch sich einmal einverleibt hatte, wollte er nicht so ohne Weiteres wieder hergeben. Als die beiden Männer ein Gebüsch auf der anderen Seite erreicht hatten, standen ihnen die Schweißtropfen auf der Stirn.

Nach einer kurzen Verschnaufpause überquerten sie in geduckter Haltung den Weg und standen vor einem Sandberg.

»Hier müssen wir hoch, dann haben wir einen super Überblick über das ganze Areal«, beschloss Winter und begann mit dem Aufstieg. Gegen diese Aktion war das Queren der Wiese Kinderkram gewesen. Winter schnaufte und rackerte sich ab, um die Kuppe des Sandberges zu erreichen. Jedes Mal, wenn er ein paar Meter Höhenunterschied überwunden hatte, griff die Schwerkraft und zog ihn mindestens um die Hälfte des zurückgelegten Weges in die Tiefe. Als Winter oben auf dem Sandberg angekommen war, hatte Künnemeier gerade mal die Hälfte der Strecke zurückgelegt. Er stand da, rang nach Luft und griff sich mit den Händen ins Kreuz, das ihn ziemlich schmerzte.

Gerade wollte Winter wieder ein paar Meter absteigen, um dem alten Schützenbruder zu helfen, da nahm er irgendetwas aus dem Augenwinkel wahr. Einen Lichtreflex? Augenblicklich verwarf er den Gedanken, Hilfestellung zu leisten. Angespannt starrte er auf die Sandgrube. Da sah er es wieder. Es war ein schwacher Lichtkegel, der zwischen zwei Sandbergen zu tanzen schien.

Da war also jemand. Aber was hatte dieser Jemand vor? Wieso war er so dermaßen vorsichtig? Das musste einen Grund haben. Und den musste Winter herausfinden. Zwischen den Förderbändern schien sich eine Person zu bewegen. Winters Nackenhaare stellten sich auf. Was war hier los?

Schwiete wanderte in seinem Büro herum wie ein Tiger im Käfig. Diese verdammten Idioten. Er hatte ihnen ausdrücklich aufgetragen, sich aus Polizeiangelegenheiten herauszuhalten. Was sollte er tun? Vielleicht war die ganze Geschichte nur ein Hirngespinst von Winter und Künnemeier. Vielleicht! Aber was wäre, wenn sich da wirklich etwas zusammenbraute? Was, wenn Winter und Künnemeier mitten in einen Bandenkrieg hereinschlitterten, der zwischen rivalisierenden Gruppen des Bordellmilieus tobte?

Immerhin war Kloppenburg offiziell als vermisst gemeldet. Die Tatsache, dass in der Sandgrube ein Mann gesichtet worden war, den die Polizei seit Tagen suchte, war schon ein Grund, alle verfügbaren Polizeikräfte zu mobilisieren. Unter Umständen galt es hier und jetzt Menschenleben zu retten. Die hatten bei Schwiete einen höheren Stellenwert, als bei einem Fehlalarm ein paar Tausend Euro in den Sand gesetzt zu haben. Und dann war da noch Schwietes untrügliches Gefühl, das ihm signalisierte, dass Winter und Künnemeier in Lebensgefahr schwebten.

Er entschloss sich, Alarm zu schlagen, rief Kükenhöner an und befahl ihm, augenblicklich herzukommen. Dann setzte er sich mit der Leitzentrale der Kreispolizeibehörde in Verbindung und ordnete an, dass alle verfügbaren Streifenwagen zur Sandgrube fahren sollten. Er rief bei der Landespolizeischule Stukenbrock durch und forderte Verstärkung an. Als zentralen Treffpunkt für alle Einsatzkräfte gab Schwiete den Parkplatz an der Autobahnabfahrt Paderborn Schloss Neuhaus aus.

Linda Klocke hatte er noch vor ein paar Minuten auf dem Flur gesehen. Sie war also noch im Haus. Er beschloss, sie persönlich zu informieren, und ging zu ihr ins Büro.

»Die Fahndung nach Alicija Lebedew läuft auf Hochtouren«, berichtete sie ihm freudestrahlend. »Alle Internetzeitungsportale haben die Meldung aufgenommen. Die Regionalnachrichten von Radio und Fernsehen bringen unsere Suchmeldung, und morgen steht sie mit Bild in allen Zeitungen. Das war gar nicht so einfach. Eine Fahndung ist schließlich keine reißerische Story ...«

»Gut gemacht, Frau Klocke, das höre ich mir später gern noch mal in Ruhe an. Ich habe gerade einen Großeinsatz eingeleitet. Genaueres erzähle ich Ihnen während der Fahrt. Kommen Sie mit!«

Plötzlich flammte das Fernlicht der Planierraupe auf und erhellte die ganze Szenerie. Erschrocken und geblendet, wichen Hatzfeld und Rademacher einige Schritte zurück. Verzweifelt versuchten sie, ihre Augen an die plötzliche Helligkeit zu gewöhnen. Sie waren gefährlich in der Defensive.

Werner Hatzfeld legte schützend eine Hand über die Augen. Schemenhaft konnte er erkennen, dass sich die Raupentür öffnete. Ein Mann stieg aus und kam langsam auf sie zu. Er warf so viel Schatten, dass Hatzfeld endlich wieder fast normal sehen konnte. Vor ihm stand Wilfried Kloppenburg.

»Du bist tatsächlich gekommen, Hatzfeld? Dann musst du wirklich ein verdammt schlechtes Gewissen haben. Hast du das Geld dabei?«

Als Bestätigung hielt Hatzfeld den schwarzen Aktenkoffer hoch und stellte ihn danach wieder ab.

»Warum hast du einen Bodyguard mitgebracht? Traust du mir nicht? Oder hast du vielleicht irgendeinen miesen Trick vor?«

Als Hatzfeld versuchte, Rademachers Anwesenheit kleinzureden, schnitt ihm Kloppenburg das Wort ab.

»Ich habe diesen langen Schlacks schon zur Genüge kennengelernt. Er soll die Hände hinter dem Kopf verschränken und zwei Schritte zurücktreten. Sag ihm das! Sonst breche ich die Aktion ab, bevor sie richtig begonnen hat. Dann wirst du dich mit der Polizei auseinandersetzen müssen.«

Hatzfeld drehte sich zu Rademacher um und gab Kloppenburgs Anweisung weiter. Rademacher wollte widersprechen, wurde aber durch eine energische Handbewegung gestoppt. Widerwillig hob er beide Arme und tat, wie ihm befohlen worden war.

Damit schien Kloppenburg zufrieden zu sein, denn seine

Körperhaltung entspannte sich etwas. Als aber Hatzfeld nun seinerseits begann, Fragen zu stellen, hob Kloppenburg abwehrend die Hand und sagte entschlossen: »Kein Wort mehr! Wir hätten über alles reden können, wie erwachsene Männer und Geschäftspartner es eigentlich tun sollten. Aber mit deinem Mordversuch an mir bist du zu weit gegangen. Nun wird nicht mehr geredet. Nun will ich meine Entschädigung, und dann sieh zu, dass du Land gewinnst. Für immer. Ich will dich in Paderborn und Umgebung nicht mehr sehen, sonst mache ich dich fertig. Ich besitze übrigens exakt die gleiche Planierraupe wie diese hier und weiß, wie man so ein Monstrum kurzschließt. So, und jetzt gib den Koffer her!«

Er streckte fordernd die Hand aus. Hatzfeld zögerte kurz. Dann überwand er sich, machte einen Schritt nach vorn und drückte Kloppenburg den Koffer in die Hand.

»Er hat ein Zahlenschloss«, bemerkte er und nannte eine vierstellige Zahlenkombination. Kloppenburg tippte die Zahlen ein, und mit einem leisen Klicken sprang der Kofferdeckel auf. Gleichzeitig gab Hatzfeld ein Handzeichen.

Wilfried Kloppenburg öffnete den Kofferdeckel vollständig, schaute hinein ... und erstarrte. Dann griff er hinein und holte ein Stück zusammengeknülltes Zeitungspapier heraus. Und noch eines. Völlig aufgelöst kramte er in dem Koffer, zerrte ein Papierknäuel nach dem anderen heraus und warf es auf den Boden. Schließlich warf er Hatzfeld mit einem wütenden Schrei den Koffer vor die Füße. Dann stürzte er sich urplötzlich wie ein Kampfstier auf ihn. Hatzfeld wich geistesgegenwärtig aus, indem er einen kleinen Schritt zur Seite machte. Doch Kloppenburg sah rot und war nicht mehr zu stoppen. Wieder stürzte er sich auf Hatzfeld, der diesmal nicht schnell genug war. Die beiden fast gleich großen und gleich schweren Männer prallten aufeinander.

Hatzfeld wollte erneut ausweichen, brachte aber nur eine zu kurze Drehung zustande. In diesem Moment schlug Kloppenburg, der nun jede Kontrolle über sein Handeln verloren hatte, zu. Die aufgestaute Wut, alle Demütigungen, die er während seiner Gefangenschaft erfahren hatte, die Sorgen, die er sich um Alicija gemacht hatte – alle lagen sie in diesem Schlag, der Hatzfeld an der Halsschlagader traf. Dieser drehte sich einmal um sich selbst, kippte nach hinten, fiel krachend auf den Stapel Holzpaletten und blieb regungslos dort liegen. Kloppenburg trat ihm mit voller Wucht in den Bauch. Im selben Augenblick spürte er hinter sich eine Bewegung, drehte sich um ... und sah in eine Pistolenmündung.

Rademacher stand mit erhobener Waffe vor ihm. Seine Körpersprache und sein genüssliches Lächeln ließen keinen Zweifel daran aufkommen, dass er abdrücken würde. Völlig unabhängig davon, wie sich Kloppenburg verhielt. Es war, als hätte jemand einen Pfeil abgeschossen, der nun auf dem Weg zu seinem Ziel war und von nichts und niemandem aufgehalten werden konnte. Rademacher hatte das Monster in sich entdeckt, als er in der Hütte einen wehrlosen Gefangenen quälen durfte. Jetzt war es wieder erwacht und verlangte nach Futter. Er hob die Waffe noch ein wenig höher, bis sie direkt auf Kloppenburgs Stirn zielte.

Diesem brach der Angstschweiß aus, doch er war unfähig, auch nur einen Finger zu rühren. Mit weit aufgerissenen Augen starrte er Rademacher an. Ihm war klar, dass er keine Chance hatte.

In diesem Moment sprang ein schwarzer Schatten hinter der Raupe hervor und schrie mit heller Stimme: »Die Waffe runter! Aber sofort!«

Rademacher drehte sich blitzschnell um, doch in diesem Moment krachte schon der Schuss. Rademacher taumelte nach hinten, versuchte sich zu fangen, stolperte aber und blieb auf dem bewusstlosen Werner Hatzfeld liegen. Wie ein Hubschrauberlandekreuz lagen die beiden Männer quer übereinander und rührten sich nicht mehr.

Der zierlich gebaute Schütze trat ins Licht der Planierraupe und prüfte, ob noch Leben in Rademacher war. Als er sich eine schwarze Wollmütze vom Kopf riss, fiel dichtes dunkles Haar auf die schmalen Schultern, und große, braune Augen schauten tieftraurig zu Kloppenburg.

»Tot!«, flüsterte die Frau so leise, dass ihre Worte kaum zu hören waren, und steckte die Waffe unter ihre Jacke. »Das wollte ich nicht.«

Kloppenburg löste sich aus seiner Schreckstarre, ging zu ihr und wollte ihr tröstend den Arm um die Schulter legen. Aber sie schüttelte ihn energisch ab und trat einen Schritt zur Seite. Ratlos blieb Kloppenburg stehen, unsicher, was er nun tun sollte.

»Alicija, du ... du hast ihn erschossen!«, rief er verwirrt.

»Wir müssen weg! Und zwar schnell!«

»Aber zuerst müssen wir diese Spuren hier beseitigen«, meinte Kloppenburg und zeigte auf Hatzfeld und Rademacher. »Ich mache das schon!«

Er stieg in die Fahrerkabine der Planierraupe und machte sich dort zu schaffen. Alicija wurde unruhig und rief ihm zu:

»Was machst du denn da? Wir müssen los!«

Aber dann hörte sie das laute Wummern eines anspringenden Dieselmotors. Die Raupe setzte sich rückwärts in Bewegung, drehte ein wenig und fuhr dann langsam wieder vor. Ganz vorsichtig schob Kloppenburg den Palettenstapel mit den daraufliegenden Männern in Richtung des nächsten riesigen Sandhaufens. Immer weiter bugsierte er das Ganze in den weichen Sand hinein, bis sich durch den Druck schließlich von oben eine gewaltige Sandlawine löste, die die beiden Männer unter sich begrub.

70

Künnemeier hatte endlich den Gipfel des Sandbergs erreicht. Von hier oben konnten er und Winter die Ereignisse unten in der Grube beobachten. Plötzlich nahm Winter neben sich eine Bewegung wahr. Es trat jemand nach ihm. Reflexartig versuchte er sich mit seinem Arm zu schützen, um wenigstens einen Treffer am Kopf zu verhindern. Doch in seinem Arm krachte es. Ein wahnsinniger Schmerz schoss durch seinen Körper. Der Fremde holte wieder zum Tritt aus. Diesmal trifft er meinen Kopf, dachte Winter und bereitete sich auf den Zusammenprall des Fußes mit seinem Schädel vor.

Doch so weit kam es nicht. Die Spitze eines dicken Knüppels schoss auf das Knie des Angreifers zu. Im nächsten Augenblick hörte Winter einen markerschütternden Schrei. Der Fremde kippte zur Seite, und der Stock wurde zurückgezogen.

Künnemeier hatte den Knüppel, den er zum Aufstieg benutzt hatte, eingesetzt, um Winter zu retten. Nun stemmte sich der Schützenoberst hoch und bewegte sich auf den Angreifer zu, der sich mit schmerzverzerrtem Gesicht bemühte, ebenfalls wieder auf die Beine zu kommen. Doch Künnemeier war schneller. Er traf den Mann am Schlüsselbein, woraufhin dieser wie am Spieß brüllte. Durch einen dritten Schlag gegen den Kopf wurde der Fremde zum Schweigen gebracht.

»Komm, Junge, wir müssen hier weg!« Künnemeier griff nach Winters Arm. Der schrie wie am Spieß, als die Hand des Schützenbruders den Arm auch nur leicht berührte. »Ich glaube, der ist gebrochen«, wimmerte er.

»Dann musst du die Zähne zusammenbeißen«, befahl Künnemeier unerbittlich. »Wir müssen hier weg.«

Der von Künnemeier niedergestreckte Glatzkopf stöhnte leise.

»Die da unten haben Knarren«, fuhr Künnemeier fort. »Einer von denen ist, glaube ich, schon tot. Wenn die anderen den Kampf hier oben gehört haben, sind wir als Nächste dran.«

Der Schläger stöhnte. Er schien langsam das Bewusstsein wiederzuerlangen.

Winter stemmte sich hoch und presste seinen schmerzenden Arm an den Körper. Dann versuchte er, auf dem Hosenboden den Sandberg hinunterzurutschen. Es gelang einigermaßen, aber jede Bewegung tat höllisch weh. Tränen standen ihm in den Augen. Künnemeier ging mit riesigen Schritten nach unten. Seinen Knüppel nahm er mit. Wer weiß, wofür der in nächster Zeit noch gut war.

Winter war gerade am Fuße des Berges angelangt, da hörten sie über sich ein Brüllen. Das Geräusch beflügelte Winters und Künnemeiers Fluchtgeschwindigkeit erheblich. Sie hasteten, so gut es ging, zum Auto.

»Der Schlüssel steckt in meiner rechten Jackentasche«, stöhnte Winter. »Ich kann mit meinem Arm nicht hineinfassen.«

Künnemeier zog das Bund heraus und öffnete das Taxi.

»Du musst den Motor starten, Willi, ich schaffe das nicht. So, und jetzt stellst du den Ganghebel auf D. Gott sei Dank hat die Karre Automatik.«

Winter überlegte. Um wenden zu können, fuhr er bis zum nächsten Feldweg, steuerte den Wagen ein paar Meter hinein, trat auf die Bremse und gab Künnemeier Anweisungen, wie er zu schalten hatte. Zurück auf der Bundesstraße, sah Winter direkt in die aufflammenden Scheinwerfer eines parkenden Fahrzeugs. Augenblicklich wusste er, wer in dem Auto saß und um was für ein Fahrzeug es sich handelte. Es war der rote Audi, der ihnen schon die ganze Zeit gefolgt war. Was wollte der Kerl, der sie eben angegriffen hatte?

Winter gab Gas. Dann fahre ich eben nach Elsen, dachte

er und bretterte, was der Daimler hergab, zu der Ortschaft hinüber.

»Gegen den Audi habe ich mit dieser Klapperkiste keine Chance. Wir müssen irgendwo hin, wo viele Leute sind, und zwar so schnell wie möglich«, lamentierte Winter. »Und wir brauchen Hilfe. Frag Schwiete, wo er bleibt, Willi, und sag ihm, dass wir ihn brauchen.«

Der Alte kramte sein Handy aus der Tasche und wählte. »Hallo, Herr Schwiete!«, schrie er wenig später ins Handy. »In der Sandgrube schießen die Idioten sich gegenseitig tot. Und uns will auch einer ans Leder!«

»Die Einsatzkräfte der Polizei sind in einer halben Minute am Nesthauser See. Wo befinden Sie sich?«, fragte Schwiete nach und versuchte ruhig zu bleiben.

»Wir fahren Richtung Elsen.«

»Gut, dann fahren Sie bitte nach Hause! Wir sprechen uns später.«

»Nein, das geht nicht«, antwortete Künnemeier hektisch. »Irgendein Idiot verfolgt uns, der Johnny schon halb zum Krüppel geschlagen hat!«

»Und was heißt das? Wo wollen Sie denn jetzt hin?«, bohrte Schwiete nach.

Künnemeier hielt mit der Hand den Hörer zu. »Wohin fahren wir denn, Johnny?«

»Sag ihm, dass er zum Bürgerhaus kommen soll. Aber er soll sich verdammt noch mal beeilen!«

Verbissen trat Winter das Gaspedal durch, doch der Audi hinter ihm ließ sich nicht abschütteln.

»Hast du einen Plan? Oder fährst du einfach drauflos?«, rief Künnemeier ihm zu.

Winter schwieg. Er war ausreichend damit beschäftigt, sein Taxi trotz hoher Geschwindigkeit mit nur einer Hand auf der Straße zu halten. Resigniert hob Künnemeier beide Arme und deutete damit an, dass sein Schicksal nun in Winters Händen lag. »Schaffst du es?«, fragte er immer wieder. »Sonst mach einfach 'ne Vollbremsung, und lass den Kerl hintendrauf knallen. Dann springen wir raus aus dem Auto, und der Mann kriegt meinen Knüppel ins Kreuz. Was meinst du?«

Winter antwortete genervt: »Quatsch! Hast du dir den Kerl angeschaut? Der ist ein anderes Kaliber als wir beide. Lass mich nur machen, ich weiß schon, wo ich hinfahre. Und jetzt halt dich verdammt gut fest!«

Er beschleunigte das Taxi noch einmal und sah im Rückspiegel, dass der Audifahrer die Herausforderung angenommen hatte.

Urplötzlich stieg Winter voll auf die Bremse und riss fast im selben Moment den Mercedes mit quietschenden Reifen nach links in eine etwas schmalere Straße hinein. Das schwere Auto legte sich so stark auf die Seite wie ein Schiff im Sturm. Künnemeier wurde von der brachialen Fliehkraft an die Beifahrertür gepresst und bekam kaum noch Luft. Dann begann das Taxi zu schleudern, erst schwach, dann wurden die Ausschläge nach rechts und links immer größer. Endlich bekam Winter den Wagen wieder in den Griff, und es ging, nun noch schneller, geradeaus weiter.

»Und das alles mit einer Hand«, stöhnte Winter. »Ich sollte Stuntman werden.«

Der Audifahrer hatte diese halsbrecherische Aktion offenbar nicht rechtzeitig verstanden und war am Abzweig einfach geradeaus durchgerauscht. Winter wusste aber, dass er nur einen kleinen Vorsprung herausgeholt hatte. Der Mann würde nur wenige Sekunden benötigen, um zu bremsen, zu wenden und hinter ihm herzurasen.

Und schon sah Winter im Rückspiegel die Lichter des Audis aufflackern. Deshalb bog er, wieder mit hohem Tempo, erneut nach links ab und fuhr danach in einer langen Rechtskurve durch einen Bereich, der kaum bebaut war.

»Was willste denn hier?«, schrie Künnemeier, der mit den Nerven nun völlig am Ende war. »Wenn der uns hier stellt, dann haben wir doch überhaupt keine Chance. Wir müssen irgendwohin, wo Leute sind, verstehst du?«

Winter biss die Zähne zusammen. Der Arm tat höllisch weh, die Anforderungen an seine Fahrerqualitäten waren enorm, und er wusste selber, was zu tun war. Aber er schwieg, bis er, für Künnemeier wieder unerwartet, stark abbremste und nach rechts auf einen kleinen Parkplatz fuhr, wo er das Taxi in der dunkelsten Ecke abstellte.

»Los, raus hier!«, rief er. Der alte Mann hatte es offenbar aufgegeben, sich eigene Gedanken zu machen, und folgte Winters Anweisung.

»Und wirf endlich diesen blöden Knüppel weg!«, fügte Winter noch hinzu, als er sah, dass Künnemeier den Stock aus dem Auto zerrte. »Den brauchst du nicht mehr.«

Aber Künnemeier brummte nur unwillig und nahm seine bescheidene Waffe dennoch mit.

»Man weiß ja nie«, murmelte er so leise, dass Winter ihn nicht hören konnte.

Schnell liefen die beiden Männer zu dem großen Gebäude, zu dem der Parkplatz gehörte.

»Das hier ist das Elsener Bürgerhaus«, erklärte Winter. »Da drinnen ist eine Kneipe, in der ist garantiert 'ne Menge Betrieb. Da sind wir sicher.«

Aber als sie auf dem hübschen, kleinen Platz vor dem Haupteingang ankamen, war alles dunkel. Die Gaststätte hatte geschlossen. Winter sackte das Herz in die Hose.

Im gleichen Augenblick hörte er, wie ein Auto näher kam und mit quietschenden Reifen auf den Parkplatz fuhr.

71

Es war genau die richtige Entscheidung gewesen, alle verfügbaren Kräfte zur Sandgrube zu ordern, dachte Schwiete und ballte die Faust. Es war richtig gewesen, seiner Intuition zu folgen und sich nicht von der Kostenfalle inspirieren zu lassen. Wenn jetzt alles glattlief, würden einige Menschenleben gerettet werden können. Dann war der Einsatz ein Erfolg, und keiner würde nach dem Geld fragen, das ein solcher Aufwand gekostet hatte.

Schwiete konzentrierte sich wieder auf die Aufgaben, die vor ihnen lagen. Zum einen mussten Künnemeier und Winter geschützt werden: Jemand musste ihnen nach Elsen folgen. Aber die Masse der Einsatzkräfte musste sich um die Sandgrube kümmern.

Schwiete griff nach dem Funkgerät und gab seine Anweisungen durch: »Unsere Zielpersonen befinden sich in der Sandgrube. Es wurde vor einigen Minuten mindestens ein Schuss abgegeben. Es besteht die dringende Gefahr, dass die Täter bewaffnet sind. Mindestens eine Person ist flüchtig. Die übernehmen Kommissarin Klocke und ich. Den Einsatz an der Sandkuhle leitet Hauptkommissar Kükenhöner. Karl, traust du dir das zu?«

Das Funkgerät knackte. »Geht klar, Horsti«, bemühte sich Kükenhöner um eine besonders lässige Antwort.

»Gut, Karl, dann übernimmst du. Wir bleiben in Funkkontakt.«

Jetzt ergriff Kükenhöner das Wort. »Okay, Männer!«

»Willst du gerade ein Drittel der Einsatztruppe nach Hause schicken, Kollege?«, hörte er eine selbstbewusste Frauenstimme.

Immer diese Emanzen, dachte Kükenhöner. Diese Frauen würden einen Einsatz den Bach runtergehen lassen, nur weil die Anrede nicht politically correct ist. Laut sagte er: »Ich meine natürlich Männer und Frauen.«

»Dann ist es ja gut!«, entgegnete die Kollegin, und Kükenhöner glaubte einen spöttischen Unterton zu hören.

»Also, Blaulicht bleibt aus. Jedes Fahrzeug nimmt den ihm zugewiesenen Standort ein. Jede und jeder Verantwortliche meldet Vollzug! Abmarsch.«

Noch während Kükenhöner seine ersten Handlungsschritte einleitete, jagte Linda Klocke den Passat über die Bundesstraße. Schwiete versuchte immer wieder, Künnemeier anzurufen. Der hatte sein Handy anscheinend abgestellt. Irgendwann gab er es auf und wählte Winters Nummer.

Winter überlegte fieberhaft. Wohin nun? Der Parkplatz war tabu – von dort kam ihr Verfolger. Das Bürgerhaus, ursprünglich von ihm als Fluchtpunkt vorgesehen, war geschlossen. Da der Bereich rechts vom Gebäude zu gefährlich war, blieb ihnen nur die andere Seite zur Flucht. Sein Versuch, mit einer Bewegung des rechten Armes Künnemeier deutlich zu machen, wohin der ihm folgen solle, scheiterte erbärmlich. Winter biss die Zähne zusammen, aber es war zu spät. Sein Schmerzensschrei gellte durch die Dunkelheit und verriet seine Position. Nun aber nichts wie weg!

Winter und Künnemeier liefen links um das Bürgerhaus herum. Winter behindert durch seinen gebrochenen Arm, Künnemeier durch sein Alter – und hinter ihnen ein geübter Kämpfer. Die Chancen waren ungleich verteilt.

Sie fanden sich auf einem Parkplatz wieder, der hinter dem Bürgerhaus lag. Ohne weiter zu überlegen, rannte Winter diagonal über den Platz und kam auf einen schmalen, leicht ansteigenden Fußweg, der auf einen Wall führte. Doch davor drehte er sich um. Einmal, um Atem zu schöpfen, zum anderen, um auf Künnemeier zu warten, der zurückgefallen war. Solche Sprints waren, bei aller Zähigkeit, nichts für den alten Herrn. Als der ehemalige Schützenoberst bei ihm angekommen war und ebenfalls nach einer Verschnaufpause verlangte, sah Winter eine Gestalt auf den hinteren Parkplatz treten. Er fasste Künnemeier an dessen Jacke, diesmal mit seinem gesunden linken Arm, und zog den alten Herrn mit sich die kleine Steigung hoch.

Oben angekommen, waren links und rechts baumhohe Büsche. Winter manövrierte seinen Gefährten hinter die rechte Buschreihe. Hier war es wesentlich dunkler, das matte Licht der Straßenbeleuchtung reichte nicht bis hierher.

Mittlerweile hatten sich offenbar die Wolken etwas verzogen, denn der Mond gönnte ihnen wenigstens ein diffuses Dämmerlicht.

»Er kommt genau auf uns zu«, wisperte Künnemeier stockend, da er noch immer nicht wieder richtig zu Atem gekommen war. Auch Winter sah den Mann, der im schwachen Licht einer Straßenlaterne mit ruhigen, gleichmäßigen Schritten unbeirrt auf sie zukam.

Winter verfluchte sich, weil er nicht die Taschenlampe aus dem Taxi mitgenommen hatte. Doch beim Aussteigen war er noch davon ausgegangen, gleich im hell erleuchteten Bürgerhaus zu stehen, wo ihm die vielen Besucher Sicherheit geboten hätten. Jetzt war seine Situation fast aussichtslos. Er hockte in einem Busch, der keine echte Deckung bot. Neben ihm rang ein alter Mann, der am Ende seiner Kräfte war, nach Luft. Ein brutaler Schlägertyp näherte sich ihnen Meter um Meter. Und er hatte nicht die Spur einer Idee, wie sie aus dieser bedrohlichen Lage entkommen konnten.

»Angriff ist die beste Verteidigung«, flüsterte plötzlich

Künnemeier neben ihm und hob seinen Knüppel hoch, den er nach wie vor bei sich trug.

»Das ist völliger Wahnsinn«, zischte Winter leise zurück, »gegen diesen Schrank haben wir keine Chance. Lass uns erst mal sehen, was er macht!«

In diesem Moment zuckte der Lichtkegel einer schwachen Taschenlampe suchend durch die Umgebung. Nun konnte auch Winter sich kurz orientieren. Das schnell vagabundierende Licht fiel immer wieder auf Grabsteine. Sie befanden sich offenbar auf einem Friedhof. Aber es blieb ihm keine Zeit, weiter über eine Strategie nachzudenken, denn ihr Verfolger kam immer näher. Jeden Moment konnten sie entdeckt werden.

Winter spürte, wie sich alles in ihm zusammenzog. Wie sich die Muskulatur verhärtete, wie der Atem immer flacher wurde, wie sein Herzschlag pochte. Nun stand der Mann beinahe direkt vor ihnen. Zum Glück leuchte er die erste Reihe der Grabsteine ab und beachtete das Gebüsch nicht. Würde er vorbeigehen, ohne sie zu bemerken? Die Chancen stiegen, denn der Schlägertyp war nun schon mehrere Meter weitergegangen, ohne auch nur einmal in die Buschreihe zu leuchten. Das Licht wurde immer schwächer.

Winter wollte eben befreit aufatmen, als plötzlich das Handy in seiner Tasche schrillte. Starr vor Entsetzen, sah er, wie das Licht sich schnell bewegte und nun direkt ihren Standort beleuchtete. Unfähig, sich zu rühren, sah Winter das Licht auf sich zukommen, hörte schwere, schnelle Schritte, die sich näherten. Wie paralysiert starrte er auf den Schein der Taschenlampe und bemerkte gar nicht, dass Künnemeier plötzlich nicht mehr neben ihm stand.

In diesem Moment brach der Angreifer durch die äußeren Zweige des Buschwerkes und baute sich wie ein Berg vor ihm auf. Obwohl Winter von der Taschenlampe geblendet war, konnte er die breiten Schultern seines Verfolgers und dessen zu allem entschlossenen, brutalen Gesichtsausdruck erahnen. Ganz nebenbei nahm Winter zur Kenntnis, dass dem Mann das rechte Ohr fehlte. Währenddessen klingelte das Handy immer weiter.

Auf einmal war ein dumpfer Schlag zu hören. Die Taschenlampe fiel zu Boden, und der kräftige Mann vor ihm wankte. Wieder dieses Angriffsgebrüll, wieder ein Schlaggeräusch. Wieder sackte der Getroffene weiter in die Knie. Und plötzlich löste sich auch Winters Schockstarre, als er ganz nah bei sich Künnemeiers Triumphgeschrei hörte. Im Dämmerlicht sah er den alten Mann, der wie ein Steinzeitkrieger seine Keule mit beiden Fäusten umklammert hielt und immer weiter zuschlug.

Doch der Breitschultrige schützte sich mit erhobenem Arm vor weiteren Schlägen und kam langsam wieder hoch. Beim nächsten Schlag bekam er den Knüppel zu fassen und riss ihn Künnemeier aus den Händen.

»Hau ab!«, schrie Winter, der die veränderten Machtverhältnisse schnell erfasste.

Der Schläger sprang auf Künnemeier zu und holte zu einem gewaltigen Faustschlag aus, doch durch einen in vielen Schützenfestschlägereien antrainierten Reflex gelang es Künnemeier, seinen Kopf so weit zur Seite zu drehen, dass der Schlag ihn nur streifte. Dennoch stürzte er zu Boden und blieb liegen.

Winter nutzte den Moment, um hinaus auf den Friedhof zu laufen und sich hinter dem größten Grabstein in Deckung zu bringen. Eine sinnlose Aktion, wie er sofort erkannte. Denn der Einohrige schaute nur kurz auf den bewegungslos daliegenden Künnemeier herunter, nahm dann seine Taschenlampe wieder an sich und ließ deren Licht suchend durch die Umgebung zucken. Dieser Mann war eine Kampfmaschine, die sich durch nichts beirren ließ, stellte Winter resigniert fest und gab innerlich seinen Widerstand auf. Denn nun hörte er das Klicken eines Springmessers und wusste, dass ihm keine Chance mehr blieb. Der Kerl würde einen Grabstein nach dem anderen absuchen und ihn über kurz oder lang finden.

Das Brüllen des Motors zerrte an ihren Nerven, und plötzlich packte Alicija eine enorme Wut auf Kloppenburg. Es war doch egal, ob er die Leichen einbuddelte oder nicht. Früher oder später würden die beiden Männer sowieso gefunden.

Sie mussten weg – und dieser Kindskopf spielte mit seinem Bagger. Ihre Wut verwandelte sich in Frust. Kein einziges Mal in ihrem beschissenen Leben hatte sie Glück gehabt. Alicija hatte alles falsch gemacht. Sie hätte niemals zu diesem Mann zurückkehren dürfen. Das war ein großer Fehler gewesen. Sie konnte Kloppenburg genauso wenig vertrauen wie jedem anderen Kerl.

Alicija begann sich über ihre Schwäche zu ärgern, über ihr Bedürfnis, das alles nicht allein machen zu müssen. Sie hätte sich mehr zutrauen sollen, hätte ihren Plan alleine durchziehen sollen, ohne jemanden mit ins Boot zu nehmen.

Jetzt hatte sie gar nichts. Hatzfeld hatte sie einmal mehr betrogen, er hatte das geforderte Geld nicht mitgebracht, und von ihm würde sie auch nichts mehr bekommen. Mit großer Sicherheit war er schon tot. Erschlagen von Kloppenburg. Und wenn doch noch etwas Leben in ihm gewesen war, dann würde er jetzt unter den Tonnen von Sand ersticken.

Und Kloppenburg? Würde er zu ihr stehen? Würde er ihr mit Achtung begegnen, oder würde er sie nun zu seiner Gespielin machen, bis er ihrer irgendwann überdrüssig wäre? So war es bisher immer gewesen. Dummerweise wusste dieser Mann auch noch zu viel von ihr. Er konnte sie nicht nur irgendwann verstoßen, er konnte sie auch erpressen.

Klar, Kloppenburg hatte sich an Teilen ihrer Pläne beteiligt, er hatte die Telefonanrufe getätigt, um Hatzfeld zu erpressen. Er hatte die Männer in die Sandgrube gelockt, er hatte Hatzfeld auf dem Gewissen. Aber was wäre, wenn es hart auf hart käme? Kloppenburg war ein honoriger Paderborner Bürger, sie eine ukrainische Prostituierte. Wem würde man glauben, wenn sie erwischt würden und Kloppenburg ihr die ganze Schuld zuwies?

Alicija hatte so viele Enttäuschungen in ihrem Leben erlebt, war so oft misshandelt und betrogen worden, dass sie keinem mehr trauen konnte – auch Kloppenburg nicht, obwohl er ihr gegenüber sogar das Wort Liebe in den Mund genommen hatte. Ihre schlimmen Erfahrungen mit Männern hatten sie zu einer harten, misstrauischen Frau gemacht, die mittlerweile bereit war zu töten, um einigermaßen annehmbar leben zu können.

Alicija sah im Sand etwas blinken. Sie bückte sich. Es war Rademachers Pistole. Sie nahm sie hoch und wog sie in der Hand, dann zielte sie auf Kloppenburg. Doch der sah die auf ihn gerichtete Waffe gar nicht, sondern schob die nächste Ladung Sand auf den Haufen.

Du brauchst jetzt nur den Finger krumm zu machen, ging es Alicija durch den Kopf. Dann hat sich auch das Problem Kloppenburg erledigt. Sie gab ihrem Hirn den Befehl. Doch der Abzug der Waffe bewegte sich nicht. Etwas in ihrem Kopf hinderte sie an der entscheidenden Bewegung.

Endlich verstummte das Dröhnen des Motors, und Alicija ließ die Waffe sinken. Tränen rannen ihr übers Gesicht. Sie drehte sich um und rannte davon. Sie musste weg, weg von Kloppenburg, weg aus Paderborn. So schnell wie möglich.

Mit Kloppenburg würde sie nicht leben können und schon

gar nicht mit ihm glücklich werden. Er war der Freier und sie die Hure. Das würde sich nie ändern. Auch wenn er einer der wenigen Männer gewesen war, der sie einigermaßen anständig behandelt hatte. Alicija hatte ihm zweimal das Leben gerettet. Sie waren quitt.

Sie lief auf eine Hecke zu, die zwischen See und Bundesstraße lag. Kaum hatte sich die Dunkelheit der Hecke um Alicija gelegt, griffen starke Hände nach ihr. Der Mund wurde ihr zugehalten, damit sie nicht schreien konnte, und sie wurde auf den Boden gepresst. Sie roch nasses Laub. Dann klickten Handschellen an ihren Handgelenken.

Zur gleichen Zeit stürzten sich zwei dunkle Gestalten auf Kloppenburg.

Horst Schwiete hatte kein gutes Gefühl. Winter war nach wie vor nicht zu erreichen. »Fahr bitte schneller«, wies er Linda Klocke an, die hinter dem Steuer des Polizeiwagens saß. Beim Abzweig Am Schlengenbusch bemerkte Schwiete im diffusen Licht der Straßenbeleuchtung eine deutlich sichtbare Bremsspur auf der Straße, die am Ende scharf nach links führte. Die Spur sah frisch aus und bestärkte Schwiete darin, diesem Weg zu folgen.

»Du kennst dich doch hier aus, Linda, führt die Straße auch zu diesem Bürgerhaus?«

Sie nickte, und wenig später standen sie vor dem Parkplatz des Bürgerhauses. Dort fanden sie ein Taxi und einen roten Audi vor, die beide noch eine warme Motorhaube hatten und offenbar eben erst hier abgestellt worden waren. Weit und breit war kein Mensch zu sehen oder zu hören. Das Bürgerhaus selbst war verschlossen und dunkel.

Plötzlich hörten sie von weit her zwei Schreie, die wie Angriffsgebrüll klangen.

»Sie werden hinter diesem Gebäudekomplex sein«, stellte Schwiete erregt fest. »Ich linksherum und du rechts! Und denk daran, dass du eine Waffe hast!«

Die immer recht wortkarge Linda Klocke nickte nur und setzte sich in Bewegung. Auch Schwiete nahm nun Tempo auf, umrundete das Gebäude und kam auf den hinteren Parkplatz. Ein schmaler Weg führte am anderen Ende des Platzes auf einen Wall. Schwiete zog seine Dienstpistole aus dem Holster und entsicherte sie. Vorsichtig überquerte er den Platz.

Auf dem Wall angekommen, bemerkte er ein flackerndes Licht, das zwischen den Gräbern des angrenzenden Friedhofs herumirrte. Während er überlegte, wer das sein könnte, hörte er von der anderen Seite, weit entfernt, Linda Klockes energische Stimme:

»Halt! Polizei! Nehmen Sie die Hände hoch!«

Der dunkle Schatten dachte offenbar gar nicht daran, dieser Aufforderung Folge zu leisten, sondern machte urplötzlich zwei, drei Schritte nach vorn, zerrte einen anderen dunklen Schatten hinter einem der Grabsteine hervor und schob ihn vor sich wie einen Schutzschild.

»Stopp!«, rief er. »Mein Messer liegt direkt an der Kehle dieses Mannes. Wenn sich auch nur einer von euch Bullen rührt, ohne dass ich ihn dazu aufgefordert habe, dann ist die Kehle durch. Verstanden? Also runter mit der Knarre!«

Schwiete duckte sich und versuchte, sich etwas näher heranzupirschen. Er konnte nur hoffen, dass Linda Klocke sich professionell verhielt. Rechts von Schwiete im Gebüsch war leises Stöhnen zu hören. Dort lag offenbar jemand, der verletzt war. Aber um den konnte er sich nicht kümmern. Er musste runter auf den Friedhof.

»Was verlangen Sie?«, hörte er Linda Klocke fragen. »Und wer sind Sie?«

Gutes Mädchen, dachte Schwiete, sie bindet die Aufmerksamkeit des Geiselnehmers. Das ermöglichte es ihm, immer näher heranzuschleichen.

»Wer ich bin, ist nicht wichtig«, rief der Mann mit dem Messer in der Hand, »aber ich will ungehindert zu meinem Auto. Mit meiner Geisel. Wenn ihr mich daran hindert, ist der Kerl tot.«

Einige Sekunden Schweigen. Dann wieder die Stimme der Polizistin: »Das hat doch keinen Sinn. Selbst wenn wir Sie zu Ihrem Auto lassen, kommen Sie nicht weit. Geben Sie auf, Sie haben keine Chance!«

Schwiete war sehr zufrieden mit der Vorgehensweise seiner Kollegin und konnte wieder ein paar Meter gewinnen. Der Geiselnehmer und sein Opfer standen nun mit dem Rücken zu ihm. Der Täter schien äußerst nervös zu sein, was Schwiete daran erkannte, dass er seinen bulligen Oberkörper wie ein Pendel hin und her bewegte. So einer ist auch zu einer Kurzschlussreaktion fähig, dachte Schwiete und beschloss, noch vorsichtiger zu sein.

»Reden Sie keinen Scheiß!«, rief der Mann erbost. »Ich gehe jetzt mit der Geisel los. Und ich garantiere Ihnen, dass ich sogar mit einer Kugel im Rücken Zeit finde, mein Messer durch diese Kehle zu ziehen. Also haltet euch zurück!«

Er drehte um, riss dabei seine hilflose Geisel mit sich und machte die ersten Schritte in eine Richtung, die Schwiete nicht erwartet hatte, nämlich in seine. Geistesgegenwärtig huschte er hinter einen großen Grabstein und sah die beiden näher kommen. Was tun? Eine falsche Bewegung von ihm – und Winter, dessen entsetztes Gesicht er trotz des schwachen Mondlichtes recht deutlich erkennen konnte, wäre verloren.

Als die beiden nur noch einen halben Meter von Schwietes Grabstein entfernt waren, hörte er wieder die Stimme seiner Kollegin, die mittlerweile eine Entfernung von dreißig Metern zu überwinden hatte: »Sie machen doch alles nur noch schlimmer. Kapieren Sie das denn nicht?«

Der Angesprochene drehte den Kopf in Klockes Richtung, um ihr zu antworten, und Schwiete reagierte blitzschnell. Er machte einen großen Satz nach vorn und schlug fast im selben Augenblick den Griff seiner Pistole auf die Messerhand des Geiselnehmers. Dieser schrie vor Schmerz auf, während das Messer zu Boden fiel, und wandte sich um. Doch da war Horst Schwiete schon dicht bei ihm, warf ihn mit einem tausendfach trainierten Bewegungsablauf zu Boden, riss ihm mit einem heftigen Ruck den rechten Arm nach hinten und drückte ihm sein Knie ins Kreuz. Sekunden später stand Linda Klocke neben ihnen und ließ die Handschellen klicken.

Winter lag immer noch auf der feuchten Erde und starrte entsetzt und fasziniert zugleich auf die Szene. Dann rappelte er sich ächzend hoch, schaute sich verwirrt um und fragte: »Wo ist Willi Künnemeier? Habt ihr ihn nicht gesehen?«

Während Linda Klocke den nun handlungsunfähigen und vor Schmerz wimmernden Geiselnehmer in Schach hielt, machten sich Schwiete und Winter auf die Suche nach dem alten Mann. Künnemeier lag mit blutverschmiertem Gesicht, aber offensichtlich nicht gefährlich verletzt wimmernd im Gebüsch. Sie hievten ihn hoch, nahmen ihn zwischen sich und brachten ihn auf die freie Fläche, wo Linda Klocke ihren Gefangenen bewachte. Schwiete schaute sich den Angreifer in Ruhe an.

»Ich habe Sie schon mal gesehen. Sie sind doch der Türsteher im Club Oase, stimmt's?«

Als Antwort bekam er nur einen Blick, den er so schnell nicht wieder vergessen würde.

Nachdem der Gefangene sicher im Polizeiauto untergebracht war, riet Schwiete seinem Mitbewohner Winter, sofort mit Willi Künnemeier einen Arzt aufzusuchen. Man konnte nie wissen. Winter druckste etwas herum, überwand dann aber seine Bedenken und sagte leise: »Ich glaube, ich sollte mich jetzt mal bei dir bedanken, oder?«

Dieser Tag und vor allem die Nacht hatten ihren Tribut gefordert. Es war schon hell, und der Regen hatte endlich aufgehört. Erschöpft saßen Kükenhöner, Linda Klocke und Schwiete im Besprechungsraum vor einer Tasse Kaffee.

Sie hatten den Mord in dem explodierten Haus aufgeklärt. Es war eine Verzweiflungstat gewesen. Die Täterin war Alicija Lebedew. Nachdem die junge Frau unendlich gelitten hatte, vergewaltigt und missbraucht worden war, hatte sie den Entschluss gefasst, sich an Karen Raabe zu wenden. Doch der Türsteher Mike hatte dies im letzten Moment verhindert.

Hätte Kloppenburg nicht versucht, seine Hand über sie zu halten, dann hätte Hatzfeld ein Exempel an ihr statuiert. Er hätte sie umgebracht und dafür gesorgt, dass alle seine »Angestellten« dies mitbekommen hätten. Danach hätten alle Mädchen gespurt, und keine von ihnen hätte je gewagt, Kontakt zur Organisation Theodora aufzunehmen.

Aber man hatte sie nicht umgebracht. Dank Kloppenburg. Nach ihrem Ausstiegsversuch wollte man sie aber dennoch in ein Bordell nach Tschechien abschieben. In Paderborn galt Alicija als Risiko.

Irina, die rechte Hand Hatzfelds, hatte die Zwangsdeportation bereits vorbereitet. Doch Alicija wollte sich nicht weiter missbrauchen lassen. In ihrer Ausweglosigkeit hatte sie beschlossen, Irina umzubringen und deren Identität anzunehmen.

Alicija musste längere Zeit an dem mörderischen Plan gearbeitet haben. Aus einer Kleingartenkolonie hatte sie schon im Oktober eine Gasflasche gestohlen. Dann hatte sie ihre kleine Wohnung präpariert, die aus zwei Räumen bestand. Im hinteren Zimmer hatte sie die Gasflasche deponiert. Dann hatte sie die Fenster und die Tür des Raums abgedichtet. Das hintere Zimmer hatte Alicija gewählt, damit man beim Eintreten in ihre kleine Wohnung den Gasgeruch nicht gleich wahrnehmen konnte.

Als Irina die Wohnungstür aufschloss, um Alicija abzuholen, und im vorderen Zimmer den Lichtschalter betätigte, ging das Licht in beiden Räumen an, also auch in dem Zimmer, in dem die Gasflasche stand. Alicija hatte die Glühbirnenfassung in dem Raum so manipuliert, dass in diesem Moment ein Kurzschluss ausgelöst wurde. Mit der so entstandenen Funkenbildung wurde das explosive Gemisch gezündet.

Nachdem dieser Teil des Planes aufgegangen war, reiste Alicija nach Mallorca, doch in der Abgeschiedenheit ihrer Ferienwohnung wurde ihr klar, dass sie da nicht ewig bleiben konnte. Sie musste zurück und versuchen, möglichst viel Geld von Hatzfeld zu bekommen, um endlich ein vernünftiges Leben führen zu können. Dass sie dabei ganz nebenbei ein wenig Rache am Vergewaltiger Mike üben konnte, tat besonders gut. Mike hatte ihrer Katze vor einiger Zeit das rechte Ohr abgeschnitten. Nun lag auch sein eigenes Ohr schon ein paar Tage in der Grünen Tonne. Wer zuletzt lacht ...

»Ich kann die Frau verstehen«, presste Kükenhöner zwischen den Zähnen hervor. Ausgerechnet Kükenhöner, der oft den Eindruck vermittelt hatte, dass Prostituierte und Ausländer nichts als Tagediebe und Menschen zweiter Klasse seien, ergriff Partei für Alicija.

»Am liebsten würde ich sie laufen lassen«, schob er nach.

Die drei Polizisten schwiegen wieder.

»Tja, Karl«, brach Schwiete nun die Stille. »Manchmal haben wir wirklich einen Scheißberuf. Aber es war Mord. Kein Totschlag, keine Notwehr, es war ein geplanter Mord. Und so wird wohl auch der Richter urteilen müssen. Bei allem Schrecken, den diese Frau erlebt hat, hat sie nicht das Recht, jemanden umzubringen. Und das ist auch gut so!«

Wieder Schweigen. Und wieder sagte Kükenhöner etwas, was keiner von ihm vermutet hätte.

»Du hast ja recht, Horsti. Aber dann lass uns wenigstens dafür sorgen, dass diese ganze Bande, die im Club Oase Menschen wie Dreck behandelt hat, mindestens genauso lange in den Knast wandert!«

Linda Klocke kramte eine Klarsichthülle hervor. »Wir haben jetzt eine ganze Menge Material zusammengetragen über die erstaunliche Zusammenarbeit der Herren Hatzfeld und Kloppenburg. Als wir Kloppenburg richtig in die Zange genommen haben, hat er geredet, als gäbe es kein Morgen. Er wird des Betrugs verdächtigt und angeklagt werden, das hat der Staatsanwalt schon angedeutet.«

»Was haben die Herren denn angestellt?«, wollte Kükenhöner wissen.

»Sie haben gutgläubige Hauskäufer betrogen. Hatzfeld hat jahrelang Schrottimmobilien aufgekauft, sie durch Kloppenburgs Baufirma angeblich aufwendig renovieren lassen und dann für teures Geld wieder verkauft.«

»Na und?« Kükenhöner sah noch nicht das Betrügerische daran.

»Na ja«, meinte Linda Klocke lächelnd, »das Problem ist bloß, dass diese Renovierungen in Wirklichkeit gar nicht stattgefunden haben. Jedenfalls nicht so, wie es den Käufern suggeriert wurde. Kloppenburgs Firma hat nur das gemacht, was ins Auge fiel, wie bei einer Schönheitsoperation. Da sind zwar die Falten weg, aber alt und klapprig bleibst du trotzdem. Im Ernst, die beiden haben mit dieser Masche eine Menge Geld verdient und viele Leute um ihr Erspartes gebracht. Eine ziemliche Sauerei, wie ich finde. Und das i-Tüpfelchen auf dem Ganzen ist, dass die Schrottimmobilien mit Schwarzgeld aus Hatzfelds Rotlichtgeschäft gekauft worden sind.«

Schwiete trank den letzten Schluck Kaffee und stellte die Tasse weg. »Den Kerl, der Hatzfeld das falsche Alibi in Bad Lippspringe verschafft hat, haben wir uns auch vorgenommen. Hatzfeld hat ihn dafür gut bezahlt. Auch das kommt auf die große Liste.«

Jemand klopfte an die Tür. Es war Miguel Perreira, der Polizist, der von Olga Solowjow in den Trümmern des explodierten Hauses so übel zugerichtet worden war. Die Spuren ihrer Attacken waren immer noch deutlich zu sehen.

»Gerade hat der Kollege aus dem Brüderkrankenhaus angerufen«, teilte er gut gelaunt mit. »Werner Hatzfeld hat die Prozedur überlebt. Er hatte Glück im Unglück. Irgendwie muss er bei der ganzen Baggeraktion in einen Hohlraum unter irgendwelche Bretter und alte Paletten geraten sein. Der Hohlraum hat dafür gesorgt, dass er mit genügend Sauerstoff versorgt wurde. Er hat eine Gehirnerschütterung und ein paar gebrochene Knochen. Ansonsten ist ihm nichts passiert. Unfassbar!«

»Das größte Schwein hat mal wieder am meisten Glück!«, schnaubte Kükenhöner ärgerlich. »Aber der kommt mir nicht davon! Der nicht, dafür werde ich sorgen.«

Perreira sah Kükenhöner an und räusperte sich.

»Ist noch was, Miguel?«

»Es ist noch was mit deiner Tochter, Karl.«

»Jetzt eier hier nicht so rum! Was ist los?«

Der Polizist druckste noch einen Augenblick herum. »Nun ja, wir haben sie vor einer halben Stunde festgenommen. Sie hat grüne Mülltonnen kontrolliert.«

»Ja und? Was ist daran schlimm? Das macht sie im Auftrag der städtischen Abfallentsorgung. Das ist ein Schülerjob!«

Perreira schüttelte den Kopf. »Von wegen Schülerjob. Deine Tochter hat so getan, als würde sie für ein Abfallunternehmen arbeiten. Allerdings trug sie einen selbst gefälschten Ausweis bei sich, versehen mit einem Dienstsiegel der Kreispolizeibehörde. Außerdem hatte sie selbst angefertigte Quittungen dabei und bestand auf Barzahlung. Ansonsten drohte sie den Leuten mit einer Anzeige. Auf diese Weise hat sie in den letzten Monaten schätzungsweise zehntausend Euro eingenommen. Ober, um es treffender auszudrücken, ergaunert.«

Den letzten Satz hörte Kükenhöner schon nicht mehr, so hastig hatte er den Raum verlassen.

Epilog

Die letzten Tage hatten es in sich gehabt. Der Fall rund um den Club Oase hatte Schwiete an den Rand seiner Belastbarkeit gebracht. An manchen Tagen war er bis zu vierzehn Stunden im Dienst gewesen. Diese langen Arbeitszeiten gingen ihm an die Substanz. Er war schließlich keine dreißig mehr. Wie die Ironie des Schicksals es wollte, erlangte er diese Einsicht ausgerechnet an dem Tag, an dem er fünfzig wurde.

Fünfzig Jahre! Schwiete saß an seinem Küchentisch vor einer Tasse Kaffee und ließ Momente seines bisherigen Lebens Revue passieren. Sein erster Tag bei der Polizei kam ihm vor wie gestern, und doch war er über dreißig Jahre her.

Damals hatte er seinen Vater nicht ernst genommen, als dieser einmal zu ihm sagte: »Junge, die Zeit vergeht schneller, als du denkst. Du bist kaum geboren, da fängst du schon an, über den Tod nachzudenken.«

Ganz unrecht hatte sein alter Herr nicht gehabt. Feiern würde Schwiete diesen Tag ebenso wenig, wie er seine bisherigen Geburtstage gefeiert hatte. Für ihn war das immer ein ganz normaler Tag gewesen. Wahrscheinlich gab es in seiner Umgebung auch niemanden, der dieses Datum kannte. Also brauchte er mit keinen Gratulanten und unerwarteten Geburtstagsgästen zu rechnen.

Sein Handy riss ihn aus diesen trüben Gedanken. Er spürte eine angenehme Erregung, als er die Nummer von Karen Raabe auf dem Display erkannte. Im Zusammenhang mit dem aktuellen Fall hatten sie sich in den letzten Tagen häufig gesehen. Seit ihrem gemeinsamen Abendessen waren ihre Begegnungen deutlich entspannter, aber nicht frei von diesem gewissen Kribbeln im Bauch. Allerdings konnte er sich nicht denken, warum sie ihn heute, an einem Samstag, anrief.

Hoffentlich gab es nicht schon wieder eine Straftat im Rotlichtmilieu. Heute wollte Schwiete nicht arbeiten. Heute wollte er faul sein, seinen Fisch besuchen und die Seele baumeln lassen. Umso überraschter war er, als Karen Raabe ihn fragte, ob er heute mit ihr essen gehen wolle.

Das war eine völlig neue Erfahrung für Schwiete. Eine Frau rief bei ihm an und wollte mit ihm essen gehen. Warum nicht?, dachte er, und so verabredeten sie sich für neunzehn Uhr in Silos Kebaphaus, was für ihre frische Bekanntschaft bereits so etwas wie eine kleine Tradition darstellte.

»Ach, noch eine kleine Anmerkung, Herr Schwiete«, bemerkte Karen Raabe, und Schwiete glaubte sie fast durchs Telefon lächeln zu sehen, mit ihrem wunderbaren, etwas zu breiten Mund. »Ich schalte jetzt mein Handy aus und bin auch sonst bis heute Abend nicht zu erreichen. Versuchen Sie also erst gar nicht, unsere Verabredung wieder abzusagen. Bis später, mein Lieber.«

Bis zu dem Anruf hatte Schwiete die Absicht gehabt, die Zeit zu verbummeln. Doch nun hatte er keine Lust mehr dazu. Ganz im Gegenteil: Die Minuten dehnten sich wie eine zähe Masse. Auf die Artikel in der Zeitschrift, die er sich gestern Abend noch gekauft hatte, konnte er sich nicht mehr konzentrieren, und seine Wohnung war perfekt aufgeräumt. Da gab es nichts mehr zu tun. Wie also sollte er, nach dem jüngsten Telefonat, den Tag bis zum Abend ertragen?

Schwiete beschloss, sich abzulenken. Sicher saßen Besucher in Hilde Auffenbergs Küche. Meist mied er diese Besucherrunden, weil oft nur Allgemeinplätze und dumme Witze zum Besten gegeben wurden. Sprüche, über die Schwiete nicht lachen konnte. Aber heute verspürte er auf einmal eine unbändige Lust auf solche Nonsensgeschichten.

Als er jedoch wenige Momente später das Informations-

und Kommunikationszentrum in der unteren Etage des Auffenberg'schen Hauses betrat, war die Küche leer. Nicht einmal einen frisch gekochten Kaffee gab es in der Warmhaltekanne.

Er rief den Namen seiner Vermieterin, doch sie meldete sich nicht. Schwiete klingelte bei Winter, doch auch sein Wohnungsnachbar schien ausgeflogen zu sein.

Zum ersten Mal in seinem Leben glaubte Schwiete zu wissen, was Einsamkeit war. Er zog sich zurück in seine Wohnung. Wenn er einen Fernseher besessen hätte, dann hätte er ihn jetzt eingeschaltet.

Schon um achtzehn Uhr verließ Schwiete seine Wohnung. Vielleicht kam Karen Raabe ja schon vor der verabredeten Zeit? Doch bei Silo saßen nur wenige Gäste, von denen er keinen einzigen kannte.

Er beschloss, seinem Fisch einen Besuch abzustatten. Doch auch der schien anderweitig unterwegs zu sein. Er schlug immer wieder mit einem kleinen Stöckchen auf die Wasseroberfläche des kleinen Teiches, aber der Fisch tauchte nicht auf.

Zu allem Überfluss fing es an zu regnen. Schwiete ging wieder zurück. Eine prickelnde Wärme durchzog ihn, als er Karen Raabe vor dem unscheinbaren türkischen Restaurant stehen sah.

Sie begrüßten sich sehr förmlich. Doch als sie das Lokal betraten, erlebte Schwiete seine nächste Überraschung.

Der Wirt begrüßte sie wieder mit Handschlag, wie bei ihrem letzten Besuch, sagte aber mit Bedauern, dass er ihnen leider keinen Platz anbieten könne, weil eine geschlossene Gesellschaft das Lokal für eine Geburtstagsfeier gebucht habe.

Ich bin anscheinend nicht der Einzige, der heute Geburtstag hat, dachte Schwiete. Einen kurzen Moment verspürte er den Wunsch, die Person, die am gleichen Datum wie er Geburtstag feierte, kennenzulernen.

Draußen auf dem Gehweg schien Karen Raabe kurz zu überlegen, wo sie nun hingehen könnten. Schließlich sagte sie lächelnd: »Ich wüsste da was, Herr Schwiete! Vertrauen Sie mir?«

Schwiete nicke. »Wo soll's denn hingehen?«, fragte er arglos.

»Lassen Sie sich überraschen!«

Karen Raabe zog den etwas verwirrten Schwiete wie einen kleinen Jungen hinter sich her. Sie steuerte direkt auf Hövekens Beerdigungsinstitut zu. Schwiete war ratlos. Was hatte die Frau nur vor?

»Herr Höveken?«, rief Karen Raabe laut. Dann öffnete sie die Tür zum Sarglager, und ehe Schwiete sich versah, schob sie ihn in den dunklen Raum. Kaum hatte sie die Tür hinter sich zugezogen, als eine Festbeleuchtung aufflammte. Winter und seine Band intonierten *Happy Birthday*, und über fünfzig Menschen sangen mit.

Das war zu viel für Schwiete. Er musste einige Male kräftig schlucken, um seine Emotionen in den Griff zu kriegen.

Alle waren gekommen. Linda Klocke und Karl Kükenhöner. Hilde Auffenberg, die Nachbarn und Künnemeier. Der alte Schützenoberst hatte natürlich seinen besten Anzug angezogen. Zur Feier des Tages, wie er bemerkte. In der Hand hielt er einen dicken Knüppel. Wenn er den neulich nicht bei sich gehabt hätte, wären er und Winter jetzt tot, erzählte er jedem, der es hören oder auch nicht hören wollte. Und wer es nicht glaube, so sagte er, der könne ja das Geburtstagskind fragen.

Einer der Särge war ganz besonders dekoriert worden. Auf ihm stand eine Torte mit einer großen goldenen Fünfzig darauf.

»Ich habe ihn wieder zurück«, freute sich Herbert Höveken. »Mein bestes Stück. Nur gut, dass Willi und Johnny diesen Drecksack Hatzfeld gefasst haben.« Schwiete schenkte sich den Einwand, dass ja auch die Polizei eine kleine Rolle dabei gespielt hatte.

Er wurde beglückwünscht und beschenkt, aber als ihm Kükenhöner dann auch noch ein Bier in die Hand drückte und meinte, er habe lange gebraucht, um es einzusehen, aber einen besseren Chef als Schwiete könne er sich nicht mehr vorstellen, brauchte Schwiete erst einmal frische Luft. Mit so viel Zuwendung, Anerkennung und Wertschätzung konnte er nicht umgehen.

Der kalte Wind und die Regentropfen taten ihm gut, denn sie verschafften ihm eine angenehme Kühle. Gerade glaubte er, wieder klar denken zu können, da stand, wie aus dem Nichts aufgetaucht, Karen Raabe vor ihm. Ihre grünen Augen hatten wieder dieses unvergleichliche Strahlen, und ihr Mund verzog sich zu einem wunderbaren Lächeln.

Sie kam Schwiete ganz nahe und sagte: »Ich heiße Karen.« Dann drückte sie ihm einen sanften Kuss auf die Wange.

Danksagung

Bei unserem Kriminalroman, der frei erfunden ist und bei dem jede Übereinstimmung mit der Realität nur ein Zufall sein kann, wurden wir unterstützt von Ille Rinke, Christiane Fischer, Andreas Kuhlmann und Andreas Naumann. Danke für eure Hilfe.

Stefan Holtkötter
Düstermühle
Ein Münsterland-Krimi.
320 Seiten. Piper Taschenbuch

Bei einem Brandanschlag auf einem Gutshof im Dörfchen Düstermühle sterben zwei Menschen: der ehemalige Hofherr und sein Nachbar. Kommissar Bernhard Hambrock sucht fieberhaft nach einem Motiv. Bei den Ermittlungen, die ihn tief in die Vergangenheit führen, stößt er auf alte Familienfehden und ungesühnte Verbrechen. Doch kaum jemand kann sich erinnern, es gibt keine Zeitzeugen mehr. Und dann brennt es erneut in Düstermühle ...

»Eindringlich gezeichnete Charaktere und eine gut gebaute Story sorgen für Spannung bis zur letzten Seite.«

Düsseldorfer Anzeiger zu »Bullenball«

Arnold Küsters
Schweineblut
Ein Niederrhein-Krimi. 352 Seiten.
Piper Taschenbuch

Beim traditionellen »Schweineblut«-Abend einer Schützenbruderschaft wird ein Brauereiangestellter brutal erstochen. Ein schwieriger Fall für die Mönchengladbacher Kriminalhauptkommissare Borsch und Eckers, denn nicht nur der Brauchtumsverein bereitet Probleme, sondern auch die Tatsache, dass der Ermordete Kontakte zur Drogenszene unterhielt. Um die Ermittlungen voranzutreiben, wird die junge Kommissarin Viola Kaumanns in das Drogenkartell eingeschleust, doch die Sache geht schief ...

Jede Seite ein Verbrechen.

REVOLVERBLATT

Die kostenlose Zeitung für Krimiliebhaber. Erhältlich bei Ihrem Buchhändler.

Online unter www.revolverblatt-magazin.de

www.facebook.de/revolverblatt